U0813032

铁葫芦 | 小说馆

铁葫芦

曹　寇／著

躺下去会舒服点

中国华侨出版社

自 序

除了个别篇目，这本小说集并非新作，都是我最初两本小说集中的旧稿。因为那两本小说集始终没有发行，挑拣一些重新出版可能也是有必要的。应出版方的意见,其中有一些小说还作了修改。虽不乐意，但既然要出版,只能如此。我的本意从来不是要当一名可以“坦然面对”领导和群众的作家，而只愿意尽量写一些让自己和值得信任的朋友们满意的东西。鬼使神差，现实使我必须放弃这一点，于是，幸运（相较于我那些尚且不能出版作品的朋友）变成了某种不幸。

虽系旧作，但我可以肯定的是，它们并不羞于见人。某种意义上还可能“更加曹寇”。绝大多数愿意关注我写作的人都是从这些作品开始的，他们的认可和批评也大多以它们为例。所以，对我来说，这是一本比较重要的作品集，我本人也非常乐意用它们来说明：我是一个写小说的，而不是一个讲故事的，甚至也不是一个搞文学的。此外，我放弃了众多带有寓言性质和实验精神的作品,收录的均为所谓“现实主义”的东西，因为听说人们越来越关心这个时代了。

最后，要特别感谢我的编辑王二若雅及其所属的铁葫芦图书。

2013-1-31

目录

大队部

我心情不好。

经过大队部的时候，具体是经过服装厂大铁门而且全身就要经过之际，突然一个声音叫了起来：小孩，你过来下。声音是男的。看过去，在服装厂院子当中那个圆形花坛后面果然蹲着几个人。

这个圆形花坛只是大体上的圆，细节已很残破。多年前被砌起的砖头已经松动，整块的和断裂的砖散在四周，有的还被支在刹车不太灵光的三轮车轮胎下，防止人不在的时候，车子自己在院里跑。更多的砖头被人取下来当小板凳坐。另外，花坛也没有花，夏天的时候好像有过点红色的东西闪了一闪，但主要是疯长的杂草。现在是冬天，还是杂草，只不过都枯死了。风风雨雨，也趴了下去。总之，这个花坛就像服装厂院里一块黄褐斑，反正在我印象里一直就是这样。

他们蹲的那地方，每天都有人蹲，晒太阳。但是今天没有太阳，天很不好，他们蹲那儿搞什么呢？因为花坛高于地面，那些枯草又略高于花坛，他们的脸在草后晃动，我看不清他们是谁，也搞不清楚刚才叫"小孩，你过来下"的人是谁。他们都回过脸，心怀鬼胎地看着我。

应该继续走我的路，不用理他们。这是我的性格。但我还是从服装厂大铁门上的那个小铁门进去了，并且一路走着，一路因为他们叫了我我就听话地走过去而对自己很失望。可能我是想把不清楚的给搞清楚，或者我是故意的:呐，你们喊我，别以为我不敢来，老子就来!其实都不是，而是：我心情不好。

确实都不熟，只有一个脸不太生，但一下子想不起他是谁了。

我问："哪个叫我？"

一个有两小撇胡子的家伙说："怎么讲话呢小家伙，懂礼貌才是好小孩。"

"你们到底哪个叫我？"我没理他，不耐烦地把话重复了遍。

"小家伙，别管哪个叫你，先一个个喊声叔叔，喊得甜，就给你糖果吃。"这是个戴帽子的在说，他说着真展开掌心，确实有糖果。

我没立即走，而是认真地看了看他的掌心，也数了数，有三个。我在心里对自己说"有三个糖果"，这才掉身往回走。要是他有四个，我说不定就按他的要求做了，我边走边想，可惜。"站住！"

这是个相当凶的声音，跟老师的口气很像。而且字少，就像命令。我不由得遵从命令站住了，并回转身再次面对着他们。

叫我站住的那个人的神情也跟声音一样，很凶。他四方脸，慢慢地从屁股下那块砖头上站了起来，然后身体笔直地竖在我的面前，硬邦邦的样子。他真高，也魁梧，像铁打的，一动不动，浓眉大眼，盯着我死活不放。我不敢看他的眼睛，只好把头低了下来。

那个脸不生的对我放了个笑，并且拉了拉命令我站住的人的衣角，说："别吓到小家伙了。"那个人没理他，还是一动不动死死盯着我不放。我突然很讨厌那个脸不生的，如果让我想起来他是谁，我会记他记一辈子的，因为我确实被吓到了。

“站好！”他又命令了，我赶紧站直了，但仍然不敢抬头看他。

“三年级的？”他问。

我点了点头。

“倒数第一？”有人笑了起来，但笑声不大。

我摇了摇头。

“语文考多少？”

“85。”

“数学？”

“92。”

“这么差，还犟？！”

我感到眼眶里眼泪越来越多。还没有人说过我差，虽然我这次没考好，但我自己已经知道了，下次不会考这么差的，但确实没有人说过我差。

“下次还敢吗？”

不知道他说敢是敢什么东西，是敢不听话还是敢考这么差，所以我没说话，也没摇头或点头。即便我知道他指什么，也不会说话，不会摇头或点头，那样的话，眼泪会掉下来。我打算不让它们掉下来。

“怎么不说话？”

“是啊，怎么不说话？说啊，说了就放过你。”这是那个脸不生的人的声音，我已经记住他了，虽然我还是没想起来他是谁。

这时候，另外一个人开始递烟，他们都一个个点上了，包括站在我对面的人。有一个划了三根火柴才点燃，前面两根都叫院口进来的西北风给吹熄了。

我一动不动地低着头站在那里听他们抽烟和说笑的声音。他们说到服装厂的边角料子被一些女工塞到怀里偷回家的事。她们偷回去也做不成什么，都剪鞋垫用了。他们之所以说这个，是因为他们不好意思叫女工们脱光衣服给他们检查。然后他们又说到最近的一件事，最近有一大捆呢料子被偷了，如果不是小偷，那就是厂里内部人干的，而且很可能是负责骑三轮车进出运货的人顺手带出去的。如果他们再没有人站出来承认，那只好报到派出所了，公安员一来，什么都清楚了。他们说的这些事情我都知道，爸爸回家说过好几次。但这些事情跟我有什么关系？没有关系。我不知道他们为什么要这样，要让我站在这里听他们说这些。

在他们抽烟、说笑和谈论这件事的整个过程中，我眼眶里那些泪都风干了。于是我抬起头看看那个命令我的人，他仍然站在那里，但已经不是正对着我了，也不再硬邦邦的，而是斜站在那里，一只手抄进口袋，另一只夹烟的手因为说话在空中挥来挥去。

我看他才使他注意到我。其他人也同时注意到了我。他们又不说话了。

“你是赵会计的儿子吧？”他继续问，神情显然已不凶了。

“是他儿子。”

“那捆呢料子就是你爸爸偷的。”他说着自己先笑了起来，其他人也跟着笑了起来。

“不是！”我大声喊道，然后不知用从何而来的勇气补充道，“是你偷的！”

他一时不知道怎么应付，然后微笑着无奈地摇了摇头，突然伸过两根手指捏住我鼻子，说："不是你爸爸偷的就是你偷的。"

我跳离原地，躲过他的捏弄，大骂："放你妈的屁！"

他们都一愣，然后那个脸不生的站起来说："逗你玩呢，不要骂人，骂人不是好小孩。"

"就是，逗你玩的。"那个人又上来弯腰伸手在我脑袋上摸了几把，然后像变魔术那样从身后调来另一只手，手掌上面是先前的那三个糖果。

我一挥手打开他的手，三个糖果向空中飞去。在它们落下之前，我骂道："你妈逼！"骂完我转身就往大铁门跑。

"操！"我听到他在身后发出不可思议的感叹，然后也反应迅速地朝正在门前扫地的看门老头喊："老李，别让这小家伙跑了。"

我认识老李，刚才进门时，他还在门房里冲我笑了笑。但我这时候谁也不信，于是我一个 90 度急转弯，向厂房那边跑去。然后又向另一排厂房跑去。我还途经爸爸他们的办公室。但他今天出差了，不在，所以我没停下奔跑。我就这么在厂里所有能跑动的地方跑。

我也听到身后追赶的脚步声。他们已从花坛四散到厂内各个方位，他们认为这样就可以在某个地方堵住我。那个家伙甚至在我后面威胁，如果我不停下，他们马上打电话到派出所，叫公安员来抓我。我知道服装厂有一部电话机，此外大队部里还有一部电话机。全村只有这两部电话机。拨打电话需要由公社总机接线、外转。我甚至还知道那个接线员是个中年妇女，我曾和爸爸去过那儿。所有的一切我都知道。但我就是不想停下来，我坚信我可以这么跑出去，跑到服装厂外面去。

但是他们人太多了，后面的人紧追不舍，那个脸不生的突然在前面的路口出现了。我想起来了，他叫林家才，是服装厂统销统售部的业务人员，业余跟爸爸学做账，他也想当一名会计。他去过我家一次，所以脸熟，但因为他只去过一次，搞得我现在才想起来。我还想到妈妈的担心，她担心爸爸教会了林家才反而把自己饭碗给弄砸了。所以，即便我想起了他的名字，我也不会相信他。林家才与那个追我的人是一伙的，他们都是一伙的。于是，我爬上了一堆经久未用的碎砖上，这样一来我就可以轻而易举地翻越服装厂的围墙。围墙很高，但来不及了，他们两人已在我的身后会合。“不能跳！”他们在我身后惊恐地叫道。几乎同时，我“啊”的一声大叫着跳了下去。

没有什么，我只是感到脚底板有些疼。隔着墙我听到他们慌张地喊着“快出去看看”。于是我赶紧沿着围墙向北跑去。如果向南，可以进学校，虽然放寒假，但门是开着的。进了学校可以从教室后面靠近厕所那截围墙的豁口里钻出去，学校外面就是田地，我可以沿田埂跑回家去。但我不想进学校，因为我没有考好，因为我考得很差。我只能向北跑。

我绕过那两根用来挂大白布放映电影的水泥杆子，从饲料加工厂后面那个堆积草料的拐角跑到了大路上。我闻到了大队部里大队干部们使用的那个公共厕所里的臭味，即便如此寒冷，它依然散发着臭味。在经过大队部办公室的时候，我听到了里面的电话铃声。那也许正是派出所打过来的。跑出很远，仍然可以听到那铃声。于是我更加疯狂地向家跑去，就像怀抱一捆呢料子逃跑的小偷。

训练小猪天上飞

鱼苗场在村子的南边，一条大河将它和村庄、田地隔离，需要乘坐水泥船才能过去。水泥船也不用撑，一根绳子连贯两岸，人坐船上，手从水里捞起绳子就可以自己渡过去了。只是水会从绳子流到手上，然后顺着手腕进入袖管。太凉。

这是在 1990 年的秋天，我要把一只木箱子送给奶奶，她住在鱼苗场。

从这边看，鱼苗场除了那排当年用来养猪的房子，还有几棵桦树。其中一棵没有被房子遮住，裸露在河岸上。那个承包鱼苗场的老头总是戴着草帽坐在树荫里。我不知道他使用了什么手段让我奶奶在衰老之年嫁给了他。在出嫁当天，奶奶坐在自己屋里念了一段词，向早已死掉的爷爷通报了一番，然后就提上包裹，走了。家人都阴沉地坐在那里，一动不动，看也没看她一眼。当她上水泥船的时候，大家才明白不能让她这么走，疯了那样向河边跑去。结果跑到河岸，奶奶已乘坐水泥船在对岸登陆，然后那老头将她搀进了猪圈。

我妈喊 ：“你有本事就死在那边吧。”

直到好些年之后的某一天，我奶奶才隔着河回答了儿媳，她喊：“我还有个木头箱子，我还有个木头箱子。”

“呐，就是这里。”奶奶指了指位于猪圈东边一处向阳的土坡说。为了告诉我确切方位，她还带我走了过去，然后她在土坡顶端坐了下来，用尖锐的屁股滑下土坡，这让我看见了她屁股所犁出的两道新痕。

在坡底，她用脚从土里踢出一块青砖，说：“就这儿，我死了就埋这儿。”

她和那个老头只住一间猪圈。本来是让猪吃喝拉撒自由活动的，用三面矮墙围起来的场地做了他们的小院子。小院子里放了一张方桌和三把竹椅，我们就吃起了晚饭。那个本来让猪睡觉的房子已经经过改建，宽敞了许多，成为他们的卧室。晚饭过后，天就黑了。奶奶建议我不要走了，晚上就住这儿。我想起我妈也曾这么交代，所以就真不走了。到了睡觉时间，老头扛了一床被褥去了隔壁猪圈。

天还有点热，奶奶放下木盆催我洗澡，我感到不好意思，但还是快速地洗了。然后她洗。我看到她脱了衣服比没脱衣服要难看多了，所有的皮肉都因为弯腰和擦洗而悬挂晃荡。唯一让我感到正常的是，当她将洗澡水泼出去，把盆靠在墙上的时候，地上也留下了一个潮湿的圆圈。

夜里那条拴在桦树上的狼狗叫了几次。还刮起了风，是西北方向的风。这让我似乎闻到了来自北岸的家里的气味。哥哥一定睡着了，他因为脚头没有我而可以随意乱伸，他第一次发现床很宽阔，以至于他做了一个可怕的梦。他梦见自己躺在一块门板上，当他醒来的时候，发现门板是在看不到岸的大水上。于是他就真的醒了。

后来我也告诉他我当晚做的梦，我说我梦见奶奶掀开帐子出去了，她坐在猪圈的矮墙上，先是叹了会儿气，然后去了那个土坡，摸黑找到那块青砖后，她就从袖子里露出两只大爪子，在地上使劲挖，跟我白天看到那条狼狗在地上刨土一样。

第二天醒来，鱼苗场下起了大雨。确实是大雨，雨点砸在地上很响。吃过早饭，那个老头戴着草帽在小院里磨起了镰刀，磨好后，就握着镰刀出去了，他要去割草。雨真的很大，他的草帽被打得东倒西歪，不得不一边走一边腾出另一只手来扶正。

奶奶让我等雨停了再走，我同意了。

我先和她去喂那条狼狗。因为下雨，它在给它特意搭的草棚里躺着。它先是朝我龇牙咧嘴，但也并没有更多的表示，就开始站起来吃东西。我要看着它吃，奶奶也没拉我，自己走了，只是叫我别惹它。等狼狗吃完了，我试着摸了摸它的脊背，它先是颤抖，用眼白看了我两眼，然后就很享受地躺下了。等我烦了站起身，它倒从地上爬了起来，很不愿我走的样子。

没想到他们真养了猪。养猪的猪圈在最西头，和他们住的最东头的猪圈距离很远。里面有一只老母猪和一只小猪。奶奶说，老母猪一共下了八只小猪，夭折了一只，老母猪咬死了一只，另外五只都卖了。

那是一只小黑猪，嘴鼻很短，皮毛很亮，在猪圈的粪便和水渍中钻来钻去。老母猪懒得管它，吃过就进屋歇着去了，很快就打起了呼噜。

奶奶说她很喜欢这只小黑猪，每年他们都会留一只小黑猪给自己养着。但是到了年底，为了吃肉腌肉，他们又不得不找人把它杀了。

“如果是狼狗就好了，就不会杀了，”奶奶说，“还可以像训练狼狗那样训练它。”

“训练它干什么呢？”我问。

“训练它……”她想了想，说，“飞。”

雨是在中午停的。不过已是午饭时间，我只好留下吃饭。老头吃得快，拎着桶去喂猪。然后跑回来说：“小猪没有了。”

我不想说奶奶听到这个消息时候的表情以及之后的混乱，没什么意思，反正后来那只小猪找到了。它是从水泥栅栏的一个缝隙里钻出来的，先是沿着河岸奔跑，然后一头钻进了草地。后来奶奶和老头发现它站在土坡上不跑了，好像它觉得土坡太高不敢冲下去的样子。于是奶奶和老头商量，一个人向土坡跑去，另一个人在土坡下拦截。结果他们和小猪一起在那个土坡上滚了几滚，搞得一身烂泥。

他们就是这副模样送我上船的，老头从烂泥地上捡起草帽，但没有再戴，这是我第一次也是最后一次看他没戴草帽，我发现他是个秃子。奶奶呢，则一直怀里抱着小猪。

至于那个木头箱子，也要交代一下，那里面除了几件被虫蛀了许多的破衣裳，还有一个肥皂盒。这个肥皂盒是铜的，也上了绿锈，但还可以看到上面的字，叫：桃木楠芳。

许多人的命运

“打架啦！”走廊里有人喊。

是 1 班的王鹏和 2 班的郭强，他们两个都喜欢 3 班的李芫。我是 3 班的，我跑出去的时候，李芫没动。

来迟了，操场中央站满了人。他们里三层外三层，挡住了王鹏和郭强。我在人后跳了跳,还是没看到。这时候“轰”的一声,人群动了,说明里面两个人已经干起来了。

不远处有一棵树，当我跑过去的时候，发现树杈上已经站了两个人。我仰视了一下，眼睛就被碎屑迷住了。

揉得差不多了，我看到操场边沿的围墙上也站了人，还空不少地方。跑过去后我才发现，墙太高了。我问一个同学怎么爬上去，他指了指围墙拐角处，那里有几块垒在一起的碎砖。可惜位于最下面的那块砖很小，而上方的都很大，我一踩就倒了。我只好重新码砖，然后踩了踩，不晃了，这才上墙。围墙外面是垃圾和杂草，然后是一个灌溉渠，再远，是田地，有几个戴草帽的人在跟庄稼拉拉扯扯。

我感到头晕，蹲着或坐着还好，站在围墙上就太高了，我都看到教室房顶上那个羽毛球了。而且，墙很窄，比鞋宽不了多少，想走到那几个人面前很困难，起码我很困难。我只小心地尝试走了几步，就不动了，努力直起身，然后朝操场望去。

确实能看到王鹏和郭强在打，但太远了，分不清谁是谁。

“你们能看清吗？”我冲旁边最近的那个人喊。

“凑合看。”他说。

“谁赢了呢？”

“还看不出来。”

“谁吃亏大？”

“好像王鹏，”他说着看了我一眼，“你问个屁啊你问，你自己不能看啊？”

“我看不清。”

“你近视眼吧？”

“我不是近视眼。”

“那自己看自己的，少啰唆。”

我是近视眼，但我自己还从来没有认真对待过这个问题。所以围墙上那个人指出我是近视眼让我很不愉快。后来我强忍着不愉快等待操场上的人开始散去后，才从围墙上爬了下来，然后迅速地回了教室。

我没注意到李芫已经不在。

回到教室的人告诉我，王鹏是个呆逼，要打没开始打的时候，他问郭强是拳击还是散打，郭强没说话，上来就搞，就把王鹏搞歇掉了。

“头破了，”他补充道，“现在给老歪拎保健站去缝针了。”

老歪是教导主任，嘴有点歪，眼神也不正。

我问：“他们为什么打架啊？”

他环视教室，然后喊了句："李芫！"教室外也没人答应，他才说："都是这个骚逼。"

李芫是我的前座，上课铃响了，她还没来。几何老师特意看了眼李芫的空座位，撇了撇嘴，有点笑的样子，然后拿起书在黑板上开始抄题。然后大家心知肚明，纷纷拿本子出来开始做题。一共三道，等我们做好了，几何老师点名叫人上黑板写自己的解答。喊到了我，我给做错了。

"延长线不对，"几何老师说，"你这延长线都伸到2班去了。"

于是大家都在笑，我很难过，低下头，才发现李芫的书包还在。

李芫是快打下课铃才来的，她喊报告，几何老师装没听见。她又喊了声，他才转过脑袋问她："去哪儿了？"

我们都想知道。

"上厕所了。"她说。

"上厕所？"几何老师笑了，然后转过脑袋扫遍每一个同学的脸，然后学李芫那样说，"上厕所了。"

大家又笑了。后面几个个子大的还弄得桌椅板凳一阵乱响。

李芫露出厌恶的神色，把脑袋扭向一边，不看几何老师，也不看同学。我觉得她可能在看教室门前那个花坛，一串蓝色的美人蕉像鬼火一样在花坛里的杂草中蹿了出来。

"给我站好！"几何老师突然冲门口大吼一声。我们都被吓到了，李芫也是，她浑身抖了一下，我看得清清楚楚。

然后她死死盯着几何老师看，几何老师也看她。他们就这么盯着对方看了一分钟，最后以几何老师转移视线而告终。

李芫直接返回座位，我以为她会像平时那样坐下来。结果她用两根（就两根，我保证）手指挑起书包带，然后像拎一只死老鼠那样走了。在门口，她回过头喊了句“操——你——妈”。我们倾向于认为她是操几何老师的妈。

放学的时候，天还很亮。田野里有人在烧被脱了粒的油菜秸，噼里啪啦，很响。那些烟也没上天，而是很低地缭绕，很呛人。每遇到一阵烟雾，我都憋气，加紧蹬车。路旁也有人家晒的黄豆秸，轮胎轧过的声音很清亮，好像还有豆荚被压裂，豆子像子弹射出。

经过保健站的时候，我看到那扇白漆刷的木门已经关了。

王鹏头扎绷带已经躺在家里了吗?

我奶奶坐在她屋子的门槛上。她屋内已经很暗，黑洞洞的，就像巢穴。但她坐在门槛上，头发雪白雪白。她的脚下有一只小布袋和一只竹匾，她用大爪子从布袋里捧出一把麦子送到竹匾上空，然后麦子在指缝泄漏、泼洒，东边来的股股小风将麦芒皮屑吹向一边，竹匾内的麦粒于是非常干净，呈褐色。

不仅如此，她在手扬麦子的同时，嘴里总要发出一种哨音，据说这样可以招风。不过听起来像在哄尿，让人犯困。

她没有抬头看我，说 :“你妈在地里，锄头她也带去了，你人直接去就行了。”

我家地挺远的，所以我没进门放下书包，而是掉转车头直接向地骑去。就好像，我家不是我家，我家的地才是我家那样。

我妈说，来不及了，否则不会叫我也下地。

我说知道，再不把这块地翻整好，就误了。

我所干的就是用锄头把她用铁锹翻挖过来的大泥块敲碎。泥都是新泥，还潮湿的。球鞋和裤脚一会儿就脏了。

“不要紧，”我妈说，“晚上给你洗。”

我问：“爸呢？”

她说：“死了。”但听不出怨言，就像我爸真的死了，而且已经死了一百年。

然后我们就不再说话。

其实我很想跟她说今天学校发生的事，但我不知道该怎么说，该说什么。

我想说的还有：刚才，就是从家门前到地里的路上，我看到郭强在他家门前打沙袋。这个沙袋是他自制的，是蛇皮口袋，里面是黄沙、煤渣和泥土，像个吊死鬼那样被他挂在歪脖子槐树上。这沙袋已经吊起来有一年多了，雨水都使里面结成了块，我捣过一拳，立即泪如雨下。郭强也并不是天天都打，他可能只比我多打过四五次而已。但他今天打得相当起劲，赤着膊，一拳一拳都很实在，有几片树叶掉在他的头上。我停下来的时候，他也停了下来。我看到沙袋上有几块血迹，但没看清他手。他告诉我：“你知道吗？刚才，就是刚才，王鹏那呆逼带着李芫那骚逼走了。”

“去哪儿了？”

“不知道，说是不回来了。”

后来天就暗了下来。我妈说回家吧。然后她说她扛锄头和铁锹，叫我到地头去把草里那个毛巾找到带回去。我去找了，找了半天也没找到。我妈只好自己来找，她一找就找到了。她说：“你真没用。”我拿过她手中的毛巾，一股汗馊味让我想吐。我说：“你这还叫毛巾吗？脏得像抹布。”她没有答话，已经走出一大截了。

我把毛巾扎在自行车龙头上，然后骑车追赶她。在她身后很远，我就看到她屁股上有一大块白点，靠近了看，原来是干燥的泥巴。这时候我突然想到了命运。这就是命运。王鹏和李芫是命运。近视是命运。还有其他人，都是命运。

在并排的时候，我说：“妈，我近视了，要配副眼镜。”然后我就使劲蹬了一下车，先走了。

盛夏

在高考结束和分数下来之间，是高中毕业生们最快乐的时光。沉重的压力刚刚过去，新的压力还未成形。在那段时间内，张亮和王奎你来我往，然后分别由他们的家为起点再去别的同学家，这样纠集了足够的人数，一大拨人便浩浩荡荡前往高敏家。

成绩优异、活泼漂亮的高敏被他们冷落和谣言了整整三年，现在他们摇身一变，搞得像群只会上门骚扰的穷亲戚。这并不奇怪，在那些年头，每年夏天都会有此类事情发生。高敏也已训练有素，只要门前那一连串的捏闸声准时尖叫，她就能迅速从午睡中爬起，套上裙子，喜迎来宾。

高敏家有一个院子，院里有一棵大槐树，零零星星洒点阳光在地面，不很热。树荫下有条腿上长满青苔的破长凳（**面上本来也有，但都被屁股磨光了**），还有井台和一堆乱砖。够他们坐的了。口渴想喝水的，在井台上压几下，清凉的井水就源源不断，不仅能暂时性地喂饱这些如饥似渴的男同学，如果有必要，可以让他们喝一辈子，当然，这也只能选择其中之一。

高敏就搬把椅子坐在门前和遍布在她家院子各角落的人说笑。开始几回，她颇为害羞，一度邀请过家住不远的孙晓华来陪她。孙晓华是高敏的反义存在，成绩差，胖且丑。因为她和高敏自小就好，上学一道来去什么的，如果有哪个坏男生欺负了高敏，她也勇于站出帮助谩骂和追打。对于喜欢美女的男人而言，孙晓华这样的女人必将永无休止地出现在需要该种角色出现的地方，遍布于我们一生的每个角落，这不奇怪。

聊天总是从高考开始，他们凭借记忆，对了一番答案。答案一致，他们就互相惊叫、高兴。不一致，如果对方坚持自己是正确的，而且理由充分且声音够大，那么另一方就沉默不语。也有分阵营的时候。数学考卷第三道选择题，高敏和王奎选的都是 B，而另外有几个男同学选的是 C，双方争执不下，需要仲裁。虽然这种事情一向与成绩奇差的孙晓华无缘，但她现在变得很重要。大家都问她选了什么。

“我选的是 D，”她看了看高敏说，“但我知道自己写错了，应该是 B。”

孙晓华的仲裁引来一片倒嘘之声。事实上，让她仲裁只是个权宜之计，她的意见毫无价值，成绩那么差，还当真了不是？然后他们突然想起张亮还没发表意见，他去上厕所了。于是就开始等张亮。

高敏家的厕所在院子的一个角落，院子里的争执可以听得很清楚。张亮在厕所里多待了一会儿才慢腾腾地走出来。他的手里拿了一本被撕了一半的书，问：“高敏，这书借我看看吧。”

大家的注意力立即被他手中那本破书吸引了过去，纷纷抢他手中的书。但这都被张亮机警地躲开了。他拿着书径直来到高敏面前。高敏脸有点红，然后谨慎地用两根指头捻了捻那本书，也不知道她看没看，就说："你想要，拿去好了。"

张亮于是就拿着那本破书坐到属于自己的那块砖头上了。他环顾四周，发现大家都在看他，这使他有点不好意思，于是低下脑袋想看手中的书，但被王奎一把抢了过去。王奎并没有看那书，而是继续刚才的话题："数学考卷第三道选择题，张亮，你选了什么？"

张亮说："我不记得了。"然后就起身要夺回那本书。

孙晓华撇了撇嘴，说："亏你还是好学生，连我都记得答案，你倒好，这么快就不记得了？你骗人，快说，是不是选的B？"

其他那些人也在旁喊："什么B，张亮，你是不是选的C？"

看得出来，高敏也在等着他说。这个院子里，张亮的成绩与高敏不相上下，他的答案此时此刻具有权威价值。如果他说B或C，那么大家就有充分的理由相信，不久之后报纸上公布的答案亦如此。可惜张亮憋红了脸，想了半天，还是没有说是B还是C。

由于大家只记得答案而忘了题目具体是什么，所以也无从提醒张亮恢复记忆。所有的人都对张亮很不满，于是他们开始轮流翻阅被王奎抢在手里的那本破书。这本书是高敏家放在厕所内负责擦屁股用的。高敏有没有使用它擦过一两次屁股，张亮他们谁也没好意思问。书的封面早已没有，但从每页的抬头处可以得知书名，叫《警世通言》，里面还有一些半文不白的故事可以看。

书最后落到孙晓华手里，张亮问她要了很长时间也没要到，因为孙晓华似乎也对那书产生了浓厚的兴趣。其实孙晓华并没有看，她也看不太懂，但她就是不愿意那么快把书给张亮。按她的话说，这书是高敏家的又不是张亮的。

然后他们又谈了一些老师和同学的事，还一起欣赏了高敏的影集。后来又找来一副牌，但只能四个人打牌，高敏是主人，她没有打，王奎要打，孙晓华也要打，这时候她才把那破书很不友好地扔给了张亮。除了打牌的四个人，其他人继续聊了聊。有几个熬不住，找借口先走了。于是只剩下张亮和高敏在说话。

两个人，而且还是一男一女，这种交谈在人们看来不太正常，所以他们也坐在牌桌前看那四个人打牌。张亮坐在王奎身边，高敏坐在孙晓华身边。直到高敏父母回到家，他们才慌慌张张一哄而散，各自回家。

就是这样，大家因为都对高敏很有兴趣，所以对其父母有一种恐惧感，一旦那对面孔严肃的长辈回来，大家都很识大体地赶紧走人。不过也有例外，有次高敏父母中途回到家来，看着一院子的小伙子满脸堆笑，然后大家在高敏的带领下去了她家的地里干了一番农活，一直干到天黑。大家当然很高兴，同学在一起干活的经历将越来越少，此种热闹和趣味显得弥足珍贵。人多力量大，大家都争先恐后卖力。不过，这是农忙时节，自己的儿子偷懒跑出去玩就算了，居然撂下自家活不干，帮人家干活，这像什么话？情况很快就传了出去，一些人就迫于压力（父母的和自己所谓“良心”上的）不来了。其实他们是多虑了，高敏父母此举也遭到了他们村里人的议论，受到了乡村舆论的指责。因此，高敏父母不仅不再邀请大家去帮他们干农活，而且态度更差了，脸拉下来，和院中竹架上的丝瓜无异。

坚持下来的是打牌的那些人。

打牌使高敏家的来访者固定了下来。当然，能坚持的人不在少数，但是，因为高敏后来也加入了打牌人的行列，他们干坐在那儿觉得受到了冷落，实在无聊得慌，那些不爱打牌的人渐渐就不来了。张亮也是自始至终不打牌的人，但他父母都是教师，家里不需要干农活，没有借口不来。最主要的是王奎始终会拉着他来，王奎说，是兄弟你就要陪我。也就是说，不陪王奎去高敏家，张亮就不配称其为兄弟。所以，他只好硬着头皮，冒着炎热，继续坐在王奎的旁边看他打了。他对牌没什么兴趣，好在随身携带着的那本来自高敏家厕所里的书可以打发时间。

此时，高敏家厕所里已有了另外一本书，张亮自然在上厕所的时候看了一看，不好玩，况且他不能总是把她家用于擦屁股的书全拿走吧。可以说，在这段时间里，张亮每次到高敏家都是看书。当他合上书本，抬起头来，夕阳西下，牌局结束，于是和王奎一道回家。

孙晓华因为肯定考不上任何学校，她的家人当即给她联系了一份工作，走了。打牌的人少了一个。按理说，张亮补上去就行了，但张亮坚持说自己不会打牌，四个人只好坐在高敏家的院子里继续聊天。因为人少，聊天深入了一点，他们开始谈到学校里某男和某女之间的事。这个话题使四个人兴趣倍增，并由此又谈到了更多的某男和某女以及他们语文老师经常喊女学生到他家背书的事情。

王奎问高敏：“老拐（语文老师的绰号）喊你们去到底干吗呢？”

高敏就说：“背书啊。”

“他是不是想搞你们这些女的啊？”那个叫李锋的终于忍不住把话挑明了。

李锋是留下打牌的四个人之一。问过这个问题之后他就再也没来了，因为高敏觉得这话太粗暴了，简直是侮辱，而且侮辱到了她，所以狠狠地骂了他。如果是王奎，自然笑纳其骂，还会来。但李锋这人一向自以为是，一向就是惹事不断的家伙。他不服气，便在高敏家的院子里和她对骂了起来，他骂得相当肆无忌惮。高敏就哭了，叫他滚。张亮和王奎当然也跟着一道滚了。这次不欢而散使王奎和张亮也有好几天没再上高敏家的门，但他们还是每天你来我往。王奎从张亮的床上一跃而起，说："我们要不要去看看高敏啊？"张亮说："那我就陪你去吧。"

事隔几天，张亮和王奎再次出现在高敏家，颇令后者感动。她没有再让他们坐在院子里，而是将他们请到自家堂屋。蝙蝠牌落地摇头扇轮番吹拂着他们，使他们受宠若惊，倍感幸福。但因为环境和某些东西发生变化，他们的话已没有在院子里时那么多了。也可能是本来他们的话就都有限，因为人多的缘故，你一言，我一语，把时间给撑满了而已。现在人少了，经常出现冷场，就像摇头扇转过去的间歇感到一阵闷热一样，这自然需要新鲜的东西补充。

高敏主动交代了老拐的恶劣行径，据她所说，她曾亲眼目睹老拐冬天的时候把手从王梅的脖子后面插进去。张亮和王奎很激动，他们觉得堂屋里空气越来越闷，也不好意思站起来。他们更希望高敏说一说老拐是怎么对待她的，但始终问不出口，李锋已是前车之鉴，高敏也始终不说。张亮和王奎只能想象，想象力也有如老拐的那只手，这只手准确无误地插进了高敏而非王梅的脖颈，并且和季节有关，还插进了她的裙子和裙间偶尔一闪的花裤头。

正因此，话题到了这地步，三个人都有必要开诚布公了。王奎最后吞吞吐吐坦言自己一直喜欢高敏。三个人脸都红了红。王奎赶紧补充道："也没什么，到9月份大家就各奔东西了，现在说了也算个交代和了结。"然后他问高敏："你不会生气吧？"高敏小脸通红，然后一笑说："怎么会呢？"说着她扭身进了自己的房间，出来的时候抱出一大叠信件，都是男生向她表白的信件。张亮和王奎逐一阅读了这些信件，他们简直不相信自己的眼睛，除了里面没有他俩的信之外，几乎所有的男生都给高敏写了这样的信，这当然也包括前些日子与高敏对骂的李锋。张亮和王奎两个人饶有兴趣地轮番看着这些信，看完一封就递交给高敏。因为都是王奎先看，张亮后看，所以递交的动作都是由张亮完成的。张亮每次抬头时都发现，高敏的脸很红了，也很矜持。所以当王奎问张亮喜欢谁时，后者表示一个也没有，态度之坚决就像真的一样。

看信，缓解了王奎因为当面示爱所应有的惭愧之情，同时也让王奎心灰意冷。回去的路上，他说自己再也不会去高敏家了。在他看来，高敏捧出这么多信件就是对王奎"我喜欢你"的回答。

高考分数下来之后，张亮去了王奎家互相道贺了一番，他们都考得不错。张亮显得尤其高兴，因为他属于超常发挥，考得过好了点。他抑制不住激动的心情，在王奎家显得坐立不安。最后他没忍住，要求王奎和他一起去高敏家问问她的情况。王奎坚决不去，他宁愿不与张亮做兄弟也不去。张亮没办法，只好自己去了。

这一天下着小雨。张亮赶到高敏家时，后者并没有像以前那样出来迎接。她的父母板着面孔坐在堂屋。下雨他们不用干活，另外高敏没考好。他们听说了张亮考得好，有点害羞地朝他微笑，并唤自己的女儿。高敏从自己的房间走了出来，她因为没考好，情绪低落，头发乱糟糟的，脸上还有席子的纵横印迹。令张亮吃惊的是，高敏这次没套上裙子，而只穿着那条花裤头站在了他的面前苦笑着。

张亮和高敏还有其父母就坐在堂屋里聊了起来，后者唉声叹气，怕女儿落榜，并且不断拿张亮的分数与高敏的作比较，这令张亮和高敏都很不自然。高敏不理父母，然后领张亮到了自己的房间，并且把门关了起来。

高敏的房间他们都没来过。王奎经常对张亮说自己恨不得哪天半夜冲进高敏的房间将其强奸了。如果他真有那勇气，张亮觉得他也得适应一下房间的布局，找准床的位置。现在这张床的位置只有张亮清楚，高敏坐在床上，降落的蓝色蚊帐掩盖了她一半的表情。窗前的一束美人蕉即将衰败，它们开放了整整一个夏天，早已疲惫不堪。

他们一时找不到话说，能说的在这个夏天已经基本说完了，今天来访能互相交流的情况也在堂屋当着其父母的面说过了。现在他们两两相对，在她略有清香的闺房中，突然变得相当陌生。

张亮说："我还是第一次到女孩的房间来呢。"

高敏说："可能吧，你好像也是头一个到我房间的男同学。"

"比我房间干净多了。"

"那当然。"

"刚才叫王奎来，他死活不来，妈的。"

“是吗，他为什么不来啊？”

张亮想了想说：“谁知道呢。”

高敏没再说话，过了好久，她才突然冒出一句：“那你为什么要来？”

张亮一下子紧张了起来，他没有想过这个问题，所以他答不上来。他似乎刚刚意识到，自己来是错误的，他的存在是提醒高敏认识到自己没考好，好像自己幸灾乐祸，故意让她难过似的。而事实呢，张亮不是，他确实是出于一片关心，只是想来看看她，看看美丽的高敏。即便她头发乱了，裙子没穿，但坐在蓝色蚊帐中的她依然令人心动。她雪白的大腿晃得他眼睛一直看向别处。外面风风雨雨，气温转低，秋天即将到来。

这个场景似乎在哪里见过一般。他心情悲伤了起来，仿佛那个若隐若现的前世场景提醒了他这是和高敏的最后一面。这是一种非常奇怪的情绪，不由人的控制。所以，突然间，张亮想给高敏讲一个故事，故事说的是个女人，她不畏权贵，视名利如粪土，对爱情忠贞不渝，可怜她却遭受她所爱的人的欺骗和玩弄……这个故事正是她家厕所里那本破书上写的。当时张亮看完该故事，十分激动，想立即推荐给别人也看一看，并且尤其想推荐给高敏，把她家臭烘烘厕所中最美丽的故事返还给她，算是一种报答和深情。如果她懒得看，那么他就讲给她听。当时他确实挺激动的。可这之间是高考分数的揭晓，王奎也不愿再来，他没有时间和理由亲自登门来给她讲这个故事。是的，张亮突然明确自己此行的目的了，那就是借高考分数揭晓之际，以此借口上门来给高敏讲故事。

但高敏没有给他讲故事的机会，她不依不饶，问："数学考卷第三道选择题，你到底选了什么？"

张亮想继续说："不记得了。"

高敏替他说道："你选的是 C，对吗？"

他只好低下头，说："是。"

长胡子的李芫

我的中学同学李芫长得非常漂亮，而且当年的学习也好。据传她的故事很多，小学就有发生，我们所抱的态度是，宁愿信其有也不信其无。故事是这样的，有一天，她被体育老师叫到体育室里去了，大家后来看到她又出来了，体育老师紧跟其后。体育老师大喊一声“集合”，大家又去排队报数了，李芫报的是“二”，这说明她发育得比一般人早。我和她不是一个小学的，故事是刘肃告诉我的。刘肃告诉我千万不要把这件事情说出去，结果后来许多人都告诉我千万不要把这件事情说出去，对此我无不点头。

中学时代的李芫作为一个艳丽的话题，一直持续到我们毕业之后。多年过去，我们才选择淡忘，其实我们很不情愿，但这是没有办法的事情，比李芫更漂亮的姑娘多的是。后来听说李芫卫校毕业后当了一个端屎端尿的护士，境况颇为凄惨。等到她想嫁人的时候却又找不到好男人，所以她一面被人骂作骚货，一面守身如玉。

前几年我彻底厌倦单位的时候，正好在闹传销，但我没有因此就辞职，因为我对传销也很讨厌。这并不是说我有什么先知之明，而是我对传销没有丝毫兴趣。我的兴趣是有点钱，买几十亩地，娶几房老婆，养一大群儿子，在空气清新的乡下过土地主的日子。我是很腐朽的，这当然不足挂齿了。但我也去传销了，其原因是我第一次去听讲座的时候看到一个女的在台上演讲。按行话说，她是我们的上线。这个上线的魅力所在是长得很漂亮，如果她不长胡子可能会更漂亮，反过来也可以说，她正因为长了胡子才漂亮。这个长胡子的女的说，不经历风雨哪能见彩虹，所以要好好学习传销技术，最终成为银章、金章人物，一年收入千百万啊。她说话的时候全身都在动，很投入的样子。我被她给迷住了，所以我也成了她的下线。其实我什么也没干，只是跟着她四处奔跑，这样不仅认识了她的父母，也认识了她的亲戚和一些神色诡异的男的。她问，你老是跟着我干什么？我说，我喜欢你啊。她说，你为什么喜欢我？我说你很漂亮啊。她说，这还用你说？我说，不用我说我还是要说啊。此后她就不反感我跟着她跑了，她跟人家像个经济学权威那样说话，最后总要问我，你还喜欢我吗？我说当然。这说明我们已搞成对象了。

你是知道的，这个长胡子的女上线就是李芜。

我参加传销是刘肃介绍的。刘肃西装革履来到我家，首先用标准的普通话向我道了声“你好”，然后脱下手套隆重地与我握手。我邀请他坐下，他正襟危坐，然后他仍然操着普通话与我探讨我的工资待遇以及年龄问题，这些当然是一直困扰我的问题。他继而打开皮包取出传销材料向我介绍。最后我答应某日与他去听一次讲座。就是在这个讲座上我遇见了久违的李芜。刘肃走掉之后，我妈问我刚才那人是谁，我说那人是神经病。李芜是谁？我说不认识。

我知道刘肃是神经病还和他一起去是不是说明我也是神经病？错了，我不是的，因为刘肃在那么多屁话当中说到了李芜，只说了一次我就激动了。这个名字对我来说具有很大的吸引力。

李芜确实长了胡子，我们曾有一张业务合影，光线很强，两人的脸都是油光光的，一点也不抒情，甚至写实到了虚假的地步，感觉像一男一女两个鬼魂被照相机拍了出来。在那张仅有的照片上，我躲在李芜的一旁斜着眼睛看着她裸露的红色耳垂露出了下流的笑容，而她则一本正经，胡子比我的浓烈，显得威风凛凛。因为胡子稀疏，有人说我是太监，我一点也不生气，我说是不是太监不是关键问题，关键是我真的需要胡子吗？我的意思所指不难理解为，李芜替我长了胡子。

我对李芜说："多年不见你怎么长起胡子来了？"

"什么胡子不胡子的，只是汗毛重而已。"

"你身上不是挺光滑的吗？"

"咦，你怎么知道我身上光滑不光滑的？"

"我知道。"

"是吗？"

"是的。"

"你怎么知道的？"

"我就是知道行不行？"

"好吧，行。"

然后，我就动手脱她衣服。但我过于紧张，解一粒纽扣要喘半天气。这时候她表情古怪了一下，然后把我推开，自己迅速地脱掉了上衣。

妈的，还有胸罩，我说："也脱了。"她想了想，照办了。我俯身过去，她没有阻止，问："好不好？"当然好了，我从来没有见过这么好的乳房，或者说，我从来没有见过立体的乳房。我把自己从她乳房上移开，一面说好，一面自己脱衣服。我非常兴奋，这种兴奋积蓄已久。但这时，她一下子跳开了，并同样迅速地穿好衣服，然后安静地坐在另一张椅子上与我四目相对。"为什么？！"我喊。她说："不为什么。"我说："李芫我真的喜欢你。"或者我说："李芫，我喜欢你，真的。"

其实李芫并没通过传销搞到钱，她把多年的积蓄都赔进去了。刘肃也是。但刘肃是这样说的：我一年大概收入五万，很少。我说是吗，挺好的，比我多多了，我一个月工资才六百。他说像你这样下去是没有希望的。我说我也着急啊没办法。他说怎么没办法，办法是可以想出来的，干传销就要好好干啊。我知道他对我干事的态度很头疼。我是他的直接下线，而李芫是他的上线。他们的意思是在鼓动我把我的父母亲戚也拉进来，从而生养无数个徒子徒孙。我说你说得对，我记下了。

然后我问刘肃，李芫在医院好好的为什么不干了？刘肃答，李芫在医院干得不好，大家都忌妒她长得要比她们好看，又歧视她工作能力差，而且还有一些不好的传闻，所以她终于辞职了。我说这里面肯定还有其他原因，比如？刘肃说，是有许多原因，比如她和一个男病号搞上了，从此被人看扁了。大家的意思是即使你和医院的男人搞过了也不该和一个病人搞。更要命的是这个男病号当年只有十七岁（虽然李芫当时也仅二十岁），住院住了两年，是个白血病，十九岁的时候他死了，其家人因为此事要找李芫算账，说是若没有她的勾引，哪里会死掉呢。没办法，他死了，李芫就离开医院了。

这件事情我没有问过李芫。很快传销就被取缔了，李芫就从我的生活中消失，再也没见过。我不敢确定自己是否想过她。

刘肃在地摊上卖西瓜。我说，刘肃你好，然后我与他握了一次手。他不笨，很快明白过来，用我们说了多年的土话说，你小子啊，呵呵。我说，呵呵，西瓜怎么卖的啊？他说你买便宜，五毛钱一斤。我说那是便宜啊，我下次来买你的西瓜吧。他说也行。然后我跑到另一摊位三毛钱一斤买了个西瓜。

刘肃卖苹果的时候我又问刘肃，李芫干什么去了。他说，她啊，她能干什么呢，她还能干什么呢。我说你这是什么意思。他说没什么意思，就那意思吧。我说，到底什么意思呢？他用下巴指指菜场附近的一个洗头房笑了笑。我说，哦，原来这个样子的啊。他说大家都知道难道你不知道？我说我确实不知道。他说，算了不跟你讲了，然后又转过来对我神秘兮兮地说，你搞过她是吧？我没说我搞没搞过，我说，你也搞过？他说呵呵，不仅我不仅我。我说呵呵，我知道了。

多年来，我一直在单位进行斗争，我知道这都是很虚无的东西，包括斗争。人们千方百计地要告诉我过并如何过有意义的生活，但我并不想过什么有意义的生活，我厌倦了。事情其实也很简单。最后，在一个亲戚的帮助下，我终于进到一个派出所当了一个户籍警，原则上也只是借调，不在他们编制之内。但我已经很满足了。工作量很小，主要是在电脑上录入新生儿的姓名，再将死去的人从电脑中删除。人们无穷无尽地来到人间，又无穷无尽地离去，所以我的工作可以持续下去。更多的时候我是通过电脑上网找人聊天。我有一个叫“献身四化”的网络朋友，她说她是女的，我没必要怀疑。我们经常通过语言坦诚相待，有时候还通过语言激励对方的身体。这对我来说非常有意思，真的很有意思，真的。然后我提出见面，她说好啊。于是我们约好到一个地方碰头。

这个“献身四化”正如我想象的那样，长相、衣着和谈吐都是很标准的网络美眉。在她面前我有点惭愧，我的体重因为岁数而与日俱增。胖子作为一个网络居民总是不合适的。好在她并没有介意我这些缺点。她的主动使我觉得非常愉快轻松，这种意想不到的轻松就好比我强奸了处女，结果人们千方百计地告诉我她不是处女，而只是个“鸡”。跳过应有的陌生和尴尬之后，我们谈了很多相思之苦，继而想找个地方真实接触一下。我说你找地方吧，她说好啊。然后她拿走我的手机打了一个电话给她的朋友。她的朋友在电话里告诉她不行，所以她关掉手机对我说，我们还是去旅馆吧。

在找旅馆的途中，我一直在观察她。她的腰很细，她的屁股很大。吊带裙薄如羽翼，一大片后背光洁夺目。

我们找到一个看起来不算脏的旅馆，她说我去开房间你等一下。于是我等她。她在墙角消失的时候我才想起我的手机在她手上。是的，她跑掉了，我上当受骗了。我想还好，我那手机是老掉牙的，不值钱了，卡里也没几块钱了，不算什么。但是后来我又发现我的皮包也不在了，这很让我着急。那里面除了一千多块钱现金还有派出所的一叠文件。真该死啊，怎么会把这些东西也带出来呢？

回到派出所我主动地把情况汇报给了领导，领导很气愤，我知道我的户籍警生涯到此为止。我很难受。这一切都是为什么？

我说："领导我错了，是我不好，但你们得展开调查，最近这样的事情已发生不止一次了，你们一定得查查。"

"我们当然要查，但那是我们的事，不要你操心。"领导说。

我说："知道知道，我的意思是说，我想我该为你们提供点线索。"

"什么线索？"

"是的，我有线索，她不是什么正经女孩，她叫'献身四化'。"

"什么'献身四化'？"

"这个你不清楚。哦，不，领导我说错了，你清楚，你非常清楚，就是网名，在网络上混起的假名、艺名、狗屁名字。"

"这样的女孩太多了，我怎么知道她又是谁？"

我说："所以你们要查，一查就知道是谁了，比如在网上追踪她的 ID 和 IP 地址。要找人就找派出所嘛，一查就知道了，她不会跑到地球外面去的。"

领导没把我的话当回事，说："这样查过，没用，找不到！"

"啊，真的没办法找吗？"我感到自己陷入了绝望。我知道，我年纪轻轻不能绝望。越这样想，我越绝望。我从来没有这样痛苦过。说句实话，我并不在乎那个破手机和那一千多块钱能不能找回来，也不在乎户籍警的生涯到此为止。我什么都不在乎。但，我就是痛苦。一个那样活蹦乱跳的女人有什么理由不会在地球上再次出现呢？

有吗?

最后，我突然从沙发上站了起来，这把领导吓得不轻。

“你想干什么？”他问。

我说：“我想告诉你那个骗子的名字。”

他松开手中那个积满茶垢的茶杯，说：“哦，你提供的那名字不作数。”

“不是，这次是真名实姓。”

“好，你说。”

“她叫李芫。”

“怎么写？”

“木子李的李，芫荽的芫。”我拿起笔在领导办公桌上的台历上迅速写下这两个字。

“你确定吗？”

“是的，我确定。”

“为什么？”

“因为她是我中学同学。”

“早怎么不说？”

“因为我也才发现就是她。”

“有什么证据吗？也就是理由。”

我不假思索地回答道：“因为她长了胡子！”

说到这里我浑身颤抖起来，我不得不猛地扭动一下脖子，同时感到头顶正有一道巨大的闪电迅速地挥舞而过。

我们兄弟去干架

本来我不想去打架的，我根本就不会打架，但他们还是喊我，不能推辞，这是考验兄弟的关键时刻。

王奎说，不打不行了，你不打他他也迟早要找我们。说完他就低下脑袋，好像陷入了沉思。这让我再次看到了他头顶那块疤。这疤是我用砖头砸的，但，我没打过架，我对自己拳头的力量缺乏认识。

张亮明显作好了准备，他只穿了一条单裤，裤脚塞在袜子里，这是两只穿反的袜子，商标字母因为腿的叉开而虎视眈眈。也不知道是天气冷还是激动，他的腿一个劲地在抖，脑袋昂着，烟叼着，很像那么回事。但他不该很轻蔑地看着我，因为我不是他要打的人，所以我说："去他妈的，走！"

我们三个人走在大街上，因为我们严肃的神情和走路时步伐里面特有的紧张，路人都看着我们。有几个跟了我们几步，张亮回头扫了他们一眼，他们又停住了。但这是没有用的，我们已经在围观的中心，我知道我已没有退路。

路过小青年饭馆的时候，老四正在打开一笼包子，因为我早上没吃东西，虽然闻不到香味，我还是感觉到了饿。饿是没有办法的，因为庆功酒还有待我们去争取。老四愣了一下，在烟雾之后看见了我们，他张了张嘴，但很快闭嘴了，并没有发出声音。这是一个非常安静的上午，正常的喧哗声就在我们身边，可就像人们的眼神一样难以捉摸，遥不可及。我希望老四能够像平常那样嘹亮地喊一句：新出笼的包子啰……但他没喊，他让我感到失望。

我们穿过巷子，王奎和张亮塞给我一根棍子。他们已人手一根。王奎沉稳的步伐踢飞了一个易拉罐，它先我们到达前方，这使我们都吓了一跳。王五家就在巷子的尽头，我们已能看见他家的窗户，开着半扇，另外半扇不知道什么原因没开。

王奎说："怎么办？"张亮问："什么怎么办，你他妈是不是不想干了？"王奎说："我是说怎么办，没说不干了，你妈个逼。"张亮说："没那么多想的，就打。"王奎问："打死吗？"张亮说："打不死他！"王奎说："放你妈的屁。"然后王奎对着我："你说？"我说："随你们。"张亮说："随我们？你是不是也不想干了？"王奎说："你别这么讲，好像是我和张亮拽你来的似的。"我说："我他妈自己长腿的，谁也拽不动我。"张亮说："你们吵，你们妈的逼，你们不想干老子一个人干！"说着他从我和王奎之间侧身过去。于是我们跟着他继续前进。

王奎又问："打死吗？"但没人回答他，我们已经到了。王五家门开着，门槛上坐着他儿子。这个小孩三四岁的样子，长得不像王五，王五的老婆从门里跑了出来，一把抱起她儿子。儿子像他妈。

"你们干什么？"孩子他妈问。

"叫王五出来！"我大声号叫。这时候王奎和张亮看了我一眼，但时间很短，然后也跟着叫。

“他，不在家。”孩子他妈很害怕。

“在哪儿？”

“不知道。”

“在哪儿？”张亮靠近了她，他手里是棍子。

她向后缩了缩，说：“我真不知道。”

张亮揪住了她的头发：“你他妈的快说！”

她腾出一只手去挡张亮的手，但她是女人，所以只能脸上露出痛苦的样子。她仍然抱着儿子。

儿子突然哭了起来，他喊：“妈……”

他妈给他一喊，眼泪便掉了下来。她哭喊了起来：“我真不知道，孩子，妈妈在这里呀，啊啊。”

王奎看不下去了，说：“张亮，你放手。”

我赶紧上前去拽他的胳膊。张亮松开了手。

张亮问：“怎么办？”王奎答：“去找。”我说：“到哪儿找？”张亮说：“不管，一定要找到。”

我们又从巷子里往回走，我们不知道到哪儿去找王五。总之我们要从这条巷子里走出去。巷子外面是大街，大街上有许多人，也许王五就在其中。我们已经听到了街上的人声。这时候我突然发现我的棍子没有了，我说：“我的棍子没有了。”他们说：“你肯定丢在王五家门口了。”“我去拿回来，你们等等。”说着我掉头就走。

那个易拉罐还在那儿，我从它身上跨了过去。我再次看见王五家的窗户，两扇都关了。门也关了。棍子在我拽张亮胳膊的地方。我弯腰去捡，地上还有孩子他妈的一根发夹，一根很小的黑色发夹。我捡起它，对着门和窗户喊："哎，你的发夹。"没有回音，我知道母子俩很害怕，但我要把发夹还给她。

于是我趴在窗子上往里看，里面很暗，看不太清楚，但可以确定没人。我又从门缝往里看，更暗，地上很乱，有小孩子的几辆破碎的电动汽车，它们肯定不转，我想。但我要把发夹还给她。它太小了，放在哪里呢？

院里晾着衣服，阴天没有太阳，它们还需要很长时间才能干。小孩子的衣服很小很好看。有王五的一条牛仔裤，可能已晾了很多天，仍然很潮的样子。也有她的衣服，这么冷的天，竟然有内衣，昨天晚上她一定洗了澡，而且还洗了头。她的头发很滑，我拽张亮胳膊的时候感觉到了。我觉得把发夹放在她的乳罩里比较合适。在放的时候，我忍不住捏了它一把。

张亮和王奎不在巷子口。我去找他们，大街上也没有。他们为什么不等我了？我有点难过。也许他们已经回去了，如果这样就好了。

我真的饿了，我可以闻到饭馆里飘出来的香味了。我来到老四的小青年饭馆，我问："还有热包子吗？"老四说："有有，你来就有。"我说："给我倒碗豆浆，四个肉包子。""不，"我又说，"给我十二个包子，另外八个用袋子装起来。"我想到了王奎和张亮，他们也没吃早饭。

我饿狠了，四个包子很快就吃完了。还是饿，我又吃那另外八个包子了。路上过去了无数行人，他们有男有女，有美有丑。有一个美的女的看我看她，她也看了我。我对她笑，她扭脸就走了，朝街的拐角处走了。我赶紧起身，我要跟那女的一道，我要认识她，我已经很久没找女的了。

但是我起身时发觉那个袋子空掉了，十二个包子都给我吃完了。我得再要八个包子呢还是再要二十四个包子呢？二十四个包子不是个小数目，老四一下子也没有这么多包子。可是我还是得去找那个女的，她已经到街的拐角处了，时间让我来不及多想了，我得追那个女的去了。

可是时间还是没赶上，我跑到街角时，那个女的已经跑不见了。我向前走了几十米也没再看见。我想我是错过了，我不找她了。我觉得有点累了，大概是吃多了。我得回去了。我甚至有点瞌睡，我要睡觉了。

我被小狗推醒是下午 2 点多钟的时候，小狗怒气冲冲地说："二哥，你他妈的还在挺尸啊。"我问："什么事？"然后我好像想起了什么，问，"王奎和张亮到哪儿去了，你看见了吗？"这时候，我才发觉小狗有点不对头，果然，他哭了起来，说："大哥在医院里快不行了……""那张亮呢？"我问。小狗整个泣不成声，最后他才从嗓子眼里挤出一句："三哥他，他被他们打死了。"

本命年

我们去找王奎。

我们是，我和张亮。

一年多没有联系了，所以我们要找他。怪想他的，好想你啊，想死你了——这是一种可能。也可能是因为我们听说王奎搞了个非常好的对象。而我和张亮呢，无论以前有没有过对象，眼下确实没有。更主要的是，我们即便有过一两回对象，也跟“非常好”没关系。我们的对象总是长得一般、脾气古怪、连手都没摸过的那种。

还有一种可能，就是前年，王奎冲我借过三百块钱——那时候我可比现在有钱，不过，这一点我没告诉张亮，所以，“我们去找王奎”的“我们”（集体）的理由不包含这一点。

其实，不仅王奎，张亮我也很久没有联系了。其间距可能仅次于我和王奎上回见面到现在的时间长度。

“我开门见山好不好？”我说，“张亮，我没钱了，能借点给我吗？”很简单。

注意，我说的是借。张亮不欠我钱。不过，他当年和王奎一样也来借过。当年张亮还满头白发（少年白）地在读书，而我已经在社会上了。我还记得他当时来找我借钱的模样：进了门先找吃的，把两个满面皱纹的苹果吃完后，他还想继续找到吃的，找啊找，连头都没抬一下地问我：缺钱，有吗？总之，一副天经地义毫不担心借不着像我欠他的样子。应该是这副神情刺激了我，我说：没有。当然，我觉得他很相信这一点，相信我确实没有可以借给他的钱。所以他跟我又待了会儿就回学校了。没了。

现在，我多少有点后悔，一方面我觉得自己在有钱的当年多往外放点债是件好事；另一方面，我也和你一样担心张亮因为当年的事不会借钱给我。

但我和你不一样，我觉得，张亮应该和我一样没有忘记当年他找我借钱而我拒绝了他的事，所以他不会让我知道他至今为我没借钱给他而耿耿于怀，很可能会借钱给我，以示他比我够朋友够仗义，从而在道德层面给我狠狠一击。

我是不是有点想当然？

吃饭。王奎不来，太忙，不过今晚有空，叫我们饭后去他那儿。

天气已经很凉爽了，但我和张亮仍然吃得满头大汗，等到喝汤的时候，已是挥汗如雨。然后我抹抹嘴才对张亮说出借钱的事儿。

张亮看了我一眼，没表态。等他也喝完汤，擦汗擦嘴毕，才和我一起回顾了当年我没借钱给他的往事。

“你就不担心我也不借给你？”

“不担心，你不是那种人。”

没错，张亮很接受我对他的评价：“我确实不是那种人。”

“否则我就不找你了。”我说。

“是吗？”

“也不是，”我说，“你没钱，你不借我，我也要找你，多久没见了，不是吗？”

“就是。”

“那还有什么可说的呢？你妈的把钱掏出来给我吧，我都急死了。”

张亮摇摇手：“没有，真没有，骗你是儿子，昨晚上档子里才输个干净。不信？呐！”口袋全翻了出来，空的，一些揉烂的车票和别的什么玩意儿纷纷扬扬。钱包也是单据和信用卡什么的，还有张照片，是张亮的妈。坐在门槛前，在五百里之外的乡下冲我们笑呢。

“真想我妈，都大半年没回去了。”

“你呢？”

“我？我妈死了你不知道！”

“哦，忘了，对不起。”

“狗屁对不起，下面干吗？”

张亮晃晃手机，王奎没打。

广场上人不多，风不小，汗一会儿就全没了。我们坐到花坛边上抽烟，看路上的汽车和人。姑娘多数身边有小伙，个别没有的，走得急，不乐意让我们看明白。花坛附近有些老太太，不知道是不是练拳，胳膊腿挺好使的样子。也有妇女，年轻的，很漂亮，头发烫了，裤子很紧身，鞋跟也苗条，肩膀上吊的那包像真皮的。她推着童车经过我们面前。可能是儿子，也可能是女儿，总之很可爱，咿咿呀呀，还冲我们笑。张亮也做了个鬼脸，发出一串青蛙声呼应小孩。妇女就以小孩口气说："叔叔，叔叔。"没劲。

我说："张亮，你看那边。"

张亮朝我所指看了看，然后如我所料地说："鸡！"

那个女人看样子正在和一个路过广场的男人谈价钱。是个秃顶男人，手上还拎着超市的袋子。他一会儿指手画脚，一会儿摇头晃脑，但始终都把目光停留在那个女人的身上。不过看来他们没有达成交易，秃顶男人最后还是义无反顾地拎着他的袋子走了。

"你上去试试。"张亮推了推我。

"不，你去。"

"我谈好了你付钱？"

"操，我没钱啊。"

"这不就对啦，你谈好了我付。"

"你不也没吗？"我不信。

"只要你谈好我负责有行了吧。"

"这不放屁吗你？你拿出来我看看。"

张亮再次取出他的钱包，然后抽出那张信用卡指了指马路对面的银行，说："我透支给你花，只要你敢上。"

是，我不敢，你敢吗朋友？你敢在广场上和一个"鸡"讨价还价，一锤定音，找个地方解决旷日持久的性欲问题吗？这不仅仅是勇气的问题，或者说这正是勇气的问题，而支撑这勇气的是现金而绝不是一张信用卡。

是她自己发现了我们，向我们这边走过来。张亮一下子不自然起来，使我看起来也特紧张。

她说她是外地来的打工妹，但没有找到合适的工作，现在钱全花完了，好几顿没吃了，大哥能不能给点钱让她买块面包吃吃。

操，骗术太多太滥太俗太没创意了，你应该换个说辞，那样的话，即便我没有，张亮也会将屁股兜里那几块硬币送给你，即便他很可能会在将硬币递交你手的同时，用指尖手背什么的蹭一下你这个女人的皮肤，图点指甲大小的快感，但那也确实是几块钱呀，正是你所希望得到的呀。就算从我们这里只能捞上这么一点，待会儿你还会从别的大哥手里捞上点，满大街的大哥这么多。到了半夜，你一定能像单位会计那样算算今天的出入账，盈利应该不会少的。

手机换了，号码换了，衣着好了，也较以前胖了许多。王奎确实变化不小。如果说有什么没有变化，可能就是我们现在所置身的这间不足十平方米的屋子。多年以前，王奎就租住在此，和我与张亮各自的租住地毫无差别。不过，王奎说，这个月到期他就不住这儿了。他还说，店铺都关门了，没买到什么吃的喝的，好在屋里原来还剩下两瓶啤酒，一袋花生米，大家既然是多年兄弟，就不要介意了，凑合凑合也是友情的体现嘛。仍然是同样的原因，所以王奎没买到烟，“你们的烟赶紧掏出来上床吧。”于是我们坐在他的床上装模作样地交杯换盏，彻夜长谈。

下面的事情还是交由王奎本人来叙述比较好。

认识小高完全是意外。那天我们单位老李对我说，他有个表侄女今年刚毕业，家境好，也找到了一个好单位。而且这姑娘呢，是独生子女，因为父母一个是教师，一个是市委某部门的局长，干部家庭，从小家教严，所以这姑娘和现在那些姑娘很不一样，是个乖女孩，念书什么的从来没敢谈过恋爱。现在女儿毕业工作了，眼看二十出头马上好几了，到了谈婚论嫁的年龄了，所以什么都好就缺个女婿。对于女婿的要求呢，小高父母也不像人家要这个要那个的，就说能找个老实本分的会照顾人的小伙子就行。老李的意思是托我帮那个女孩找个老实本分的男孩。说实话，我不知道他为什么要我帮他介绍，也许像我们这些从农村爬到城里的确实能让人想到那些词吧。但我奇怪的是他为什么没有直接想到我呢？就是直接把我介绍给小高。难道他觉得我不老实不本分？后来这些问题我都问过老李，他说确实觉得我老实也本分，但也确实当时没想到我。当然，我认为老李是说着玩的，不可能把这么件跟我毫无关系的事放在心上。可过了些天，老李碰到我问起了这事。我就说，我哪能找到啊？他说，你小子还是帮我找找看吧，她家里确实有这个意思啊。我问那女孩也这个意思？他说那当然，这都新世纪好几年了，她要是不同意，谁敢多事呢？我想，这倒也是，不过新世纪，这个女孩怎么就愿意叫父母包办呢？总之这女孩的想法倒也挺有意思的。但我还是把这事给忘了，我没有道理记得一个与我毫不相干的女孩的婚事。然后就是老李又来问我。我都烦了。我说，操，找什么找，你看我不是现成的吗？老李站在那里把我看了看，然后一笑说，行，就你小子啦。你们知道，我是说着玩儿的，他这样说，我就觉得有点不对头了。就说，老李你不是开玩笑吧？老李说，没，就你了。我说，我可是开玩笑的！老李回头看了看我，没再说什么，笑着走了。我以为他这一笑是说我没事了。所以我更不可能把它当回事了。结果过了几天，老李突然跑我这儿对我说，今天晚上人家想跟你见个面，你准备一下。我哭笑不得，说，操，你当真了啊！他说你去不去？我说我不去。他说你小子太没出息了。我说不是出息不出息，我根本没想过这事会和我有关系啊。他说，那好，我现在告诉你，这件事就是你与那个女孩的关系，你去不去？我不知怎样去说了，没话可说了。好吧，去就去，多大事啊，你们知道的，我还怕这个吗？我就去了，吓了一跳。她长得太好看了（王奎以照片作为证据），不仅脸长得好看，身材也是他妈的一流啊。穿着啊，气质啊，没的说。人这么出色，家境这么好（补充：除了一家三口工作稳定、收入不菲之外，另有两处地段非常黄金的住房，并且还打算为他们将来的姑爷买一套地段最好的大套居室）。而我呢，一个从农村来的，父亲早逝，兄弟姐妹众多，至今还负债累累，在单位也是眼前一片黑暗的一个人，拿什么来配人家啊！想都不能想啊。所以吃完惊后，我就是自卑和羞愧，一直低着脑袋，人家问一句我才答一句，只盼这个极不相称的相亲快点结束吧。回到这里（王奎住处这张坚硬的木板床），我找了半瓶白酒一口喝了下去。痛苦啊，这哪是他妈的相亲呀，真是欺负人呀！拿什么跟人家比去，拿什么跟这个世界比，操，这个混账的世界。我当时就是这么想的。第二天我甚至都不想去上班了，后来到了单位，竟然又看到老李。我当时真想狠狠地揍这个老家伙，当然，没那样，我凭什么揍人家呢？我只是把头一埋，想低着脑袋从他的视线里混过去。但他却一把抓住了我。他说，王奎，你小子跑哪儿去了，害得老子等了这么长时间！我说有什么鸟事啊？别抓我了，放手！他还是抓着我，然后压低声音、鬼兮兮地说，王奎啊王奎，我那表侄女看上你了。我睁大眼睛看着他，你们可想而知我当时是多么愤怒，这时候他还拿老子穷开心,我的拳头都握紧了,如果他再放屁,我也不想活了。他说:“我那表侄女真的看上你了，第一眼就看上了，骗你是这个。”说着老李把小拇指伸了出来。他继续说，“今天一大早，5点钟，我那表嫂子就打电话到我家，说小高一晚上没睡觉啊，小高倒是没说第一眼就看上你这种肉麻的话，而是说想跟你交往交往，但我觉得就是我表侄女跟你一见钟情啊。”所以过了几天,我又去她家了。小高一直笑着看着我，不怎么说话。所以一直是我在瞎扯，她托着脑袋认真地听。后来她说喜欢听我说话，喜欢看我说话的样子，你说这是不是奇怪，你们看我说话有意思吗？我说话有魅力吗？我照过镜子，就那样啊。上个月我到外地去办点事，手机没电了，所以也一直没跟她联系，你们猜她干了什么事？猜不出来吧，她先打电话到我们单位问，问清楚了我的去向，然后她从单位请假，跑过去找我去了，而且看到我就哭了，说是怕我跟她玩消失了。我怎么会消失呢？我还怕她消失了呢。不过她这么搞也是有原因的。交往熟悉之后,我经常问她,你究竟图我什么呢？她说她什么也不图。她也老实交代，其实这么多年，从小到大都是爹妈给她做主，什么破事都是爹妈替她拿主意，她都烦了，她没有反对爹妈并不代表她觉得爹妈替她做的任何事情都是正确的都是好的。她是打算从交男朋友这件事情上开始摆脱父母的。比如出来相亲，她简直觉得好笑，用得着吗？追求她的人多的是，小学就有，都没看上而已。没有男朋友并不代表她自己找不到，那完全是两码事。之所以答应父母跟我相亲是因为她只是遵照习惯而已，父母这么要求，那就满足他们，至于结果，与他们无关。没想到的是，她看到我就喜欢上我了，她都觉得自己是不是出问题了。怎么可能？从小到大那么多人追求自己都没一个能看上，为什么现在应父母要求第一次去跟个男的相亲就一眼看上了呢？她想了整整一夜，希望这不是真的，是个幻觉，结果第二天天亮了，太阳照进来了，阳光证明一切都是真实的。然后她只好把这个归咎于一见钟情缘分宿命什么的。我也跟她父母正经谈过，没想到她父母也不是我所想象的那样强势那样什么的，反而很开通。他们说他们也不图我什么，他们说只要女儿喜欢就行了，其他的他们管不着。然后就是嘱咐我把他们的女儿照顾好，真心实意、死心塌地地爱护她就可以了。我又回过头问小高，那你喜欢我什么呢？她说我的什么她都喜欢。我说我穷你是否喜欢，她说喜欢。唉，她连我的穷都喜欢我还有什么好说的？不过就算这样，我还是和你们一样不踏实啊。和她交往了三个月之后，我感到整个人都快倒了，突然觉得不能这样了。于是我提出分手，我说了实话，我说我不配你，你们对我这么好，我感到像做梦，感到害怕，然后就离开了她。然后就是她满世界找我，最终把我又找回来了。这个事情后，她提出要和我结婚，而且越快越好。她说这样就不怕失去我了。这是真的。昨天她告诉我她好像怀孕了。我怕这是真的。不过，无论结不结婚，我已经不能住在外面了。不是，我是说我不能住在她家的外面了。他们全家反复要求我搬过去跟他们一起住。说到现在，你们可能跟我一样觉得很荒唐很不可信，说实话，我也是这么觉得的，也许我应该再好好想想吧。

王奎一口气说了这么多，是不是希望他的好兄弟张亮和我发表点看法，不知道。等他说完，过了好一会儿，我们都没说话。这种沉默是危险的，我想我和张亮确实应该站起来说点什么，大声说或者立即从这里滚蛋。可惜，我们都没有，而是继续沉默。我是这么想的，我觉得王奎跟他的小高的故事与我们基本无关，也不应该是我们来找他的目的。安慰和开导更不是我们的目的，可惜王奎沉浸在他的好运里，一点也不替我们考虑。

王奎说："人应该抓住机会，不能放过任何一次机会。"他从地上捡起两枚啤酒瓶盖，说，"你看就像喝这啤酒吧，也别忘了看看盖子，说不定就有奖。不瞒你们说，今年夏天我买了十几瓶啤酒，有一半的啤酒瓶盖都写着'再来一瓶'，这确实是运气啊，但还是要看这盖子对不对？你不看，即使瓶瓶有，你也不知道是'再来一瓶'，是吧？"

张亮和我仍然不说话，我们只是把王奎手中那枚啤酒瓶盖拿了过来，翻过来一看，果然是"再来一瓶"。

"怎么样？我现在就信这个。命，命啊，注定你这样就是这样，不要你这样你怎么搞也搞不来。我之所以不急着和小高结婚，也不像你们所担心的那样，我不怕，这是因为我相信命，如果注定她是我老婆，跑也跑不了，不是我的，那也说明命里该的。"

张亮说："王奎你别搞得太玄了！什么命不命的。运气就是运气，不要搞什么命。"

他摆摆手，说："你们不信算了。个人，个人。我信我的，你们不信你们的。"

酒光了，话也完了，还有什么好说的？人家命好，我们命差。不知道为什么我和张亮仍然不识时务地还赖着不走。

到了最后，我说话了。我说："王奎，你说你把你那个小高搞怀孕了是不是？”

“是啊，怎么了？”

“没怎么，是不是说明你跟我们不一样了呢？”

“什么意思？”

我是说：“也就是说你不是童男子了？”

王奎应该没有想到我的思路是这样的，所以他不知道该怎么回答。

于是最后我和张亮所干的，是：合力把日渐肥硕的王奎按倒在他的破木板床上，然后扒他的裤子。

停，就这时候，我的眼睛被一道闪电那样的光亮刺了一下，让我直接来了个哆嗦。是王奎的内裤，红，鲜红，血红，非常红，红得一塌糊涂。这道红色说明：我和张亮没有。意味着：我那三百块钱让它见鬼去吧。

妈妈啊妈

我和赵强先认识，然后赵强把他的朋友钱东介绍给我，出于回报，我只得把我的朋友孙山介绍给他们。这样，我们四个人就成了好朋友，经常在一起喝酒、打牌和聊天，各自交流对女人的看法。谈到我们未来的婚姻，钱东因为矮小丑陋，说法比较极端，他说，找个能蹲着撒尿的就行。比较操蛋的孙山就提出反对意见，他说他昨天才看过一张毛片，有个女的就是站在那儿撒尿的。这时候，赵强适时站了起来，说，你们他妈别甩了，你妈才站着撒尿呢。因为他这话前面使用了“你们”，后面的“你”便无具体所指，所以，没有人露出恼羞成怒的神色，纷纷一笑了之，然后一起随着赵强站起来。不仅如此，我们兄弟有事还是要互相帮助的，孙山曾经跟他们街道的一个男的发生争执，因为那男的长得比前者魁梧，孙山被打了，吃亏不小。我们就过去帮他干了一架，那个男的被打过之后，肿着脸请我们在仙客居吃了顿饭，还一人发了条烟，算是赔礼道歉，现在他每遇见我们也是客气得要命。

我们这样玩了好几年，大家还是照旧。我因为在一个学校教书，所以最有文化。孙山在一个一个月只是五六百块钱的老厂上班，动不动就跟厂长干架，所以至今还未下岗，可以长期迟到早退。赵强和钱东则无所事事，东干一月，西干半年，工作换着不歇，穷得哇哇大叫，好在至今活着。这期间，我搞了一个对象，也是教师，不过因为对方家长要求过高，不谈了。赵强在我不谈之后也搞了个姑娘，是个说话很粗染着黄头发的小丫头，乳房很小，岁数很小，按道理应该读高中。但我们大家也不讨厌她，觉得这姑娘虽然二五，但长得不丑。只是因为我的教师身份，对她还是警惕的。看得出来，赵强每次带她来，钱东和孙山都很高兴，他们非常希望前者能把姑娘让给他们搞一下，反正就那意思。不过，后来那姑娘再也没来。赵强也对她避而不谈。但我们估计，她肯定被赵强搞过了。每想到这个，钱东和孙山就背地里骂赵强不仗义。

这时候，发生了一件奇怪的事情，我们的妈妈先后死了，先是钱东，然后是孙山，再然后是赵强的妈妈得了癌症。

钱东妈妈死的时候我们先是不知道，那一段时间大家都忙，也没碰头。当碰头的时候，我们看到钱东戴着孝章来了。那块黑色的孝章应该是箍在臂上的，但钱东不知为何没有箍，而是用一根大头针简单地将它别在臂上。所以他向我们走过来的时候，那块黑布就随着手臂的摇晃而在风中一飘一飘的，看着非常怕人。他站定了，我们就立即将他的那只手臂围住，看了半天，孙山忍不住就问："咳，钱东，你家死人了？"我觉得这样问不好，就捣了孙山一下，孙山回过脑袋看着我，很不以为然，大叫："这有什么啊，你捣我干什么！"我真想骂他一顿，但不好说。只见赵强拍了下钱东肩膀，钱东告诉我们，说："是啊，我家死人了，我妈死了。"他说得很随意，听不出什么悲痛，所以我们都吃了一惊。我们总觉得，一个人家里可以死人，但我们的妈妈怎么就能轻易地死呢？说爷爷奶奶死就是，干吗要说妈妈死了呢？唉，真是不幸，钱东的妈妈确实死了。他说，那天早上他妈还好好的，煮了稀饭给他和他爸爸吃，然后就提着菜篮子去菜场买菜，一去再也没回。事后，菜场旁边那个修自行车的老头说，当时他和平常一样跟钱东妈打了招呼："东子妈，买菜啊。"东子妈说："是啊，你吃过了？"老头说："是啊，吃过了，你呢？"东子妈说："我呀，煮好了，东子跟他爸爸在吃，我买了菜就回去吃。"老头就"哦"了一下，继续埋头补车胎。当他抬起头的时候，东子妈已经死了。开始他哪知道是东子妈呢，就和许多人一起跑到出事现场看，东子妈被大货车轧在轮子底下成了一堆肉。不过，修车老头认得她平常穿的那件衣服，这才大喊一声："啊呀，东子妈啊！"谈起这些，修车老头至今不敢相信，一边说，一边抹抹眼泪，叹气不止，说一个好好的人就这么死了，一眨眼工夫。钱东说到这里，再也不能随意，声音有点变。我们大家只好不出声。

钱东妈死后，肇事司机赔了四万块钱。当时，钱东家确实缺这四万块钱，有了这四万块钱，钱东跟他爸爸就变卖掉原来那间不足五十平方米的破房子，再找亲戚借点，在晓庄幕府山庄买了套七十几平方米的房子。幕府山庄的菜场在小区内，而且小区内严禁机动车辆进入，物业管理很到位，起码买菜不再有发生车祸的危险。家住幕府山庄的钱东不禁感慨万千，他说，如果他妈现在活着，多好，哪里会因为买菜而出现惨剧呢。我们说，是啊是啊。后来，钱东大概觉得这个话很孝顺，所以经常说，终于有一天，孙山就说了，切，你妈不死，你能住到幕府山庄吗？！刚开始，钱东因为这个话非常生气，几乎要跟孙山干架。孙山也不是软货，就不停故意说。随着这种次数越来越多，到最后，钱东不仅不生气，也同意了孙山的说法。至此，钱东的妈妈彻底死掉了。

钱东妈彻底死掉之后，有天晚上，几个人在我家打“跑得快”。局面是这样的，我和赵强赢，孙山和钱东输。他们不服，天都快亮了，还要打。孙山说：“操你妈的，老子就是不信邪，真是日鬼了。打，继续打，哪个不打是儿子。”钱东也在旁边附和。赵强因为常年没事做，晚上精神好，无所谓，我只好哈欠连天地奉陪。

打着打着，突然我家门被敲响了。我们被那敲门声搞得很紧张，这时候谁还会来呢？钱东说：“是不是派出所来抓赌啊？”赵强说：“放屁，我们又没来钱的，不是赌博，只是娱乐。”我就去开门。

来人不认识，满头大汗。我问他找谁，他不出声，眼睛和身体一样都想往里挤。我刚想骂，他就叫了起来，说：“孙山，你他妈的还在玩，你妈快不行了！快走，在迈皋桥医院里抢救呢。”孙山认识来人，事后知道是他家邻居。只见孙山不情愿地从位置上站起，并不着急的样子，盯着来人走过来，很小心而且极力压低声音似的凶狠地问：“什么事情？你他妈是不是疯了？”那人继续骂：“你个呆逼，你妈喝药水啦。”

事情是这样的，孙山妈妈早年当过知青，年轻时候聪明漂亮（**由遗照可知**），但那时候，她很积极，也愿意自己一辈子扎根农村，所以在苏北嫁了个当地农民。那个农民就是孙山的爸爸。也因为这个，直到1985年，孙山妈妈才带着孙山和他姐姐从苏北返回南京。返城后，孙山妈妈一度参加了许多复习班，参加高考，想读大学。但家庭负担太重，结果可想而知。所以他妈妈这时候非常后悔自己当年的幼稚行为，看着孙山跟他姐姐要吃要喝的样子，真是痛不欲生。没办法，她只好恨她的农民丈夫，甚至恨自己的子女。后来，确实因为太苦，她只好托尽关系，把孙山爸爸也从苏北搞到南京来。她指望夫妻两人两双手劳动，能改善生活。可是，孙山爸爸大字不认得几个，到了南京怎么也找不到好工作，顶多给人家单位看几个月大门而已。而且孙山爸爸封建思想严重，认为女人不该指使男人，加之又好吃懒做，两人几乎天天吵架；吵架解决不了问题，那就打架；打架解决不了问题，那就离婚。但不知道为什么，两人闹离婚闹了几十年，也没离成。促成孙山妈妈喝农药自杀的直接原因是，那天晚上，她下班到家，孙山爸爸连饭也没煮，他一直这样，指望老婆煮饭给他吃。两人吵后，孙山妈妈一气之下就到女儿家去了。女儿女婿已经吃过了，怕麻烦，就把剩饭剩菜热了热，孙山妈妈很生气，没吃就走了。孙山姐姐和孙山一样，因为小时候整天被妈妈打骂，对老娘甚是不欢迎，也没追留。孙山妈妈就感到绝望了。她回到家，孙山爸爸也和平时一样串门未归。她只好穿戴干净，买了瓶农药喝了下去。孙山爸爸回到家时，她已经快不行了，送到医院，抢救无效，这个女人死了。

对妈妈的死，孙山并无过多情绪。他和钱东不一样，只是讲了许多家里的往事。讲了自己小时候的苦，他妈妈是怎么刻薄地对待他们姐弟俩的。考试考不好，被打得要死。但人家孩子能买个书包什么的，他妈妈却没有钱买。所以，孙山永远也读不好书。最后他说，其实，他妈妈确实嫁错了人，她走错了，就一辈子错，喝药水死掉对她来说就不算错，死了就死了吧，反正活着也没什么劲。

下面该轮到赵强的妈妈了。

赵强妈妈有胃病，我们一直知道。我们四个人那时候经常爬小红山，有一天捉到只刺猬。赵强要求给他，他说他听说吃这个治胃病。给他就给他吧，没什么。赵强是个孝子。这也是我们经常爬小红山的原因。可惜我们只捉到过一次刺猬，其后再也没有。所以，赵强妈妈的胃病只得越来越严重下去，直到癌变，直到晚期。

我们安慰赵强："你妈妈好好保养，也许能多活几年的。"钱东说："怎么说，你妈妈如果真死了，你也有所思想准备，哪像我和孙山，简直太突然了。"他的意思是，赵强要比他们幸福。赵强听到，一个耳光就打了过去，他太孝顺了，甚至不愿意听到别人把他妈妈和死连在一起。钱东一下子被打蒙了。等他醒悟过来，骂骂咧咧地要扑上去还手，但被我们及时拦住了。孙山骂："你们他妈逼搞什么搞，啊？搞什么搞！"说着他竟然哭了起来，这是我们第一次看见最爱操蛋的孙山哭。我们不知道他为什么哭，接二连三的死和病令我们越来越脆弱了。在我看来，孙山对他死去的妈妈未必真如他表现的那样冷漠。也许他现在借这个机会来发泄一下悲伤。只见他搂着一直垂着脑袋的赵强，也垂下了脑袋。钱东对我的阻拦也只是象征性地挣扎了几下，当我松开，他也没有再扑向赵强，而是站在原地气鼓鼓的样子，左脸蛋上的五指红印尚在，他也没去抚摸它们，那样也许会显得自己更为软弱。然后，大概因为脸面挂不住，他转身走了，招呼也没打一个。我站在那里，不知如何是好。我知道，去把钱东追回来是毫无必要的，而面对分别坐在两块砖头上垂着脑袋的赵强和孙山，我也不知该做点什么。他们正陷入巨大的悲伤之中，我无能为力。安慰其实总是多余的。另外，事实是，我的妈妈身体健康，每天能吃一大碗饭。我突然羞愧不已，甚至觉得对不住我的朋友们。为什么他们的妈妈或死或病，而我居然还有那么健康的妈妈？所以，我说："我也走了。"然后就走了。

赵强妈妈快要死的时候，我、钱东和孙山曾去医院探望过一次。我们买来果篮，并每人掏两百块钱用红纸裹着，塞给了满脸憔悴、一直坐在医院长廊椅子上的赵强。赵强很麻木地看着我们，什么话也没说，对我们前来探望也没有言谢。他没和我们说话，我们只好问从病房里走出来的医生。医生告诉我们，赵强妈妈可能就这一两天工夫了。我们虽然知道最终如此，但还是大吃一惊。于是，我们把脑袋凑到病房房门的那扇小小的玻璃窗上向里张望，希望看见赵强可怜的妈妈。但我们看不到，她在被子底下瘦小不堪，就像一个枕头静止不动。只能看见她的一只手软弱无力地被坐在病床一旁的赵强父亲紧紧握住。赵父也没有我们想象的那样老泪纵横。他面无表情地握着那只手，就像冬天他握着一个可以焐手的茶杯那样在思考或不思考。

我们陪着赵强在长廊里坐了许久，然后我们站了起来，跟赵强说："兄弟，我们走了啊。"赵强对我们点点头，笑了笑（**这个笑至今还像朵小花那样刻在我脑子里**）。我们默默地离开了医院。在医院门口，我、钱东和孙山彼此看看，很客气地互相道别，各自回家或去上班。

值得说的是，赵强妈妈死掉之后，我们四个人再也没有聚过。我们偶尔相遇，就停下自行车客气问候一番，然后就骑上各自的自行车忙于自身去了。

本人已死，有事烧纸

应该干点什么。

我已很久没干过点什么了。比如找姑娘搞搞。如果不搞，就谈谈。不谈，互相抵着脑袋一言不发，也就是所谓沉默不语也好啊。但，没有，一直没有。什么都不干，骨头都散了，就像梦里出现的景象：自己是一把骨头，被分置于房间的各个角落。是不是有点颓废青年的样子？起码想法很颓废吧？其实，我是个本分人、老实人，很农民的样子。世上没有颓废的农民，颓废是城里 ×× 的行径，我不颓废。我爹说得好，你只是个普通人。他的意思在这里就可以理解为：普通人没有道理搞颓废。

关于我爹，他刚才出门了。他老婆死得早，这么一大把年纪了却没有老婆，就像我这么年轻居然天天待在家里假装颓废，都是不对的。我不知道他出门干什么，他退休在家已有多年。当年他当某个厂的干部，捞了不少钱，即便我现在不工作，他也没意见。“钱，别急，这两年还够用，不够用了再说。”他说，“就这么说了，我出去了。”我说：“好，你去吧。”

他去哪儿呢？我站在阳台上想看到他去哪儿。我经常这么干，但没有一次能找到他。街道上全是人，我爹也是人，所以我怎么知道哪个人是他呢？我多么希望他突然变成畜生，那样我就可以不费吹灰之力发现他，发现他招了一辆出租车，尾巴却夹在门缝里，然后在另一条街上拽住了老情人，然后这对衰老的狗男女爬到了那张碎花床单铺就的席梦思上。

我真是这么想的，我多次想劝他把那老太娶回来，但都没有开口。因为他从来没有跟我说过他在外面还有个老太。或者，我根本就不知道他在外面是不是真有个老太。但我还是那么想问题。这就像我天天想着有那么一个干净的姑娘在山顶上等着我。我爬到山上，然后和她一道跳到山下。如果她比我重，就可能先落地，我就可以看到她被摔得稀巴烂；若体重相反，她也可以欣赏我是怎么稀巴烂的。总之，我讨厌两个铁球同时落地。

我真不是人。

我爹出门后，门被敲响了。居然是王珺。

王珺是跟我有过一腿的姑娘，前年春上断了，无疾而终。她跑到我家来还是第一次。

我说："怎么是你？"

她没说话，进来一屁股坐在椅子上。这就好像她经常进我家，经常坐那把椅子一样。但那张椅子一般不给人坐，所以，她坐下去搞起了一股巨大的灰尘。这又说明她确实没来过我家。灰尘，就像她这个人一样，早都蒙了灰的人了，还跑来找我干吗呢？

"说吧，什么事？"

她咬了咬嘴唇，说："给我倒杯水。"

我就给她倒了杯水。她端起杯子一饮而尽，喉咙里发出一饮而尽必须发出的声音。我皱皱眉，只好去厨房再给她续一杯水。结果，她又是一饮而尽。我烦了，没有接她的目光，而是盯着那个空杯子发呆。我对发呆比较在行，如果你看到我发呆一定不会当我没发呆，我希望你说，看，他在发呆，真呆，是呆子，呆逼。

但我确实是伪装的，因为我被她的话吓了一跳，而不是一个发呆的人所理应有的镇静和仅有面部表情的吃惊。

她说："我怀孕了。"

"真的？"

"嗯。"她点了点头。我突然觉得她应该要么不说话，要么低下头，这些都是绝好的回答，可她居然点头强调她怀孕了。这个女人真是无可救药。

"好吧，"我故意说，"你怀孕了，恭喜你快当妈妈了。"

"操你妈，"她发起了怒，从椅子上站起骂了起来，"你妈没怀孕能有你吗？我怀孕值得恭喜吗？我操你妈的，你他妈还是不是人？"

她的声音真大。我说："我操，你声音能不能小一点。"说着我赶紧跑到门口，像窥视犯那样通过门缝朝外面望了望。这其实是多余的，门关得好好的，该泄露出去的声音肯定已泄露出去，该被人听到的已被人听到。我心虚什么呢？

她看我这样子就说："咦，你这么鬼鬼祟祟这么紧张干吗？又不是你干的。"

"那么，谁干的？"说完我就后悔了。

"关你屁事。"她说。

“那你跑来找我干什么？王珺,你怎么了？”我貌似诚恳地说。对，她叫王珺, 我提醒自己别忘了一个曾经跟自己有过一腿的姑娘的姓名，这也许就是道德吧。

于是，王珺又一屁股跌坐回那把椅子，不再说话。于是，她双手捂面，于是，哭声和泪水从指缝间渗透，落在了她宽阔的大腿上。这，就像电影。

说实话，我不了解王珺，当年就不了解，也没兴趣了解。更大的实话是，我不了解女人。女人太难懂了，她们居然会捂着脸哭，如果我哭，绝不可能捂着脸。我习惯于挥舞手掌擦眼泪，把自己擦得满面红光、幸福异常，把自己擦得五官混乱、面目一新。

但我不能傻站着，我得安慰一个怀了孕的女人，准确点说是安慰一个未婚先孕的女人，安慰一个曾经有过关系，现在如此陌生的女人。没别的原因，她坐在我的家里。我不愿意让她在我家里哭。女人总是把哭泣搞得跟鬼一样凄惨。或者说，女人哭的时候就是女鬼。那些女鬼啊，白衣飘飘，脸色苍白，嘴唇血红，搞得跟吃了心脏却非本意一样委屈和疼痛。

我是这么安慰的，我说:“王珺，别哭了。”她还哭。我就走过去，用一只手按了按她的肩膀，说：“别哭了。”还哭。我就两只手按左右肩膀。还不行, 我就摇晃她的肩膀说:“别哭了好不好？”“不好。”“好吧。”我蹲下身，希望看到她的脸，但我没看到，只看到她的手指，所以我继续摇晃。蹲累了，她还在哭。我只得站起来，继续摇。我摇啊摇，越摇越快，最后就像一个孩子在摇一棵结满果实的大树。我忘乎所以地摇晃她。直到我大汗淋漓不得不停下来，才发现，她已经不哭了，而是闭着眼睛一副听天由命的样子。

然后，她睁开眼睛，看着我，说："你干吗？"

我气喘吁吁地说："不干吗，想叫你别哭。"

然后我找了把椅子与她面对面坐下来。我也口渴了，端起她的杯子进厨房，出厨房时我一手端了一个杯子，放在茶几上与她相对而坐，我们真像标准的交谈男女。事实也正如此。王珺对我诉说了孩子他爸是怎么认识孩子他妈，是怎么将孩子他妈哄骗到床上，又是怎么使孩子他妈受孕的……

事情很简单，我趁着简单就再简单点说。那个男的确是个好人，他对王珺很好很好，比我好多了。他关心王珺，尽自己最大的努力满足王珺的要求，每天都去看她，腿被人家打骨折了还拄着拐棍去看她。如果王珺不答应，他也绝不会强奸前者。一切还是王珺主动，因为王珺也爱上了他。对一个自己爱的人，还有什么不可以给的呢？一具并不新鲜的肉体，献给那个男的，王珺不仅没有施舍的高傲，反而只有羞愧。她多想自己只是一张白纸，给这个男的填补空白，而不是像她实际情况那样，被我和许多男人弄过才冒充一张白纸终于摊开给那个男的写字画画。王珺确实被他打动了，像她这样的女人被一个男人打动不是一件容易的事情，但她还是被他打动了。她经常被他搞得热泪盈眶。终于有那么一天，她激动地爬上床告诉他，我们生个孩子吧。所以，王珺必然怀孕。王珺的想法很简单，如果怀孕，那么就立即和他结婚。是的，王珺已经三十了，是到了结婚的年龄。她一头黄发已恢复乌黑，她为成为一个贤妻良母作足了准备，而且准备就绪。

但是，王珺说："上个月，他死了。"

"是被汽车轧死的。"他出门之前对王珺说："我去上班了。"

他死在下班途中，一场司空见惯的交通事故。肇事司机被拘留，被吊销执照，然后满眼泪水地把几万块赔偿交给死者的父母，然后另谋出路。如此而已。而王珺的男人确实死了，再也不会回来了。

他丢下王珺，丢下怀孕的王珺。王珺能怎样呢？她只有堕胎。她没有勇气为一个死者生下孩子，就是这样。

"但你跑来找我干吗？"我说。

"我也不知道。"

我看看窗外，午后的阳光，几只风筝在天空飘荡。

"这样吧，"我突然说，"我陪你去给他上坟吧。"

于是我陪着王珺去上坟。我们经过街道卖冥钞纸钱的地摊就买点，经过山脚河边，就折了一根柳条。然后我们来到了那个男人的坟前。

我们把纸烧了，也将柳条插在了坟头。

在坟前，不仅王珺再次哭了，我也落了泪。我泪眼蒙胧地看着蹲在地上的王珺，发现她是多么可怜多么需要男人的女人啊，而她的男人却在坟里。我作为一个男人为什么不冒充坟里那个死掉的男人呢？所以，我打算下山的时候告诉王珺，别堕胎了，嫁给我吧。

但是，下了山，时间已是傍晚，阳光斜射，空气突然变得十分新鲜。我心情突然舒畅了起来，并没有说那句话。

回到家后，我爹已坐在那儿看起了电视。他看见我进了家门，说："奇怪，你今天怎么出门了，去哪儿了？"

“我跟踪你了。”

他紧张起来，说：“跟踪我？你……”

哈，看老家伙激动的，我赶紧上前按住他激动的肩膀，说：“骗你的，没跟踪，呵呵。”

“那你这个小畜生到底干什么去了？”

“哦，没干什么，今天运气不错，终于干了件事。”

良田唯有深耕细作

“你说你整天小男小女的像什么话？”我爹终于开始教导我了。

“是的，老子，你说得对，不像话。”

“别以为知道错就完了，没那么简单。”

“好的，那你说我该怎么办？”

“去，把那筐土豆削削。”他说。

我和我爹都是土豆爱好者，因为我妈死得早，我感觉自己是吃土豆吃大的。我们不将土豆做成其他，而只将它切成块状水煮了吃。在我们看来，没有比水煮的土豆更好的土豆了，也没有比水煮的土豆更好吃的东西了。对我来说，这得力于遗传；对他来说，只有他妈鬼知道了。

所以，我在削土豆皮的时候问他，我说：“老子，你吃土豆不厌倦吗这么多年了？”

他继续吱啦吱啦摆弄他那个半导体，没有接我的话。他希望赶在土豆烧熟之前可以听一段单田芳的《赵匡胤演义》。这个半导体已经很多年了，当年我在外面被人打破了脑袋，他就是靠这个半导体来安慰我，放一些莫名其妙的曲子，我就用手捂着流血的脑袋听歌曲，样子一点不像傻子。如今，我长大了，按他的话说开始小男小女了，回来了居然有时还搞点眼泪淌一家伙，他说："儿子，你退步了。"

"真的一点不厌倦吗？"我又问道。

"别吵，等我把它搞好再说。"我看见他脑袋在那个半导体上方晃来晃去，他的脑袋挺大的，可能白头发多了使之增大。

"好吧，"我说，"其实你可以新买一个，都这么多年了，它也该歇歇了。"

"说得轻巧，钱呢？"

我没话说了。是的。钱呢？没钱。他没有，我也没有。所以，我只能做个土豆口型，就像土豆塞在口中，更像土豆从口中拔出之后。

但我爹没有回答我的问题，包括我削完土豆到吃完土豆的整个过程。在这个漫长的过程中，他的半导体修好了，单田芳也说完了那个章节。赵匡胤被迫把黄颜色的袍子披在身上，然后说了个"朕"。我很想第三次提出那个问题，就是你吃土豆不厌倦吗？但我不好意思去说。我知道有很多问题都是因为不好意思去说就那么不了了之的。我想到从赵匡胤那个年代至今，该有多少此类情况、多少个问题都因此被忽略了啊，而且将来还势必如此继续下去。我很难过，内心充满了遗憾和苦闷。

我走到窗前，看见外面下雨了。没有闪电，没有雷鸣，天默默无闻、悄无声息地下着雨。这令人感到凉爽，感到秋天就要到了。也许它能下上个十天半月，也可能像儿戏似的闹着玩玩就歇了。

"儿子，别想了，去睡吧。"我爹在我身后说。

“好的，”我转身向自己的房间走去，并真的边走边打着哈欠说，“睡。”

在我进房门的时候，我又听到他在我身后说：“厌倦吃土豆可不是一件好玩的事，以后别提了。”

其实我们以前吃土豆一直是不削皮的。那时候我爹说，削皮不好，营养就在皮里，削了皮吃等于吃屎。这一情况改变自去年冬天，那天他在报纸的养生栏看到一则消息，说是土豆皮吃多了会得癌症。他看完后就立即拿给我看。我看完后，他又抢了过去，并找出剪刀，将那则消息剪了下来，贴在了他那本黑皮抄本里。这个抄本里有许多这样的内容，它包含着种种生活常识及其他社会新闻。有一天，我闲着没事拿那本子随手翻翻，翻完就放在窗台上，他回来没找到，急得跟个猴子似的。我看到他那个样子感到害怕，当我看到他居然跑到卫生间脱下裤子坐在马桶上装成大便的样子时，更感到害怕。他失魂落魄以至都忘了自己当天的屎早已拉完。天哪！好在后来我们还是在窗台发现了那本抄本，它安然无恙，一页不少。从那以后，我就再也没看过那个抄本。

我躺在床上想到这些事情，感到心里更加不好受了。我并不想看那抄本，如果我真的有强烈的阅读欲望，尽可以把它翻出来。就在他房间，就在他的床上，就在他的褥子底下，就在那叠过期的票据上方摆着。真的，我不想看他的抄本。于是我站了起来，而且还穿上了衣服。

推开他的门，扑面而来的就是他的鼾声。多年以来，他一直是这么睡觉的。正像人们说的那样，如果他不再打鼾，并不是“止鼾灵”起了药效，而是他已死了。还是正像人们说的那样，如果我在推开他的门时没能被这么巨大的鼾声撞个满怀，那么可能我就死了。

屋外，是街道上半夜来往的车辆。它们在这么深的夜来往于我们的楼下，就像只是一群机器，而并没有人在其中驾驶。偶有灯光从窗口照入，这使我母亲的肖像在镜框里忽明忽灭。她还很年轻，也许谈不上漂亮，但多年以来并不影响我们爱着她。我的外祖父外祖母并无兄弟姐妹,他们也没生下七个八个,只生了我母亲一人。我的意思是说，我母亲多年前的死掉使她接近完美地死掉了。之所以还没完美，乃是因为她的丈夫和儿子还活着，还知道她曾经活着。当我们也死掉，她就完美了。到那时，世界上将没有一个人知道曾经有过她这么个女人，没有人知道三十年前的春天，她和我的父亲是一对柔情蜜意的情侣。据我爹说，那个春天，他和母亲在一条街上走了整整一个下午，其间他们没有一句交流，也未看对方一眼，只有阳光下的影子越来越长，直到两人分手回家。我常常感到自己就是我爹，和我的母亲也那样走过一段路,我感到她的肢体是那么柔软,感到她那么美好,我多么爱她。

是的，我的母亲，我妈，我娘，她死得真早，挺遗憾的。不过也死得其时，她不再衰老，不再大妈，我真希望她连我也不生就死掉，那样的话可能会更好。可能，我这想法有点自私。

“老子，”我喊了声，想看看他醒着没，所以又喊了声，“爹。”

他转了个身对着我，但鼾声未曾停止。看来他睡得很沉。

那个黑抄本就在他的脑袋下压着，所以，我去搬他的脑袋。他的脑袋还挺重的，估计有四五斤，看来我得两只手去搬。在搬的过程中，我想到砍头，也就是说，人的头砍了，大概大点的四五斤，小点的三两斤。于是我痛苦地想，爹，我没有砍你的头，请你原谅。

他还是没醒。即便我像搬个大菠萝那样搬得他脑袋或东或西，他仍然不醒，持续发出巨大的鼾声。说实话，我为他年纪至此仍有这么好的睡眠感到庆幸，另外，我也为他像个猪那样睡得这么死感到羞辱。于是，我对着他的耳朵又喊了声：“爹。”

声音不大，因为我不想吵醒他。

终于，我按照自己的想象，在那个方位找到了抄本。它确实在褥子底下，确实漂浮在一叠过期票据的上方。因为黑，当我掀开褥子发现它的时候差点以为自己在父亲的床上发现了一个方方的地道入口，脑子“嗡”地一下，一阵晕眩。

为了不使灯光转弯到达父亲的床头把他搞醒，我只好找了半截蜡烛。半年前，我们这儿曾停过一次电，蜡烛是那时候买的。后来电来了，蜡烛被我随手塞在床腿上一个被蛀空的洞里。没想到我居然能清晰地记起半年前的事，并准确地从黑暗中把它从洞里扒拉出来。很短的蜡烛头，因为季节，已发黄发黑变形瘫软。

在抄本上，我没能发现自己感兴趣的东西。当然，提到兴趣，正是我的弱项。我对什么都没有兴趣。这是为什么，我想可能唯有我早已死掉的母亲可以解释。

我已说过，我其实并不想看这个抄本。现在看了，也没有什么能让我产生兴趣。我只能信手翻一页，然后简单说一下其中的内容。

这一页说的是，小营公社的社员在光荣正确的伟大的毛泽东思想的指引下，在公社党委书记周克民的带领下，对小营公社 6871 亩良田进行了改造，按照科学方法，分季种上了玉米、小麦、黄豆、水稻和高粱等农作物，并于当年获得了巨大的丰收，农业产值较之去年，有了 54.83% 的提高。公社党委书记周克民在介绍经验时，说道 :“良田唯有深耕细作……”

我说过，我不感兴趣。看完我感到困了，但我怕自己再次忘掉，从而使父亲因找不到抄本而感到日子过不下去，于是，我起身吹灭了蜡烛，摸黑又进了父亲的门。我要把抄本放回原地。

我想，如果他这次终于被我搞醒，并怪我又偷看他的抄本，那么我就告诉他，我看了“良田唯有深耕细作”一文，治愈了他所讨厌的小男小女思想。

当然，我的意思是他还是不要醒的好。所以我仍然轻手轻脚，像一只脚上长肉垫的大狸猫。

当我搬他脑袋的时候，结果落了空。我又顺着脑袋的方位往下摸，那底下很可能是屁股（**他爱蜷着身体睡**），还是落了空。床上无人。

去哪儿了呢，我的老子？

我抬头看看墙上的母亲，一道灯光骤然照在她年轻而冰冷的脸上，使我惊出一身冷汗。我感到没有了父亲，我的母亲是多么可怕。我得立即去找。

我知道他很可能在楼下，有一次也是这样，他抱着楼下一根电线杆子待了半夜。

但我跑到楼下，那根电线杆上没有他，四周也没有。我突然就想，也许他跑到小区南边那个操场上练身体去了呢。他每天早上可都是要去的，也许今天想第一个去，争个头名。不过，你已知道，我跑到操场上也没能找到他。

在找的过程中，我也并没有喊叫，我担心把小区内的人们吵醒，他们的窗户一个一个慌张地亮起来不仅会让我再次感到不好意思，更主要的是，那样会让人觉得真的发生了什么祸事。嗯，那样不好。

就是说，我根本没有可能找到他。如果我最终找到他，那是天意而已非我找的结果。

这样说，我后面就好说了点。

我是在小区五百米开外的公路上找到他的，那条路最近不通车，因为正在施工。不知道他们施什么工，也不知道施工单位都是些什么样的人。我每天都能看到他们橘黄色的头盔，如此而已。他们在路上挖了一个很深很深的洞，我的父亲正在洞中哼哼唧唧。

“是我老子吗？”我蹲在洞口朝下面喊。

“嗯哼。”洞里面发出这样一个声音。

我只好趴在洞口朝下看，希望看见是他。借着路灯的光，我看见他的脑袋，满头白发的脑袋，对比洞内的黑暗，他的脑袋非常出色，简直像施工人员经常发现的一颗雪白的骷髅。

“爹，是你吧？”我再次问。

他果然仰起脸来回答我道：“是啊，是老子。”

“你没事吧，老子？”

“没事，就是膝盖跟胳膊肘擦破了点皮。”

“你怎么掉到洞里的呢？”我问。

他说：“是这样的，你偷走我的抄本后，我发现又进来一个人，是个姑娘，很年轻漂亮，她扛上一袋土豆就跑了，我就跟着她追了出来，追到这里，发现她掉到洞里来了。”

“你又做梦了吧，”我说，“好吧，那姑娘呢？”

“没做梦，难道你没偷我的抄本？”

“拿了。”

“那姑娘是后进来的，她掉到洞里来了，我非常后悔，如果我不追她她就不会掉到洞里。所以，我也下来了。”

“知道了，爹，你是想救她吗？”

“是的，她是一个好姑娘。”

“那她人呢？”

“可能走了吧……我不太记得了。”

我只好趴在洞口想了许久，等我想清楚了，我说：“爹，快上来吧，回家吃点土豆，单田芳早上的书场也快了。”

不仅如此。

最后，我终于流了泪，说了句肺腑之言，我说:“爹，你真是好人，等我老的时候我也要像你这样。”

王奎张亮加我一个

真新鲜

有那么一件事情发生于2004年的春天，现在我如果把它原原本本说出来，不仅会遭到人们的质疑，而且还会认为我又是在编小说。之所以说“又”，是因为我没事就会搞点小说编编，但那东西连我自己有时都不相信，写起来倒挺坦然的，还搞得他妈一副煞有介事的样子。说实话，这副模样虽然做作，但还是挺有趣的，起码比说一件真人真事有趣、轻松得多。所以，各位，我不打算说那件事了，我打算写篇小说。

写什么样的一个小说呢？按照我的习惯做法就是不管，写吧你，写下去，觉得该停止了就打个句号，然后像个木匠那样闭上一只眼睛自己瞅瞅，嗯，怎么说呢，还算整齐，能算个东西吧。

在这篇小说中，我的主角还是王奎和张亮。他们俩是一对非常好的朋友，再次携手走进我的小说即已说明了这一点。当然，“携手”只是一种说法，一个男人牵着另一个男人的手去干吗干吗的，这景象着实令人头皮发麻。如果是一对女伴，我们可能不太往心里去。但，男人，呵，两条板汉手拉手？我的意思是说，男人切忌携手。如果你们情况特殊，实在非携不可，我仍有忠告，即在社会主义初级阶段的中华人民共和国你两人千万别选择错了时间和地点，把你们只喜欢摸老二的手藏好吧，同志，夜晚和角落交给你们去自由操作，行吗？

王奎和张亮，我对他们太熟悉了，了如指掌，操纵不止。从王奎的角度来看，他做梦也没梦见过和张亮携手；张亮的梦境，亦然，且常将前者踢得满地打滚。张亮为什么总爱做这个梦？那还是因为王奎经常在现实生活中挡他的好事。比如说他正梦见王奎被踢到楼梯上方，后者即将像坨肉球那样滚下去的时候，王奎的敲门声惊醒了他。

张亮不得不暂且把梦放一放睁开眼睛，他必然要作一番哀叹，哀叹如此大好之梦何日再来。真是太令人生气了，梦与王奎简直互为因果。所以，他根本就没有去开门的意识。所以，他痛苦不堪地用被子蒙住了脑袋，像电视里的演员那样装模作样地想通过这个动作将来客拒之门外。但“演”和“装模作样”这两个词只能决定他越来越清醒。于是他后来终于忍无可忍猛地掀开被子，纵身跪在床上冲门大喊：“我操你妈的王奎，滚！”骂完他又迅速躺下，再次用被子蒙住脑袋，区别仅在于动作比前次粗暴。但仍然像演员在装模作样，想到这个，张亮几乎绝望。

敲门声因为破口大骂停了片刻，似乎它也想听一听张亮一声怒吼在徒有四壁的屋里留下的嗡嗡回音。等回音盘旋良久像灰尘一样落入灰尘，敲门声也便掐准时间似的再次响起。

张亮不再骂了，他觉得如果再骂就是上了王奎的当，好像自己在被动地受后者敲门行为的操控。确实如此，为什么不敲你不叫，一敲你就叫呢？条件反射还是咋的？张亮只得在心里骂：狗日的，狗东西。还是不起来开门。他知道后面无非是王奎倒过来骂他，或用脚去踹门。

倒过来骂他，张亮自然不喜欢；踹门，他也喜欢不起来。但考虑到王奎那副气急败坏的傻样儿，人挨点骂门挨几脚踹还是值得的。想到这个，张亮不仅醒透了，而且刚才那种所谓“起床气”也消了大半。如果他此时突然变成姑娘，不定还得在被窝里掩上小嘴哧哧发笑。张亮的嘴挺大的，笑起来也不哧哧，但他还是被“掩上小嘴哧哧发笑”这个比喻搞得有点害羞。

所以，张亮没笑。事实上王奎也没有倒过来骂和踹门。敲门声不急不慢、一如既往地响着。“咚，咚，咚”，节奏清晰，完全可以当作半夜雨点落在瓦棚上的所谓天籁之音，道理上还挺诗意挺催眠的。不过，这后来有所变化，成了“咚，咚的咚，咚，咚的咚”。这使张亮想到王奎此时大概已作出百无聊赖的姿势在敲门了。要么是一手叉着腰、晃着一条腿在敲，要么是斜靠在门上在敲。真令人好奇，王奎哪来的这么大耐心呢？简直不像是王奎在敲门。但不是王奎又有谁会敲他张亮的门呢？

真是越想越好奇。相比于敲门声，张亮渐渐地倒是没有耐心了，没有耐心和一个陌生的敲门声继续僵持下去。于是他轻轻掀开被子，小心下地，尽量不使床板发出吱嘎吱嘎的响声。他的小心奏了效，床板很配合地一声没吭。张亮受到鼓励，于是走向门口的脚步也有如猫行。他清楚得很，并不是所有赤脚行走都有这样好的效果的，连自己都听不见足音，何况门外？站在门口，他倒没急着开门，而是闷闷地深吸一口气，想：打开门锁即便轻手轻脚也会有声音，而且声音还会通过门锁的金属及门板这些干脆的导体传出去，丝毫动静都能叫门外人察觉。所以，张亮以所谓迅雷不及掩耳之势打开了门。于是，王奎将“咚”之后的“咚的咚”准确无误地敲在了前者的脑门上。

就是王奎，还是王奎，确实是王奎，而且，他身边身后没有其他人。

让你失望了。张亮就是这么失望的，他大概觉得自己猛开门既可以吓吓王奎，也可以吓吓王奎身后藏着的某个人（很可能是姑娘）。可惜没有。不仅没有王奎之外的人，也没有吓着王奎。王奎连头都没抬，直接将指关节顺利地敲在了张亮的脑门上。张亮真想甩上门继续让王奎敲。当他想这么做的时候，王奎伸手挡住了门，然后从他自己制造出的门缝里别了进来，因为是自己制造给自己别，所以那条门缝不大不小，恰到好处，正好给他进来。

“有东西吃吗？”王奎进了屋子，第一次抬头看着张亮，问。

张亮已经爬到床上了，再次用被子蒙着脑袋（第三次了），没好气地说：“呜呜呜。”

王奎就到灶前自己找。他揭揭这个锅，翻翻那个碗，结果什么也没有。没有办法，他只好走到床上替张亮第三次掀开被子，问：“有东西吃吗？”

“操你妈的。”张亮确实生气了，不仅生气，还有失望。他在想，如果王奎带来个姑娘，多好，可他没有，所以他说了句，“吃屎去吧！”就又夺回被子第四次蒙住了脑袋。

王奎就说：“你怎么了，病了吗？”

这个，张亮不得不第四次掀开被子坐起来。不是他怎么了，而是王奎怎么了的问题。王奎，这么个男的，张亮太熟悉了，他都活到三十三岁了，还没找到工作，也没找到老婆，跟街口那个洗头房一个叫小朱的女的搞了多次也没给钱，好在较熟，赊着。王奎，这个混得如此之差的混子，他今天到底怎么了，为什么那样敲门，为什么现在这样说话？说实话，我都觉得好奇，张亮自不待言。

“呵呵，你这样看我干吗？”王奎被张亮看得有点不好意思起来，要命的是张亮还看到他脸红了一小下，虽然小，虽然浅，虽然快，但还是被张亮发现了。

现在，张亮问：“我说王奎，你没事吧？”

“事？”王奎东张西望了一遭，说，“什么事？哦，我没事，你呢？”

“操，那你自己找吃的去吧，我睡了。”张亮这次没有蒙脑袋，就这么把脑袋垫在枕头上看着站在那儿的王奎。

王奎也看着他。张亮发现他的嘴角有一丝微笑。于是他只得朝里侧着睡了。他盯着墙上的洞看，他发现这个洞越来越大，照这样发展下去，洞迟早要通掉，那么以他这样的睡姿就可以直接看到外面。如果外面不是房东家同样的那些小房子，那么张亮就可以看到房东家左边另一家的窗子。在那扇窗子后有个女高中生天天晚上看书要到 11 点。可惜这个女高中生没有“女高中生”这个名称漂亮。不知道为什么，她长那么胖，胖得张亮似乎现在就能通过这个睡姿发现她两条摆放在写字台下的粗腿。

后来，张亮听到背后的声音，他努力把思想从胖高中女生的大腿上收回来。想想王奎搞出的那声音是什么。是什么呢？哦，他在吃东西。吃什么呢？一定是地上那些胡萝卜。于是张亮回头看了看，果然不出所料，王奎在吃胡萝卜。在吃之前，看来他洗过一遍，除了他潮湿的手上抓着一根在啃，在桌子上还堆了五六根。这些粗细不等的胡萝卜，怎么说呢，形状居然那样仿生，色彩居然那样鲜艳，整个房子似乎都因之亮了起来。他吃得真香，而且嘎嘣嘎嘣的声音使王奎那副糟糕的烟牙瞬间显得无比锋利和雪白。就是说，张亮也被他搞起了食欲，而且是只针对胡萝卜的食欲。

“给我吃个。”张亮说。

王奎便从桌上拣了一个细点的扔到了床上。

很简单，几根胡萝卜会使我们的日子明亮许多，心情也坏不到哪儿去。

“你最近怎么样？”张亮边吃边问。

“还好吧，没怎么样。”王奎边吃边答。

“你上次搞的那些钱呢，借点给我用，下午我要去办个事。”张亮继续边吃边说。

“什么事？”王奎也继续边吃边说。

“哦，你就别问了，真有事。你不会花完了吧？”张亮终于停了一下看着王奎。

“是的，花完了。”王奎把一根吃完的胡萝卜所剩下的根蒂扔到了原来摆放胡萝卜的角落里，顺手又从桌上拿起了一根。

“我操，怎么可能？！不很少啊那些钱。”张亮不仅不再吃，而且开始穿起了衣服。

“你操也没用，确实用完了。”

“你看着我，老实交代，你怎么用得这么快？”张亮说完觉得这话挺肉麻的。

“操，肉麻，”王奎也觉得了，所以他不可能看着张亮，而是盯着胡萝卜说，“真用完了。”

“真的？”

“真的。”

张亮只好把穿了一半的衣服又脱了，再次爬到床上。

王奎于是说：“你还是起来吧，给我睡一下，我困死了。”

张亮看看他，这才发现，王奎的眼睛布满血丝，很红很红，真像一只吃完胡萝卜的兔子。

“昨晚干什么了，又去小朱那儿了？”

王奎边脱衣服边说：“是啊，不去她那儿去哪儿呢。”

“哦，都还了吧，难怪用完了呢。”张亮恍然大悟，好像很聪明的样子。

“往里面去点，”王奎开始朝床上挤，“还个屁，昨晚一夜麻将，全输给这个臭婊子啦。”

“操，你他妈的真有出息，活该——去你妈的，到那一头去睡。”张亮骂着给王奎扔了个枕头。

王奎很快就打起了呼噜。

两个人睡挺挤的，刚开始张亮很烦躁，几次想起来干点什么，但他还是觉得没什么值得干的，所以就一直赖在床上，后来也睡着了，但睡得很浅，我现在只要轻轻一喊，他就能醒过来。

当然，我凭什么喊他呢，懒得喊他。我写我的小说而已，他睡他的觉。不过，我小说写到这里，觉得有点为难，想找本书看看人家怎么写的。就在我找书看的时候，张亮醒了。

他说：“你手上什么书？给我看看。”

“操，你搞得很有文化啊，看吧。”说着我就把书给了他。

他翻了翻，就丢在一边。说是不好看。

我觉得这挺可惜的，拿到本书结果却一字不看，太可惜了。所以我就指了一段给他读。这一段如下：

两只土狗正在离她家大门口不远的地方交媾。邱大立的奶奶有点奇怪，自言自语着说：大热天的，它们真想得出来。经过它们时，两只狗自动分开了，用忧郁的狗眼瞟了瞟邱大立的奶奶，挺不好意思地分头朝相反的方向慢跑而去。一只停在了往北五十米开外的一个小土丘上，蹲在地上翘起后腿哀怨地舔起了它那根直棱棱朝斜上方竖起的生殖器官，由于蒙上了一层透明的夜幕，那个东西显得黑红黑红的。另一只几乎是同时停在了往南五十米开外的另一个小土丘上，也蹲在地上翘起后腿哀怨地舔起了它那根直棱棱朝斜上方竖起的生殖器官，由于蒙上了一层透明的夜幕，那个东西显得同样黑红黑红的颜色。

——（李红旗《幸运儿》P85/ 华夏出版社 /2004 年 1 月版）

张亮顺着我的手指头读完上述文字，一脚就将熟睡中的王奎蹬下了床。

话说我辈在春天

刚开始，柳树有点小绿，不太注意，看不出来。后来，绿得狠了，下面还有青蛙叫。青蛙叫的那个拟声词很丑，我就不写了。这就是说，春天来啦！

我们去看望一个身患重病的人。

这个人叫王奎。名字很刚，但他身患重病。

我们是，我和张亮。

王奎的老婆在家，她长得还是那么漂亮。因为在家，所以她只穿了件粉红色的毛衣，她的乳房不减当年。王奎家院子里有株桃花，我们看见他老婆从桃花下经过，来给我们开门，我们吓了一跳：真是人面桃花相映红啊。另外，桃花开得太牛逼了，开在王奎家破败的院子里简直牛逼烘烘，令人浑身燥热。我们就站在栅栏门外高喊："小高，你家桃花开得真好啊！"

对，小高就是王奎老婆。

小高这个女的，长得确实不错。张亮有点紧张地问："小高，王奎要紧不要紧啊？"小高对着我回答道："你们进去看看不就知道了吗？"

"那是那是。"张亮居然有点害羞。

是这样的，小高曾是张亮的高中同学。上了大学，张亮就把她当笔友，大学毕业还想跟她搞对象，所以经常带着她出双入对找我和王奎吃饭什么的。那时候的张亮风华正茂，满面红光，他大概觉得身边的小高迟早要跟了他。但结果小高跟了王奎，这出乎张亮的意料。张亮接受现实，但他看到小高还是要害羞一把。唉，张亮是个执着的人。

我也挺喜欢小高的，我跟小高有过一次地下接触。当然，王奎和张亮都不知道，那是她得在两者之间作出选择的特殊时期。我跟小高的事情很简单。她问我："你说，他们哪个好点？"我说："他们两个一般化，即便是我好朋友还是一般化，谈不上好。”

“哟，就你不一般？”

“怎么说呢，说心里话吧，我确实觉得自己比他们两个不一般。”

小高就好奇了，说：“说说看。”

“这个就没必要了吧，我现在是参谋，角色不能搞错。”

“那也不一定，说不定我还选择你呢。”

“你以为你选择我我就要你吗？”

“少来了，说吧，反正也是聊天。说真的，谈他们两个我就烦，说说你，说说看？”

“你真要我说？”

“对啊。”然后我就对小高说了一句话，她听明白后拔腿就跑掉了。至今我还记得她拔腿跑动的那个时间和地点，那个时间也是春天，再具体点是春夜，地点是湖边。我也记得她跑动的背影，她的背影比她的正面更精彩，尤其是其时其地。也就是说，当时我想追上去，但我没追。没追也许是不对的，为什么不对？后面我会谈这个问题，不急。

我们就跟着小高进了房。

王奎睡在床上，病人不睡床上难道睡地上吗？

我问：“王奎，怎么样？”

王奎支起身子，说：“还那样。”

张亮说：“那医生怎么讲？”

王奎说：“我也没搞清楚，你们问小高。”

我们就看着小高。小高说：“医生说，下个月中旬开刀。”

“有这么严重？”张亮有点吃惊了。

我安慰张亮，说："没事，开刀有什么，阑尾炎不也开刀吗？"

然后就是小高站在窗前削起了苹果。那苹果是我和张亮刚才买的，我们仅凭记忆或电视上的景象买来了苹果。我们买了有七八斤，这是专门给小高削的。但说实话，从我个人角度来看，苹果为什么总是要出现在病床一侧呢？难道王奎一生病了就真的爱吃苹果？我总是被这样的问题搞得很困惑。

"吃吧。"小高把削好的苹果递给王奎，另一只手拎着螺旋形状的苹果皮。

王奎接过苹果，没有立即塞进嘴里，而是盯着看了几秒，突然说："你为什么给我吃苹果？"

为了让王奎把苹果吃了，小高又削了四个苹果。

她先给我，我立即就吃了起来，王奎看我吃，也跟着吃了起来，但他毕竟是病人，没我吃得快，我吃完了他才吃一半。所以，等小高削的第二个（**不把削给王奎的那个算作起数**）给了张亮，第三个也已削好正准备吃的时候，我说："给我。"她就给了我。所以，她又削了第四个苹果。所以是四个而不是三个，超过人数一个，加上削给王奎的，就是五个。因为张亮嘴小，所以，第二个苹果我是和他同时吃完的。而小高因为是女人，所以吃得很慢。当我们等待小高终于吃完苹果的时候，再看躺在那儿的王奎，只见他皱着眉很痛苦的样子，而他手中的苹果被他放在了床头柜上，起码还有三分之一的果肉。可惜，在这短短的时间内，那三分之一破破烂烂的苹果已生满了锈。

他确实病得不轻。

我们只好再到院子里去。

外面光线很强，桃花盛开，这么好的天气这么好的季节，王奎却重病在身，躺在了潮湿的床上。想当年我们四个人每当这时都会去爬山。我们抄近路上山，再抄近路下山，从来不走正道。我们在山顶哇哇大叫，在山下也哇哇大叫。想起当年我就热泪盈眶。唉。

我们坐在桃树底下，小高进去忙饭。

为了缓解一下情绪，我问张亮：“你跟那个脸上没痣的姑娘怎样了？”

张亮说：“不行，没进展。”

“你是不是很爱她？”

“呵呵，不知道。”

“她是不是嫌你长得不好看？”

“没，她从来没说过这个。”

“那问题就大了，”我说，“她连你长相都不嫌弃，那肯定是对你没意思了。”

“别搞得跟什么似的，你呢，有什么新情况？”

“哈，我，我需要吗我？我比你好，挺好的。”

“懒得管你，你牛逼。”

“嗯，我牛逼。”

在开饭之前，院子里进来一条狗。肯定不是王奎家的，但又肯定经常来串门。所以它没提防，看见两个生人，突然站在那里不动，脖子往上伸了伸，想叫，但也放弃了。它有它的想法，那就是干吗叫呢，绕过去就是，直接去厨房，看看小高烧什么好菜来着。

不过它还是谨慎的，贴着墙根走，尾巴夹得很紧，不仅如此，还用余光看我们。这是我第一次发现狗会使用余光，在我印象里狗基本没有白眼球，就是说，我是第一次看见狗也有大块大块的白眼球。很可爱。

然后我们就唤它，它非常紧张地停了下来，朝我们龇了龇牙。我“哦嘘”一声，它吓得一蹲，又迅速按原路跑出了院子。我就笑了，然后我站起来到院门口看它跑哪儿去了，发现它并没跑远，站在院门外五十米处回头张望。它看见我在看它，便向远处跑了起来，边跑边叫，叫得不太用劲。

我就笑着回院内，发现墙根下有摊尿。“哈，”我对张亮说，“这条狗有意思啊。”张亮说：“没出息，跟狗玩什么玩。”我没理他，说：“这条狗胆子很小，但我估计它还会来，真的。可以打个赌吗？”

张亮说：“妈的，这个还打赌，你是不是有病？！”

吃饭了。王奎也从床上爬了起来。他有点勉强地坐在桌子的一方，嗯嗯吃饭。他饭量没降低，这让我感到欣慰。我说：“王奎，还能吃饭就说明你的病根本不是问题，相信我，很快就会好。”张亮也是这个意思，但他说法不一样，他说：“我奶奶今年九十了，一顿能吃一满碗饭，我估计她活到一百岁没问题。”

张亮确实蠢，他这个话太糟糕，我分析一下：首先，一个老太婆能吃饭跟一个年轻人（**即便他已生病**）能吃饭是两码事；其次，活不活到一百岁是个寿命问题，也就是一个生死问题，对一个病人（**况且还是我们的朋友**）说死，于心何忍，何其歹毒；最后，你是在人家家里吃人家的饭，背后说说还无所谓，怎么能吃着人家的还说这个蠢话？

总而言之，张亮太蠢了，蠢不可言。

不过，这些分析也只有我分析，王奎和他老婆小高有没有分析，我不得而知。看样子他们没分析。因为，小高问张亮："你奶奶属什么？"

"龙。"张亮说。

小高眼朝天花板翻了翻白眼球，然后恢复位置，说："那没有九十啊，才八十九吧。"

张亮脸又红了红，前面说过，他爱害羞，说："啊，我们家就这个风俗吧，不对，我们家没风俗，是习惯，习惯是，过九不过十。比如明年我二十九，我家里就会给我过三十岁啦。"

"哦。"

我觉得很好笑，而且笑出了声音。

一直没说话的王奎问："你笑什么呢？"

我就说："按照我们记年龄的方法，张亮奶奶活到一百岁就增加了一年的难度，我觉得还是按他们家里那方法好，你们说呢？"

除了张亮不想笑之外，王奎夫妻都开心地笑了。在他们笑的时候，我突然觉得很没劲，有点想滑到桌肚底下去的感觉，就跟喝了酒一样。但这天我们没喝酒。我心里骂：为什么这么无聊？

在饭就要吃完的时候，我才发现，那条狗在桌肚底下找骨头吃。桌肚底下一根骨头都没有，说明这条狗早就到了。我们把肉从骨头上剔进口中，骨头交与它负责，看来已非片刻。我们已合作多时。这是人与狗的默契，即便我们初次相见。

所以，我把桌上堆积的一些骨头也扔给它吃，刚开始它还挺害怕的，渐渐地就放心吃了起来，很凶猛的吃相。张亮看我跟狗那么好，大概有点忌妒，所以他也开始扔骨头，很快，我们两个陌生人“嘘”那么一声，这条狗就开始摇头摆尾了。我们甚至可以伸手摸它了，摸它光洁的背，摸它的脑袋。张亮还夸张地把手伸到它锋利的牙齿附近，当然，这条狗不会咬他的手。张亮为此居然有点得意，笑得嘎嘎嘎的。

最后，我是说王奎吃过饭想回到床上之前，他提出向我借钱。他说：“借点给我。”我答应了。问：“什么时候要？”他说：“马上，我上床睡，坐不住，你们走的时候，小高跟你去你家拿。”

张亮说：“为什么不问我借？”

王奎说：“你要是多，那就借你的，不借他的。”

张亮又说：“那你还是先借他的，如果要给你，我还得回去筹，今天给不了你。”

“嗯，就这样，我们该走了。”小高取下了小围裙，套上外衣，已经梳洗，她已经作好了出门的准备。

我们三个人就各自骑上自行车上路了。那条狗跟我们跑了几步，停了。然后我回了几次头，它站在原地，但越来越远。

在一个岔路口，张亮和我们道别了。然后只剩下我和小高一前一后。路上也没什么其他行人。午后的阳光，道路两侧的树木已逐渐成荫，在我们看不到的地方总能适时传来上述的蛙鸣。还是那个原因，我不想用字来表示它们鸣叫的声音。

路上有些坡子，下坡子无须蹬，所以，轴的滚动和链条静止交互作用所发出的那种声音十分清晰好听。我们甚至懒得交谈。这不奇怪，我虽然经常咋咋呼呼，但我坚持认为自己不爱说话。小高是个爱说话的姑娘，但因为王奎的病以及阳光、树荫和我的一言不发，也懒得说话。

我们的自行车的声音真好听。

巨蛋降临人间

骑自行车往家赶的时候，在万寿遇见了张亮。他孤零零地站在车站的站牌下，看见我了，向我猛招手，并“老逼，老逼”地大声疾呼。是，我的绰号叫老逼。我只得象征性地捏了捏闸，然后两脚点地努力将车停下来。等我停下来，回头看，他离我已有七八十米远。我的刹车一直有问题。然后我就看见他拐着罗圈腿向我跑来。我很想蹬车继续赶路，随着他越向我接近此想法越强烈。真的，我有急事，小区 5 栋 402 户的一个老妇女给我介绍了个对象，她鼓动了我妈，打手机叫我立即回去。说实话，虽然我对相亲一向兴趣不大，但之前老妇女给我看过那姑娘的照片，模样还很不错。可以想象，此时那姑娘正两膝并紧地坐在 5 栋 402 户的客厅沙发上，而且偶尔还会抿一口茶。当然，她不会喝多，喝多了就得上卫生间，上卫生间就会搞出一些声响。她应该不希望我妈听到那些，因为我莫名其妙地感到自己很了解她，了解她不能确定我妈是否会把那声音传递给我。我很急，不应该让这样一个姑娘久等，不应该让她失望而归。

张亮跑到我面前，因为喘息一时说不了话，他大口呼吸的面部表情说明，他的事情可能比我还急，更急的是，他这么急现在竟然说不出一句话。好吧，我说：“张亮，你歇会儿，别急，慢慢说。”

然后他断断续续地把事情告诉了我，听后我大吃一惊，掉头和他走了。

具体什么事，而且我和张亮都得去？这个说来话长。相关情况可以参阅拙作《话说我辈在春天》。当然，仅看那篇还不够，此篇不可不看。下面我慢慢说，先说我和张亮去的地方。

我们去了一个叫大瓜园的村子，这个村子很小很小，因为大多数人都因拆迁搬走了，剩下的村民不足二十户。几十间乱七八糟破败不堪的平房及瓷砖剥落的楼房局促地挤在左右楼群中间。水泥巷道坑坑洼洼，积水其中，臭不可闻。偶尔有几只肥大的老鼠旁若无人地从一边跑到另一边，有的高兴起来还从另一边又返回这一边。我们所进的那间房就曾有老鼠先我们光临。这都是我亲眼所见。我说："张亮，老鼠老鼠。"张亮没理老鼠，说："到了。"

自王奎夫妇搬家至今，我还是第一次光临。

王奎的老婆小高再次睡在床上。她又一次自杀未遂。这一次她没重复割腕，而是使用了喝农药。谈起喝农药，这基本是乡村妇女的专利，将来我会写一篇《农药是村妇们最热爱的饮料》的小说，等着吧。小高职大毕业，相貌脱俗，真没想到她竟然干出此等没有名气的丑事。进屋后，我一时没能适应黑暗，没有看见小高眼泪汪汪的可怜样，也没有看见王奎埋首坐在一侧。我只闻见老鼠和人的尿味（**后者应源自床肚下那个红色的塑料痰盂**），在此基础上，我也似乎闻见了发自小高口腔的农药味。后来我曾有幸目睹了那个空了的农药瓶子，上书加黑姚体"乐果"二字，并画有一颗雪白的骷髅，被两根同样雪白的臂骨交叉托起。我每次看到这个，总想起一句脍炙人口的话语：让我们托起明天的太阳。

在路上我曾和张亮有过一段对话，如下：

“张亮，我们去干吗呢？”

“不知道。”

“你很急？”

“好像有点不放心。”

“那就去吧。”

“是不是你也不放心？”

“不是，我去看看，问个情况。”

而事实呢，我来到这间屋子后并未问任何情况。我和张亮面对着王奎一起坐了下来，然后侧过去一点，同时面向躺在床上流泪伤心的小高。

抽烟吧，真无聊。

后来张亮忍不住了，问：“怎么搞的？”

没有人回答他。

然后王奎抬起头看了看小高，又看了看我，说：“老逼，你那钱我得迟点还你。”

我想说，算了，别还了。但我没说。我确实同情王奎夫妻每况愈下的生活，他们是我的朋友，小高还曾陪我睡过。但，我不富裕或者跟富裕不富裕没关系。我的钱终归应该是我的钱，没有道理不要了。说流行点叫，我得对得起我的钱。

“我确实没办法啦！”王奎说完再次把头埋了下去。我估计他哭了，就上前推推他肩膀。他就那样闷着脑袋十分有力地挥开了我。这说明他确实哭了。我说：“别难过了，都会好起来的。”当然，我自己也深刻意识到此话多么虚弱无力。大家都不是孩子，大家都操和被操过，对这日子很有体会。

张亮在关怀小高。

他说 :“怎么样了，你还好吧？”

小高懒得理他，把头侧了过去。在床里，是一堵贴满旧挂历的墙。墙上是窗户，傍晚的光线自那儿射入，照在小高的脸上。逆着光，我可以清晰地看见小高塌陷下去的两颊，在那层闪烁着油光的皮肤上仍然还保留着少女时代的汗毛，茸茸的。小高还很年轻，她年方二十五。书上曾对女人的生理有过议论，专家学者普遍认为，女人过了二十五，那层茸茸的汗毛将逐渐消失，代替的是毛下那层油腻腻的皮，而那层皮届时也将发生质的变化，即毛孔开始粗大，黑色素逐日增多，螨虫寄生其间，于是一切因之黯淡。也就是说，此时的小高即将不复存在。她很快就将失去一切。我突然想到，这也许是小高屡次自杀的最主要的原因。

张亮一直对王奎进行逼问，他说 :“这次到底又是为什么？”王奎被逼无奈，只好说 :“还是那些事。”我相信王奎所说应该不会有什么大错。能有什么呢？夫妻两人自结婚以来不断迁居，工作换来换去也没有一个好的，双方家人及社会上更是侧目。自上次王奎病倒花了许多钱之后，两人的日子更是一蹶不振、江河日下。综合起来，就是，这日子真是没法过了。小高当然自杀。一切都明摆着，可张亮却不依不饶。后来，小高终于开口了，她说 :“你们两个给我滚出去吵！”

这一喊，两人立即停止了无聊的口舌之争，都乖乖地回到属于自已的位置，继续抽烟。在烟雾缭绕之中，我想起这已是小高第三次自杀未遂。说实话，我真不理解她为什么总是自杀未遂。在我看来，死是一件多么容易的事。就在不久前，我们单位的一个老家伙，他和同事下棋，下了两盘，老家伙都赢了。到了午饭时间，他想结束没有悬念的棋局去吃饭。但那个输了两盘的小家伙不想这么轻易地放过他，不想自己马上去食堂成为老家伙的一道所谓快胃的菜，所以坚决要求下“最后一盘”，并“以此定胜负”“输了的拜对方为师”。老家伙有两盘垫底自然无所畏惧，便再次坐了下来。结局和前两次一样，还是老家伙赢了。他不禁哈哈大笑。他太高兴了。他想喊面前这个连输三盘的年轻同事为“小鸡巴”，可惜他自己的鸡巴居然毫无廉耻地开始撒起了尿。他想张开两腿向在场的请教，我怎么撒尿了？可惜没说，就这么死了。

死是一件多么容易的事情。我想对小高说，她可以先背贴在这间臭烘烘的屋子的一堵墙上，然后以百米冲刺的速度向另外一堵墙撞去；她也可以从这个屋子走出去，跳过那些坑坑洼洼，然后到那条大马路上，那条马路车辆比行人多得多，它们因此有恃无恐，速度很快，看准了，一头栽过去，就大功告成了。又何必割腕何必喝农药呢？

张亮曾严重警告王奎，有了第一次就有第二次，还有第三次，以此类推至无穷。现在看来，我们亲爱的傻逼兄弟张亮是多么有先见之明，一切尽在其意料之中。

我还记得小高第一次自杀时候的事，是去年。仍然是张亮电话打到我那儿，仍然是一副如丧考妣的口吻。当时我正在看一张 A 片，当时我比片中人还要兴奋。电话在这样的时刻响起，令我十分恼火，我不能停止手中的活，等我把活迅速干完才去接的电话。当张亮告诉我“小高自杀啦”时，我多日未通的鼻子突然通顺了，当即闻见手上的腥味。

在天黑之前，我打过一个电话给小区 5 栋 402 户的那个老妇女。我说：“阿姨，抱歉，我朋友这里出了点事，恐怕一时赶不过来了，真的太抱歉了。”她说：“哦，什么事那么重要？”我顿了顿，想把小高自杀的事说给她听。但这件事情确实跟她没关系，而且说起来挺麻烦的。所以，我吞吐起来，说：“也没，没什么事，没事。”她说：“没事你都不来看看，你知道人家孙佳等多久了吗？”对，我还没忘，那个双膝并紧的姑娘叫孙佳。如果我能和她相识，并能深入持久地开展下去，我将终有一天对她说，孙佳，把你的腿分开吧！于是我忍不住激动地对老妇女说:“能让我和孙佳说句话吗？”我知道这也许是奢望，老妇女普遍没那么开明。不过我还是听到她递交话筒的琐碎声。然后我就听到了另外一个老妇女的声音，她说：“你死哪儿去了啊？”此人正是我妈。

电话是在路边电话亭打的，手机早已被我理所当然地关了。我把电话挂了后，就穿过马路去对面的大排档买盒饭。我买四份，也就是需要等待。在等待中，我找了张报纸看了起来。报纸上说，在距离万寿不远的兴卫村，一户农家的一只老母鸡生了一只重达 0.5 公斤的巨蛋。我觉得这则新闻挺有趣的，便向老板讨要了这张报纸。老板是个爽快人，给我了。我想让大家看看，就在离我们不远的地方发生了奇迹。也许我还可以就势来安慰一下王奎夫妻：你们的生活也会出现类似的奇迹。如果你们也生这样一只蛋，那我们一定会一路燃放着鞭炮前来恭喜的。当然，这是矫情。我的意思就是说，也许大家太无聊了可以看看报纸，想象一下那只巨蛋，仅此而已。

于是我就带着四份盒饭和那张报纸又返回了王奎夫妻租住的小房子。

吃完盒饭，我感到有点困意。张亮不同，食物使他更来了精神，又一次开始逼问王奎。当然，这一次，他没再当着小高的面与王奎争执，而是将后者拉了出去。王奎很不情愿地被他拉进了外面巷道的黑暗中。于是，我和小高被留在一百瓦灯泡的光明之中。这使我想到，唯有我和小高是光明磊落之人，屋外那两个乃阴暗宵小之辈。也就是说，唯有我才配得上现在躺在床上的小高。说实话，她的身体因为抢救看起来很不好，但在灯光下别有一番韵味。小高的头发散乱在雪白的光枕头上（枕套在床里侧蜷缩着），眼睛迷离，整个身体的曲线被毯子逼真地勾画来勾画去，搞得无穷无尽，真是诱人。

因此我也略微振作起精神，说："小高，你真漂亮。"

出乎意料的是，小高朝我笑了笑。于是我也友善地笑了。

然后我说："小高，我念个新闻给你听吧。"她点了点头。于是我将那个巨蛋的事读了一遍。在读的时候，我故意省略了事发地点。等读完，我就问："你猜这事发生在哪儿？"

小高说："不知道。"我说："嘿，就知道你不知道，告诉你吧，就发生在这附近，兴卫村。"

"呵呵。"小高居然笑出了声音。因为灯光，我甚至有点不太相信。

然后我就趁着这么明亮的灯光在他们的房间里四下走动起来，我希望再找点东西说说。这不是难事，我一会儿拿起一个电动剃须刀说，一会儿拎起一只臭袜子问小高另一只在哪儿……总之，我没闲着。也许我还曾拎起小高的胸罩比画过其应有的体积，甚至俯下身去吻了小高，这都很正常。为了满足读者的淫欲，我还可以说我和小高又干了一把，并且，她很配合。干完的时候，小高还流了泪与我谈了点心。她说："嫁给王奎是个错误。"我说："你当初确实应该嫁给张亮，你看，他到现在还对你念念不忘。"小高先没出声，后来，她可爱地咬了咬嘴唇，说："老逼，我嫁给你吧。"我愣了一下，说："小高，我对不起你，我有了女朋友，而且我跟她快结婚了，她叫孙佳。"

再后来，当然是我和张亮告辞滚蛋，他们夫妻的事情还得他们夫妻自己解决。自杀是否再次发生，谁也不敢肯定。张亮要求我推着自行车和他一起走一段路，我坚决反对，但反对无效，我们还是这么走了很长一段路。我看到我们在路灯下的身影像一对情侣，刚开始令我有点反胃，后来令我有点感动。

张亮说："你知道我跟王奎说什么吗？"

"不知道，你能说什么呢这破事。"

张亮停了下来，并做作地蹲在路边抖着手点了一支烟，这才说："我叫他跟小高离婚。"

"我操，亏你想得出来，你搞什么搞，还是朋友吗你？"

"不，我喜欢小高，大家都知道，我愿意娶小高，给她幸福。"

"那王奎怎么说？"

“王奎没说什么。”

“真的？”

“真的。”

“好吧，”我说，“我们走吧。”说着我骑上了自行车朝家的方向而去。

我听见张亮在我的身后追逐，他一边骂一边问：“喂，你和小高在屋里又说了什么啊？”

我加大蹬车力度，然后一个拐弯就在张亮的追逐中没了影子。

到塘村所能干的丑事

首先，我想念一段书：

传说上古时候，有一头叫作年的怪兽，凶猛无比，它被天帝用铁链拴在天上，只在每年除夕夜放它下凡一次。到了凡间，它就会吃人，且人类无力抗拒。后来有人在家门前烧起一堆火，这才使得年不敢靠近了。一传十,十传百，家家户户都在门前烧起了一堆火。但火有熄灭的时候,年虽然不能靠近人,但它可以等着火熄灭,照样可以吃到人。有一家人看着家里柴火都烧完了，情急之下，便将夏天乘凉用的凉床架上去烧。凉床是由竹子做的，在燃烧中爆裂，发出噼里啪啦的声响，居然吓得年逃走了。这就是爆竹的由来。后来的人，除夕之夜也不再于家门前烧火驱兽，而是使用鲜红的桃木门板将年兽拒之门外。既然如此，家家户户都需要桃木，后来桃木紧缺，聪明人就想出用红漆涂刷门板，再后来，就有更聪明的人将红纸贴在门上，这便是除夕贴对联的由来。

这段文字是我在一本万年历上读到的，时间是在我除夕下午拉屎时。我有拉屎看书的好习惯，情况基本如此，令我记忆深刻的书都是拉屎时读到的。另外，我跟许多人有所不同，不爱早晨起床就拉屎，也不喜欢上午或中午解决问题。下午是拉屎的好时光。这当然没什么道理可讲，起源简单，多年前的某日早晨醒来，当我想去拉屎的时候，被人阻止了，那个人是个女人，她摆出一个睡醒的姿势，立即使我屎意全无。后来我继续陪她在床上商量爱情，到了中午才起床，中午起床是没有选择的，吃午饭。饭后，又陪她去逛大街，大街上找不到公厕，商场的卫生间也仅供撒尿之用。实在憋不动了，我就离开她，穿过大街小巷，来到一个工地。工地都是场面火热的，我不否认，但我必须承认，我眼中的工地都是荒凉的，在这样荒凉的地方，有如置身荒山野岭。你知道了，我终于可以脱下裤子拉屎啦。时候已是下午，等我提上裤子回视我的屎，夕阳也没有使它们金黄，那是几截黑暗无比的屎橛子。一晃多年过去，我每天下午拉屎时眼前都会再现当年的情形，即便这样的年三十也不例外。也就是说，那个女人就像拉屎一样会准时出现在我的脑海。或者还可以说，我一旦拉屎就有了对某段爱情的温情。

下面，我得介绍我拉屎的地址，是，塘村王奎家的茅房内。这种乡村茅房非常典型，那就是不分男女，只有一蹲坑，我知道自己不能蹲得太久。在茅房外还站着我的另一位兄弟，他叫张亮。在年三十为什么会出现这样的情况？说来话长，简单点说吧，就是，王奎、张亮和我，我们是好兄弟，张亮和我过年因为假期太短没有回家的可能，那么王奎当然要邀请我们和他一起回家过年。我说："王奎，到你家过年不好吧？"张亮也这么说。一向以豪爽著称的王奎于是如我所料地手臂使劲一挥，说："没事，我家就是你们家，走吧。"这就对了，反正张亮和我确实没事，去王奎老家塘村过年比两个人在万家灯火外晃荡自然要好得多。不是我们要来王奎家操蛋，却是他的盛情不容反驳，为了友谊，我和张亮来到了赫赫有名的塘村。

当然，你不清楚塘村。在我们三个人的交往中，塘村作为王奎的老家，被他反复强调。他经常说起三年前发生在塘村的一个故事，一个男的被一个女的杀了，因为前者想强奸后者，而那女的居然被枪毙了。这是一个简单的故事，把它说出来似乎都多余。不过值得一提的是，这个女的是王奎的同学，也就是说，和我们一样大。但这不重要，重要的是，我们（具体是张亮和我）确实对发生过这故事的塘村心怀敬畏。塘村除了这些，当然还有一片狭窄阴暗的塘。这在我们来时已经看到了——村子依塘而建，树木高大，巨大的喜鹊窝在树叶落尽的树杈间。道路和塘之间是坡地，坡地上是葱郁的竹林，竹林间的小道逶迤而下，直至塘岸，偶尔水光一闪，有如刀光剑影。我们来到王奎家门前止步时，王奎意犹未尽地说，如果一直走下去，会走到也曾不断被他反复强调的老坟滩。王奎说，这里是平原地带，没有山，他一直引以为憾，好在有村东那一大片老坟滩，所以塘村人自古以来就不缺“上山砍柴”的丰饶。在那里，坟包千万，灌木丛生，确实是个砍柴唱曲的好地方。

然后我们就见了王奎的父母。王奎的父亲是个电管站收电费的，所以看起来属于乡村干部形状，脑壳明亮，头发稀疏，穿皮鞋。王奎的母亲不幸得很，居然是典型的农村中年妇女，手掌巨大，身材一如门前的菜坛子，满脸堆笑，喜迎来客，暴露了两颗闪闪发光的钢质假牙。对比其黝黑的面孔，十分鲜明。张亮和我自然也不是一点道理不懂，见面就喊伯父伯母新年好是少不了的，并且也将我俩凑钱买的一条烟、两瓶酒及其他一些礼品塞进这位中年妇女的手中。

下面就是王奎的妹妹了。来之前，王奎也多次说过有这么一个妹妹，年仅十五，比其兄长小十二岁，正读初三。在我印象里，王奎妹妹这样的姑娘肯定是要扎两条又粗又黑的辫子的，中间是一条笔直雪白的头皮，而且小花褂肯定因为生长发育短了一截而吊在腰处及踝处。她应该羞涩地低着脑袋，红着脸说：我叫王珺。但事实太出人意料了，这个姑娘发育得太好了，好到使人眼前一亮。真的不是我想象的那样，而是，拉直的长发、高领红毛衣、白牛仔裤和流行一时的篮球鞋。我要提醒各位，在我们广大的农村，正埋伏着王珺这样的美女。她们绝对是一群杀手，当她们突然站在我们面前，我们必须结结巴巴看其脸色来几句言不由衷的假装温和慈祥善良无欲的幽默，从而掩饰内心的慌乱。事实就是如此，当王珺对我们略为点头致意然后转身离开回她房间之后，我看见张亮羞涩地低下了脑袋。

在王奎的房间，我们一时不知道说什么才好。我感到王奎简直是个骗子，有这样漂亮的妹妹却不事先告知，这怎么说都是对友谊的严重破坏。张亮没忍住，他说：“王奎，你妹妹真漂亮，真是初三吗？”

王奎意识到了问题所在，他没有回答问题，而是骂了起来：“我操，你们两个是不是他妈脑子里有屎啊。”

我看见他说这话时脸也红了，这说明他很认真地在骂人。所以我说：“王奎，你们后面这片竹林真不错啊。”

其实，王奎需要的就是我这样的话，他于是立即轻松起来，说：“是啊是啊，家家门前都有啊，门对千竿竹，家藏万卷书嘛。”

我说：“书呢？哪儿有？”

“呵呵，一个说法而已，谁他妈看书啊，真脑子里有屎了不是？”

张亮说：“对，看书是脑子里有屎的表现。”

我说：“我要看书，真的，王奎，替我去找本书吧。”

张亮说：“你是不是想拉屎了？”

我说：“是的。”于是王奎给我找来了那本万年历，于是张亮站在王奎家的茅坑外等我。我不知道他为什么要等我，好像他是我儿子，很怕生疏的叔叔阿姨似的。另外，他站在王奎家的茅房外使我的拉屎行为臭名昭著，王奎父母经过时问他为什么不待家里，他就告诉他们我在里面拉屎。虽然隔着一道门，我仍然可以想象他对着这对中年夫妻露着笑容用手指指着茅坑的形象。我不知道他们有没有顺着张亮的手指看向我蹲点的方位。总之，在你拉屎时被一个人指指点点是多么令人郁闷的事情。所以，我看完那段有关年的传说后就出来了。张亮赶在我骂他之前笑盈盈地凑过来告诉我：王奎妹妹刚才来过又走啦。哦，她想在茅坑解决什么问题呢？

一切都按照古老的传统进行。黄昏时分，天还很亮，王奎家就开饭了。在塘村，年夜饭开得早预示着来年一切都占先机。开饭前照例要贴上对联，然后拼命在门前猛放一阵爆竹。这个都由王奎、张亮和我代劳了。在放那种冲天炮时，发生了一个小小的意外，那就是张亮没将它放稳，使它倾倒，冲天炮火平行于地面向四面八方乱射。有几枚冲进家门，在摆满丰盛菜肴的桌下爆炸。王珺因此发出与她年龄十分吻合的尖叫。好在这只是虚惊一场。一切炸完，恢复平静，王奎父母又露出了笑脸招呼我们入席。

作为闯入者，张亮同我分别和王奎父母喝了杯酒，对我们的打搅表示了极其诚恳的歉意，并同时表示了我们为能与他们共度除夕感到由衷的荣幸。此外，张亮还敬了王珺一杯酒，对刚才燃放冲天炮的失误给后者造成的惊动表示了一个兄长才有的愧疚。这个遭到了王奎父母猛烈的拒绝。他们说:“过年就需要这样,热闹嘛。”还说,“你们来了，哪里又是什么打搅呢，太好了太好了。”理由还是热闹嘛。王珺浅浅一笑，举起她喝可乐的杯子，然后凑到唇边抿了一点点。在我看来，她没有接受张亮的道歉。于是我鼓动张亮再次向我们共同的小妹妹王珺致歉。张亮仗着酒意，说："那就祝妹妹学习进步吧。”说完也便很听话地一口干完。王珺照前仍然抿了一小口。我看得出来，她对学习进步的话并不欢迎。不过王父倒是很欣赏这个祝福，又举杯要敬张亮一杯，张亮赶紧斟上，应付去了。我就拉了拉坐在近前的王奎，问他妹妹学习怎么样。王奎低声告知，不怎么样。于是，等王父和张亮的酒完后，我举杯对王珺说："王珺是吧，我们跟王奎是兄弟，你也就是我们的妹妹，张亮哥哥祝过的话我就不说了，我祝你越长越漂亮！”我这话要受用得多，我们的妹妹有点不好意思地笑了笑，说了声谢谢，认真地喝了一大口可乐。果然，张亮立即送来忌妒的眼神。

王奎再次把大家的注意力调整过来，说:“喝，我们来喝。”于是，我们三个儿子和王奎的爸爸四个人，彼此又喝了一些。这之间，王母不断问及张亮和我的职业及家庭，并像亲生母亲那样嗔骂我们三个儿子还不赶紧找对象，说是年龄大了，就难找到好姑娘了。同时，她以自己贩卖苹果的生意经作了个比喻，说:“你来迟了，只能拣烂苹果了，因为好的都给人家拣去了。”我们对此无不点头称是，张亮还很是夸

张地感叹 :“伯母真幽默。”伯母笑得钢牙明亮，居然起身要敬我们三兄弟，希望我们身在外面要互相照顾互相帮助，最好都能找到称心如意的好姑娘。王奎说 :“妈，你是不是酒喝多啦？”

饭后，天还是没有黑。大家坐在堂屋陪王父说话，甚感无趣。这个收电费的老头，酒精刺激使他热衷于古今对比，过去怎么怎么样，现在，多好多好。此外，他还陈述了对当今社会的一些精到看法，那就是首先要有点本事，才好混 ；另外要多长点心眼，要会混。张亮表现得要积极点，他认真聆听王父的谈话，并不断按照对方的思路进行补充、修正。这使两人看起来非常投机。我的注意力则在可以看见的厨房。在那里，王母正和她发育完美的女儿洗刷锅碗。对王父偶尔投来的一个征求意见的眼神，我除了点头微笑，就再无其他。在一旁的王奎显得焦躁不安，他不断示意张亮不要继续。他是多么希望他的父亲立即停止无休止的啰唆，最好是立即洗了睡。于是他说 :“看电视吧，春节联欢晚会要到啦。”于是我们开始看电视，春节联欢晚会还没到，那个乏味的晚会当然会准时到。它不可能因为全国人民急迫的等待而提前，但我们就像真的在急迫等待似的。

等待使人困意绵绵。一道巨大的闪亮从门外照射了进来。天黑了，在远处村庄的上方开始不断地升起五颜六色的焰火。我们先看到它们耀眼的光亮，过一会儿才能听到空旷的炸响。现在我们有理由摆脱王父的纠缠了，看焰火吧。

和我们站在一起眺望焰火的还有王珺。她就站在我的身旁，当然，其中空隙还可以站一个人，但没人，只有从背后吹来的风穿过其间。当一朵焰火腾空而起，炸开，放出光亮，我便可以看见她曲线逼真的侧影。她的长发在风中飘动，使她的眼睛扑朔迷离。我突然感到无与伦比的兴奋。我大声质疑并提议：“为什么我们没有买焰火来放？”难道我们可以因为二十七岁了就主动放弃燃放焰火的权利吗？好吧，即便如此，我们的妹妹，王珺，她才十五岁（简直令人不太相信），她观望远方焰火的眼睛是这样美丽，难道不该让她扭动发育完美的身体点火、逃离、捂耳、跺脚和欢笑吗？太应该啦！

当即我们即由王奎领路前往他们村口的一家小杂货店买了许多焰火。在路上，我们看见有些孩子拿着那种燃烧的火药棒在村道上奔跑。这鼓励了我们，我们怀抱着焰火往家的方向跑。我多么希望王珺会站在她家门前等待着我们。在我想来，如果她真的站在那里，我就敢向她大喊一声：王珺，亲爱的妹妹，我爱你！

可惜，没有。她到同村一个女孩家玩去了。

这时候，晚会开始了。我对王奎说：“焰火留着给你妹妹明晚放吧。”王奎没有反对，张亮也没反对。但我们对晚会确实没有兴趣，那些太平盛世的歌舞，那些伪造苦难的眼泪，有什么看头？我们躺在王奎的房间里百无聊赖。我们没想到来到塘村会这样无聊。我就躺在王母给我们铺的那张床上，滚热的茶水使酒精早已过去，我感到无比清醒。一百瓦的灯泡足够明亮，而窗外，除了偶尔升起的焰火就是一片漆黑。即便是新年，我也可以听见乡村夜晚的寂静。在我的身下，具体地说是在褥子之下，是王母铺垫的新鲜稻草，它们干脆、金黄，散发着粮食的清香。我突然想念起我的家乡来了，我的父母大概也在想念我。

这令我感到忧伤。

于是我从床上坐起来，说：“王奎，弄点好玩的事做做吧。”张亮没有坐起来，他一如既往地躺在床上，闭着眼睛说：“王奎，去找个人来打牌吧，无聊死了。”我就说：“是啊，打牌好，把你妹妹找回来打吧。”

不提他妹妹还好，提到他妹妹，王奎生气了。他压低声音说：“你们两个他妈的那点破心思以为老子不知道吗？我跟你们讲，你们再他妈这样，我他妈就那个那个了……”

张亮把头埋在被子里奸笑了起来。是的，这是挺有意思。

我说：“我操，什么那个那个，你要哪个哪个啊？”

王奎盯着我，不说话。

我就说：“你妹妹漂亮有错吗？”

王奎还是不说话。张亮说：“就是，说真的，你妹妹可是小美女哦。”

我说：“这就对了。王奎，你他妈也别装，难道你不喜欢美女？”

王奎急了，他用手指着我鼻子说：“你他妈还说！”

张亮看了我一眼，因为我也看了他一眼。是的，不能说了。于是我堆满笑容捶了王奎一拳：“我操，你看你，这不是说着好玩吗？快去，找人来打牌。”

王奎去找他的堂兄弟，但他堂兄弟想去村里老大家谈事，所以没来。关于塘村老大，我们也是知道的。这个人，按王奎的说法就是一地痞流氓，他承包了塘村的塘，禁止任何人钓鱼。另外，他在镇上还有一伙弟兄，专门替他向所有可能的单位和个人征收保护费。王奎认为，他的堂兄弟不学好，初中毕业下来就跟着塘村老大混，迟早是要坐牢的。张亮和我，对这种人毕竟是陌生的，不来就不来吧。那，到底干什么呢？这么长的夜晚。

王奎抓了抓头，然后又出门了。等他回来时，带来了一把气枪。

“我们去打鸟！”他说。

我操，真好，这大概就是我们来塘村的目的。张亮和我多么激动。

可以想象，月黑风高之夜，三个汉子在竹林中穿梭，他们枪法一流，动作矫健，枪响处，羽毛纷飞，鸟雀坠地。真实情况与上述差不离。

当然，不需要枪法。我们的手电向竹叶丛中照射，看到那些肥硕的腹部，枪几乎抵住，扣动扳机即可。所获多为野鸽，这些肥大的鸽子在所谓“呓语咕咕”中中弹身亡，生死尽在梦中。也有一些麻雀，它们太小了，一枪下去，就会被打得破烂不堪。不过，不要去触碰竹子，这会惊动它们，果然，不断有一些翅膀扇动的声音向着高空而去。它们会飞到哪里去呢？我问。王奎说，不知道，可能飞累了就随便找个地方歇歇吧。张亮问，它们不再回竹林了吗？王奎说，肯定不回。对此，我感到遗憾，这些只有一面之缘的鸟类就此永远消失在我的视野，其实是令人忧伤的事情。所以，我们只能把它们全部打下来，那样不会有任何遗憾。后来，我们经验丰富，不再有任何触碰竹子的情况了。我们收获巨大，我相信，把我们塑料口袋里的鸟雀全部拔毛去屎，也完全可以烧满满一大碟。当然，吃，无所谓。作为我个人来说，我对吃不感兴趣。张亮爱不爱吃这个，不清楚。王奎肯定不爱，这我知道，他一吃鸡浑身就痒，吃鸟自然也痒。这个说出来甚至有点可笑，但事实就是这样，我也没办法。

我们来到路口，在一户人家的猪圈旁边坐下来歇一歇。张亮提了提塑料口袋，十分得意地说，里面绝大多数是他射下来的。王奎没有反对，我也没有反对，我觉得反对是多么无聊。在我们身旁圈里的猪正在哼哼唧唧。猪都是这么哼的，没什么特色。不过这头猪为什么还活到现在？于是我用电筒照了照，这使我发现它的两排巨大的乳房在地面上拖来拖去。原来是一头老母猪。是的，我再次感到了无聊。这时候我们所面对的这户人家门打开了，突然降临的灯光使我们睁不开眼睛。我们看到黑影在门口愣了一下，然后还是过来了。他提着桶，他是来喂猪的。王奎站了起来，对那喂猪的说："二子吧，怎么这么晚还喂猪啊？"二子说："啊，是王奎啊，你们这是干什么呢？"

然后王奎向二子介绍了张亮和我。然后二子怎么说也要邀请我们去他家坐坐。二子跟王奎也是同学，但没考出去，一直待在家里。不过，我所没想到的是，面前这个长相粗糙的青年居然是个文学爱好者。他因为我们的到来，泡了茶，在桌上堆积了一大堆花生招待我们。但这个不是他的目的，他的目的是此后从里屋取出一本《东方青年》的杂志，在那杂志上刊登了一篇署名"馒头村主"的千字短文。"馒头村主"正是我们眼前这位目光兴奋的二子。王奎在介绍我的时候特意强调了我的中文专业，所以，二子或馒头村主格外对着我说话。我虽然很羞愧，但还是硬着头皮将那篇文章读完了。文章中，我们的二子或馒头村主虚构了自己一次失败后奋起最终取得胜利的故事，旨在表明，退一步海阔天空是错误的，正确的应该是：进一步海阔天空。这叫我说什么呢，我就说:“二子，你写得真好！”二子听后，很高兴。张亮也取过去看，王奎当然也把脑袋凑过去看了起来。

我就问二子：“你的笔名很有特色，为什么叫‘馒头村主’呢？”二子非常高兴地回答了我这个问题，他开始解释。我不打算复述他的话了，总之，理由有三：第一，塘村东头是一大片坟地，这在前文已有交代，后面还会说到；第二，唐初诗人王梵志有一首著名的《城外土馒头》的诗，意思就是指坟茔，所有的人迟早都是这种馒头的馅；第三,四大名著之一《红楼梦》里也有一个馒头庵什么的庙宇，非常空灵，非常道家，非常国粹。

“哦——”我笑了起来，并且尽量使声音拉长，然后感叹，“二子，你真有学问。”二子说：“哪里哪里，请多指教。”我说：“是真的。”

是真的，除了王奎向我提起过塘村东头有一大片坟地，第一条为我所知外，二子所述另两条非常中文专业的理由，我居然一无所知。

然后我们就辞别二子或馒头村主。陡然置身深夜，感到很冷。张亮提议不再打鸟，该回去了。于是，我们就朝王奎家走去。在前方，有一个姑娘的身影。我们加快了脚步，那姑娘也加快了脚步。王奎喊了声：“王珺。”那姑娘果然停了下来。是王珺，她也才从她的同学家回去。

她说：“你们吓我一跳，我以为有鬼呢。”

“哪有鬼呢这世上。”我说。

“起码也像坏人吧？”她说。

张亮和我笑了起来。

王奎说：“他们两个确实不是好人，妹妹，别理他们。”

王珺也笑了起来，她第一次这样发出笑声，在清冷的乡村夜晚格外清澈，一如黑夜本身般透明。

然后，她看了看我们的收获，仅用食指和拇指掂了掂，问：“就这么一点啊。”

“不少了，”王奎解释说，“又不是杀猪，哪有那么多肉？”

她说：“那你们可以去打兔子啊。”

张亮问：“哪里有兔子，我这就去打。”并且他不再走了，他要打兔子。

兔子不在竹林里，它们在那里无处藏身，它们出没于村东头的老坟滩。你知道了，我们折身返回，我们要为王珺这样的美女去老坟滩打兔子！

老坟滩，果然名不虚传，看来一向诚实的王奎果然诚实。他没有虚报数目，即便此处没有整整一万个死人埋在地下，也有一万左右。这片广袤的坟地不是塘村的人可以充实的，王奎说，几乎这一地区所有的人死了都将埋在这里。写作“进一步海阔天空”的二子难怪要给自己起一个“馒头村主”的名字，不来此地是不能领会的，这其实是一个犹如成吉思汗一样气势磅礴的名字。那么多死去的人，我们的二子眼睛雪亮。

不过，要想寻找兔子可不是一件简单的事情。兔子喜欢待在洞穴里。在坟地中寻找洞穴，是不是会扒拉出一些锈迹斑斑的尸骨呢?

没有什么好怕的。我感觉自己一点也不怕。张亮肯定比我更不怕，应该说，打兔子，他最积极。而王奎，他在此地生活多年，更没有一点怕的道理。我们不放过任何一个看起来像洞穴的地方，但结果一无所获。我们看到最多的是那些新旧大小不一的坟墓和石碑。“祖”“考”“妣”“氏”，反正就这些字。确实没什么好怕的。我甚至踢翻了几个碗碟，那里面有一些鱼啊肉的，在活人辞旧迎新之际，死人也应饱餐一顿。小时候我母亲讲过一个故事，说一个人很穷，没饭吃，一到过年过节就在坟地转，大鱼大肉吃得很是快活。这么想着，我就把这个故事跟张亮王奎说了。张亮说：“那你吃啊，有种你吃啊。”王奎也说：“就是，说有屁用，你敢吃吗？”问题牵涉到一个“敢”字就复杂了，如果我不吃，就是不勇敢。好吧，我就不勇敢，不吃。

我再次警告他们，找到兔子才是此行目的，不要瞎搞打岔。

我们继续找洞穴及可能躲藏在洞穴里过年的兔子，于是我们继续找不到。王奎一直不积极找，我也觉得已没有可能性。我想，王珺叫我们来这里，很显然，是她调皮的表现。虽然恶毒了点，但也不失一个少女应有的可爱。只有张亮热情高涨。

后来，我们来到一个坟前，王奎说，这里面埋着的就是他那个被枪毙的女同学。她早我们三年死掉，或者会这样一直早下去，直到我们死的那天。于是，我们仔细阅读了她的碑。这使我记住了她的名字，她叫郭虹，确实像一个女同学的名字。王奎介绍，该女同学生前成绩极好，但没考上学校，家里穷，也一直找不到工作，一直待在塘村务农，谈了几个对象，也一个都不满意，不知道她整天想什么。后来发生了那事，那男的没有强奸成她，各自也就回家去了。但郭虹感到自己受到了极大的侮辱，于是拿了把菜刀赶到男的家将他杀了。

这真是一个不幸的故事。我们就站在她的坟前抽起了烟。恍惚之间，我觉得郭虹就是我的女同学，我曾对她想入非非，也曾在乡村道路上紧追不舍，她有那么健康的身体，我当然想强奸她。

我于是说：“咳，如果现在她从坟里走出来，王奎，张亮，你们谁娶了她吧！”

说完，我拔腿就跑。在奔跑中，我感到浑身汗毛都竖了起来。于是，我发出了尖叫。在我的身后，追逐的王奎和张亮也同样发出了尖叫，首尾呼应的尖叫使许多狗也狂吠不止。我的手中还抓着手电，因为跑动，光柱乱舞，这一切是多么混乱。

后来，我停了下来，蹲到地上大口喘息。在手电的光柱里，我看到我口腔喷出了大量的烟雾。然后，我才发现自己没有跑到村里，而是在麦田中央。村子与我隔塘相望。王奎和张亮作为两条黑影在向我靠近。于是，我索性躺在冰冷的麦地里仰望星空。我已经多年没有仰望过星空。由东而西，巨大的银河，那些遥远的星球此时正在灼热地燃烧，然而所至，竟是如此寒冷的光芒。

王奎、张亮大概也累了，他们坐在我身边，王奎还夸张地用力将枪座跺在麦田里，像一个绝望中的战士。此时此刻，自远而近响起了鞭炮的声音，零点将至了，大地就要回春了。现在，就是这些鞭炮，它们越来越多，越来越近，越来越响，在我们的四周。

我们深陷埋伏。

爱谁谁

我挺恶心的其实。

把白小云送上火车，出车站后，我又闻了闻自己的手指。具体是食指和中指，在这两根恶心的手指上依旧缠绕着那个被送上火车的女人下体的气息。我可以肯定，白小云如果没有更多的妇女疾病的话，或多或少有点炎症。这因人而异，也就是说，有的女人有，有的女人没有，白小云不幸地属于前者而已，并不说明其他问题。我跟她的关系还没有深化到有必要建议后者该用点药物解决这个问题的程度。这当然取决于我们的共识，即彼此都没有兴趣深化关系。她是个过路女人。我对她来说，也只是旅途中的一站，充其量是个借住几宿的地点，一如位于湖边的那个名叫“湖光山色”的小宾馆。在我印象里，她每次路过南京都会住在那儿（简直住出了感情），我呢，也便放着好好的家不住，去陪她住几晚。说实话，我不认为自己有陪她住宾馆的义务。但怎么说好一点呢？我得承认，我是个没有稳定性生活的男人，逮着机会，我只能废寝忘食地补偿或预支，然后再渺渺无期地等待下一次机会。在送她上火车前二十分钟，我们仍然在湖光山色宾馆 3012 房间的两张床的其中之一上干着那件乏味的事。我们在这有限的几天里已干了无数次这件事。甚至我已经记不清我们究竟干了多少次，记不清每次都有哪些具体的情况。对于这件事情的回忆，我们无须作出认真思考的神情，而只需像记住案板上的肉那样记住肉、肉色、残缺不全和四仰八叉的肢体即可。在这种场合下，面目可以忽略不计，人体也显得零乱而破碎，器官的随意放置、组合和剥离，这就是记忆。我认为，其实质与没有性经验的人的性幻想是一样的。

二十分钟前，准确地说，是四十分钟前，我及时地意识到白小云即将离开，于是决定省去午饭，把时间充分利用起来，以分秒必争的态度来对待譬如朝露般脆弱的情感和被夸大的欲望。她也没反对。她这人挺好说话的。总体来说，我们相处得一直很愉快，每次都情况相仿佛。我坚信，对白小云来说，南京有个我令她多少感到一丝亲切。对我来说，也是。我偶尔会躺在自己家里的床上想念远在北京的白小云，激动之下还拨电话发短信表情达意。当然，一般情况我不会这么做，我不想打搅她的生活，她也不会很乐意这种本质上是骚扰的打搅。每每我都可以想象得到她此时正精疲力竭完全以肉的方式和一个北京男人呼呼大睡。想到这个场面，我没有别的感觉，只是亲切。那个男人是谁一点不重要。以我的智力来看，那个男人和我之间可能性的区别，完全可以忽略不计。爱谁谁。嗯，“爱谁谁”是白小云的口头禅，是北京话。她不是北京人，她只是从陕西的一个小镇上千里迢迢赶到北京，以为并一直幻想着过上像模像样生活的女人而已。我理解“爱谁谁”这个北京口语和白小云之间微妙的关系，从某种程度上来说，它寄托了白小云后半生的欲望和日渐衰老的青春，它必将成为她生活的基本方针，它简直就是生存之道。在此我必须承认，白小云对我的看法也大致如此。这正是我和她之间的感情基础——如果我们确实存在那种值得称道的感情的话。

如你所知，二十分钟并没有解决我的问题。我们必须终止，然后赶往车站。我们不可能为了解决问题而不把时不我待的火车放在眼里。我们只能约定在不可知的将来，也就是“下一次”完成我们未竟的事业。这个小小的约定弥补了未竟的遗憾，反而使我们感到了愉快。这是一种心理上的拉钩协约，像两个孩子之间的那点体积微小的秘密，多么可爱。我们几乎达到了亲密无间的地步，可以共同使用一个漱口杯，使用一条毛巾，可以合伙抽完一根我并不喜欢的中南海。我们心照不宣地把彼此的气味和病菌（*也许包括她的炎症*）互相传染。

大概正是因此，在我和她仓促地套上衣服赶往车站的时候，我忘掉了去洗一洗这两根现在令我感到恶心的手指。我像个京戏花旦那样翘着这两根手指在车站的出口东张西望，但这是徒劳的，这里没有可以供我洗手的水龙头。我懊恼地想到自己得把这两根手指带回家，一股绝望的情绪就毫无理智地升了上来。我不想把这两根手指带回家，实话跟你说吧，我有洁癖。

在出车站的时候，我看到站在出口处四下揽客的大哥。我的大哥，我父亲的兄长的儿子，我的堂兄，久违的兄弟，我的亲人。如果不是我太疲惫的话，我会把自己的情绪通过一系列动作表达出来，而不只是从后面拍一拍他的肩膀。而如果我能够像个诗人那样情绪激动的话，我或许会请求他：大哥，帮我杀个人吧。

真的，我小的时候经常对大哥提“帮我杀个人吧”之类的要求。也就是说，我对他提过很多要求。可惜的是，他即便每次爽快地答应下来，而且还把胸脯拍得砰砰响，完成的次数也并不多，而且质量也不高。我记得刚升初中那会儿，他已经初三了，发育了，虽然也不高大，但在我看来力大无比。每天上学放学，他都把我摆放在自行车架上驮来驮去，上坡都不叫我下来，回到家他还得到河边挑一担水经过我家门前。我那时候才升初中，人生地不熟的，也没发育，被人打了，我就去找大哥，他来了。在我们终于在操场一角找到那个打我的家伙之后，发现他的身后站了一大帮人。于是我再次被揍了顿，大哥也被打了。那帮人把我们丢在空荡荡的操场上走了，我哭着问大哥怎么办，大哥用一根粗细合适的木棍塞住鲜血直流的鼻孔后安慰我说："别怕，我也有帮兄弟，会找他们帮你报仇的。"不过，很快大哥就毕业到社会上谋生活去了，没有报仇，我也最终和那打我的同学成为好兄弟。我之所以举这个例子是想说明，我的大哥总是想帮我，但经常帮不上我，他能力有限，就在他帮不上我的这个过程中，我也发育了，并且意识到光靠大哥是没用的。从某种意义上说，大哥还是帮了我。

大概正是因此我才向他不断地提要求，不断地叫他帮我杀人。杀人？别傻了，我们谁也不会杀人，没那胆量，也没必要。人家活得好好的，刚从家里出来，吃了稀饭、咸菜，也吃了他妈妈给煮的鸡蛋，你把人家就这么弄死了，稀饭、咸菜和鸡蛋都没消化完，而且还会让他妈妈第二天早上煮了鸡蛋没人吃。这多残忍！想到这个我都想哭，因为我妈妈每天早上都给我煮个鸡蛋，大妈也给大哥煮鸡蛋。杀人是个说法，是个情绪问题。如果有那么一天，它成为我的现实问题，那么，我不会坐在这里跟你们说这些。

大哥很吃惊，然后高兴地问："到这儿干吗呢你？"

“送个人，你呢？”我明知故问。他开面的的，在出口能干吗？拉人拉货呗。

以上主要是我们兄弟有点激动。

能在车站遇见，还挺新奇的。我和大哥没有过这种经历，我们以前都是在家里和学校遇见。那时候我们一大家子住一院子里，到了我高中才因拆迁两家分开了。这之后，两家来往才可以看到他。后来他也娶了老婆，来往就少了。这是我前面提到的“久违”所在。现在，我居然在车站遇见了我久违的大哥，我是多么激动，我激动的原因主要是，如果不是送白小云，就不可能遇见，如果不是遇见，我就根本不可能无缘无故地想到这世上还有我大哥这么个人。大哥怎么想的，我不知道，总之他也激动，甚至把生意丢开与我说来说去尽说些废话。

看来他生意已谈了一半，那个拎大塑料包的中年汉子就站在他的身边，依依不舍的模样。他冷不丁插进来一句话，问：“你到底还送不送啊？”

“40，不能再少了。”大哥说着，并没看他，仍然笑着看着我，并一个劲拍我肩膀，把我肩膀都拍酸了。

“好吧，”那中年人拉了大哥的胳膊一把说，“就这么说了，35。”说着他就拖着瘦弱的大哥往不远处那辆这几年一下子就老下去的面的走去。

大哥被他拖着，还是笑着看着我，就像一个被拉往屠宰场的人为了安慰悲痛欲绝的亲人。这看起来又并不像他要永远地离开我们，而是我们要永远地离开他。所以我赶了上去，把被拖来拖去的大哥解救下来。

“上车！”大哥叫道。

我和那中年人一起上了车。

中年人去一个叫藤子村的地方，送去之后，大哥并没有返回火车站，而是带着我去了红山小区，那里住着一位叫老陈的无线电修理工。老陈家条件不错，除了红山小区那套房，另外还有套房，环境更好，面积更大，是留给他那位适龄女儿结婚用的。他需要个女婿，大哥希望我试试看能不能做他的女婿。

关于我没娶老婆的问题，本来也只有我父母着急，后来大伯大妈大哥也替我着急起来。一年多以前，当时大哥当着我们全家老小的面拍了胸脯，要替兄弟我找个老婆。这一年多来，他倒是打过几次电话，里面说到过这位老陈的女儿，但因为没下文，所以我也没太在心。对了，好像他打电话说小陈那次，我正在湖光山色宾馆和白小云待在一起。我记得白小云还问谁的电话，我想了想，觉得没必要把这事说给她听，所以就随便敷衍了下。敷衍后，我又想到这挺可笑，我是说，不把大哥所提到的小陈告诉白小云有点可笑，或者说，我把小陈和白小云联系在一起很可笑。总之，可笑至极。白小云问，你笑什么呢？我又笑，并且用手掳了一把她的下身。她为此还生了小气。想到这个，我被自己吓了一跳，我居然有那毛病，动不动就把手朝那个方向摸去，难怪我手指有这么大味。于是，我又把那两根手指凑鼻尖闻了闻，但没敢靠得很近——它还健在。

这使我在大哥的车上给白小云发了个短信，当然，我不可能发牢骚、提出炎症的问题并建议她使用点什么外敷内服的药，我只是礼貌性地问她到哪儿了。我以为她会及时回复我，所以我没把手机放回口袋，一直拿手上等着。有必要说的是，我的手机体积很大，是早些年被称为大哥大的那种。不是故意的，我原来的手机掉了，暂且用它来过渡下而已。我并不想吓人，也不想拿它当武器使，虽然它砸死个把人一点问题也没有。还能有什么呢，正是因为贫穷，过渡期漫长地延伸，一眼望不到尽头。这么体积庞大的手机已不再是富贵的象征物，它曾经阔过，现在只能述说贫穷，它是我的沉重负担，是个累赘。这常常使我想到，自己是这个社会的沉重负担和累赘。我也想掩饰这一点，可是，回到手机，把它插口袋里，我的衣服向一边坠落不已，就像你们经常被一个脏兮兮的小乞丐拽住衣角那样。说到小乞丐，他们可从未打我这儿弄到过一分钱，我烦他们，我只是希望他们不要拽我的衣角，如果有必要，我倒可以和他们谈谈，我会劝他们把小脸洗洗干净，买两件好衣服穿，不要再乞讨，去学校念书吧，将来考大学，前途无量。至于其他我管不了。我只能赐予金玉良言，它们比金玉更加贵重，不是吗？然而，他们仍然一如既往地拽我的衣角，和这个手机一样蛮不讲理。真是没办法，我可是个瘦小的人，因为此类拉扯，我半个身体不得不向一方倾倒，佝偻鸡胸罗圈腿两肩不齐 S 形脊椎，它们百花齐放姿态万千。夸张了，我只是不英俊挺拔而已。

不英俊挺拔也是白小云说的。当然，她不是讽刺人，而是实事求是。她能说出来，表明她对英俊挺拔是个无所谓的态度，是一种非常快乐的调侃，是那种捏着对方鼻子笑嘻嘻的亲热举动，就像母亲骂怀中的儿子是个丑八怪。这是一个多么温暖的东西。出于回报，我不介意她的炎症，并拉了钩，约定了未来。

大哥已在车上通知了老陈夫妇，我劝他别这么干，没用，他总是这样。

我想到了相亲所必需的一些仪表问题，所以，在进老陈家门之前，也正是在他家的门前，我站直了一些，也整理了一番自己的衣领。可惜我的衣领太软了，它也纵欲过度，就是直不起来，我只好放弃。因此，我有理由相信，我给老陈夫妇的第一印象就不好，他们只看了我一眼，就不忍看第二遍，而是用端茶倒水的客套来掩饰内心对我的失望。

为什么如此失望？据我所知，大哥之前已在他们面前吹嘘过我。我不知道大哥是怎么吹嘘我的，下面我有必要自我介绍下。

首先，我不是英俊小伙，这在前面已说过。我总是以烂泥的姿态瘫在椅子或沙发上，在老陈家也不例外。当然，刚开始，我必然正襟危坐，使自己像一个态度诚恳的特意赶来相亲并拘谨有加的人。但你知道，那维持不了多久。包括站立和行走，这种种懒散的姿态不是因为我阅尽所谓人间寒暑而玩世不恭什么的，它就是一种习惯，一种被不断向下拉扯导致的身体形态。这和那些站如松、坐如钟的人一样，我们都习惯了。我明白，人们，尤其是尚未谋面的小陈这样的适龄姑娘，她们喜欢后者而不喜欢我这样的。她们就像一些爬树高手，需要笔直的松树供其施展拳脚，面对歪脖子之类的树木，攀爬似乎会辱没她们的技能，是对她们的羞辱。而坐如钟，也是有必要的，那样可以使坐在沙发上的丈夫和墙脚的立钟（这年头好像没人家有了）形成平行关系，这样也便使家庭显得条理分明。就是这样。

其次，我的工作问题。老陈夫妇问到这一点的时候，我不知道该怎么回答。因为我没有工作，但还没死掉是因为我有点稿费。大哥在旁赶紧代答道，我兄弟是个作家。作家？老陈夫妇如我所料地吓了一跳。或者他们没有吓一跳，而是我自己被大哥这突如其来的介绍吓了一跳。我一跳，所以看没一跳的他们像在一跳。或者我没一跳，而是他们确实一跳了。总之，不是我一跳就是他们一跳。作家确实是需要有人一跳的词汇。然而，我并不领取工资，我的稿费也不固定。长期以来，我只把自己和夜市上卖鞋垫和袜子的人算在一起，我们都是没有稳定工作、公费医疗和养老保险靠天吃饭的个体劳动者。天气好，可能多卖掉几双鞋垫和袜子；天气不好的话，什么也卖不掉。当然，你们知道，有许多知名作家的生活比我好多了。他们领取国家发给的工资，相关保障也一应俱全。即便没有这些，他们也可以靠别的门路生活。我是说，如果作家也分三六九等的话，我显然属于那种不入流的下层人士。其实，像我这样的人这年头也不少。白小云是北京某刊物的编辑，她对我这样的人有个统计，那就是确实不比卖鞋垫和袜子的人少。我也正是因投稿与她认识的。有必要说的是，她从来没有刊发过我一篇作品。我有时真是迷惑不解，她对我的作品毫无兴趣（据她说，永远也不可能刊发我的作品），那么，我们又是怎么上的床呢？这里面到底有何神奇之物在支使我们？白小云说，不知道。难道是爱情？我问。此问让我们抱头痛笑，继而又来了那么一下。至于问题到底出在哪儿，被忽略了。要让神奇的事物待在它本来的地方，不要捅它。这或许是我们唯一所能做的。

老陈夫妇显然不能理解作家是个什么东西，在他们的眼里，作家是二三十年前教科书上的作者介绍，而那些作者有着明确的生卒年。

眼前我这个活着的年轻人难道和那些死去的人物有关系？经过大哥的一些补充说明，他们似乎有所知道，也更加迷惑不解。他们只好赶紧把饭菜端上来。也许这样，才能把这个开面的的驾驶员和一个形迹可疑的所谓作家给打发出门。至于他们的女儿小陈，因为加班，要到深夜才能回来。

大哥也已看出老陈夫妇的那点意思。他只好丢下我，挽救与老陈数年来培养成的关系。他们共同讨论了一些我所不知道的事情，一些人物的姓名在我的面前跳来跳去。这些姓名有如所指涉的那个人一样，都是用陌生而好奇的眼光看我一眼，发现并无值得他们注意的地方之后，就果断地不再看我，专心、积极地来回于大哥和老陈之间。看来，因为酒精，老陈已不计较大哥带着我这么一个所谓作家来羞辱他的家庭，进而恢复了与大哥之间早已确定的兄弟关系。他不再生老弟的气了。大哥这一边，也因谈兴，早已把我忘个干净。或者他也刚刚通过老陈的态度明白过来，他的兄弟原来是个一无是处的家伙。

我并不能喝酒，几小杯已有点头晕。也因两人谈话与我无关，插不上嘴。无聊之下，我只好偏过脑袋看电视。老陈的老婆也即小陈的妈妈就坐在沙发上看电视。看电视是一个家庭妇女用以等待的最佳方式。她偶尔一瞥，大概表明她希望桌上的人能尽早结束，那样她好将残杯剩盏收拾干净。也正是因此，她注意到了我，看到我也在看电视。她出于客套，冲我笑了一笑。

在她的角度上，电视节目才能一览无遗，我的位置只能使人脖颈酸痛。也就是说，我居然被电视节目吸引了：一个女人在跟踪她的丈夫，希望发现丈夫跟别的女人偷情，那样的话，她就有充足的证据来证明丈夫是因为有了外遇才向她提出离婚的。也就是说，离婚的罪责不是她疑神疑鬼，全部责任在她这位事业有成之后抛弃发妻的丈夫身上。只可惜，她跟踪良久，也没有发现丈夫真有外遇。看到此处，我也和这位妻子一样焦急，我相信陈妈妈也很焦急，我们所有的人都很焦急，那就是急切地盼望这位妻子的丈夫能和一个女人爬上床，那样一来，跟踪的妻子就称心满意了，我们也跟着称心满意了。

也就是到了这里，剧情中断，广告时间，所以陈妈妈才能抽空朝我客套地一笑。她的笑令我羞愧地赶紧回之一笑。

为了免于尴尬，我正了正身体，说：“这电视还挺好看的。”

陈妈妈听了，很赞同我的意见，她说，她每晚都看，一集不落。于是邀请我也坐沙发上看电视。但那电视剧已经没有了，明晚才有。即便今晚还有，坐在沙发上就未必看得进去了。我觉得就是这样，很多东西都是不经意才发生兴趣的，当我们刻意去看，只有扫兴和无聊。

我和陈妈妈就这么百无聊赖地坐在那里看电视，偶尔也看一看桌上的人。

另外，沙发的柔软和深陷让我感到一阵绵延不绝的头晕。

沙发并不大，也仅两人的座位。所以，我和陈妈妈坐得很近。因为无聊，我只能在不经意间观察她。她四十出头，略显丰满，皮肤保养得算很白嫩的那种。我突然意识到，她是一个风韵犹存的中年妇人。这让我感到有点紧张，也想到那个深夜才能到家的小陈。小陈应该不难看，会有和她母亲一样的好皮肤，大腿和腰之间也有一个相当诱人的角度……

突然，小陈妈妈问我平时看不看电视，我如实地告诉她不怎么看。她说她女儿爱看电视，一到家就看。我只能理解为她帮助她女儿提前告知我，我和她女儿志趣不相投。我就问她："你呢，喜欢看吗？"她没想到我会反问这样的问题，确实古怪，你们去一个陌生家庭去向主妇提出相同的问题就能体会这种古怪。你可以发现她因为惊讶，把眼睛睁得相当大。但她不需要回答，你也不需要回答，简直就算不上问题，这可能是问题显得古怪的原因。她的脸应该会红那么一红，一方面是吃惊导致，另一方面是一种说不上来的东西。当我发现陈妈妈的脸红了这么一红之后，我只好微笑着看看她，继而转过脑袋和她朝同一方向，看电视。

过了一会儿，她又突然问我想不想看看她女儿的照片，我说看。于是，她站起身去了房间，她的身材还不错。不知道为什么，她站起和走动有点不很自在，有了点表演的成分。但她终于走到了房间门口。在进入房间的瞬间，她还回头看了一眼。当然，是看酒桌上的两个人，但我认为，她还是在余光里看到了我。这使我产生错觉，我已说过我有点头晕，或许也是一种陶醉，所以我认为她的回眸一顾是在召唤我跟随她进入房间。于是，我响应号召地站了起来，也走到了房间门口。我站在那里像等待美丽的新娘那样等待。等待什么呢？也许是等待她脱光衣服、调弄灯光。因此，看着她房间里那些家具和被褥，我感到无与伦比的兴奋。这些家具像被我使用多年那样亲切和熟悉，而我躺在那些被褥之间绝不至于皮肤过敏和失眠，我会和她做完我们该做的一切后，和她丈夫一样老苦力般呼呼大睡、鼾声如雷。

我就这么站在房间的门前，然后接过小陈妈妈递来的照片。

小陈站在一个古代名胜的大门前，阳光从左方向照射过去，把她的影子投向大门前的那个石兽上。在她的头顶，是一个巨大的匾额，上面的汉字古不可识。

我说这些是想说明，小陈在照片中很小，根本看不清她的模样，所以她不可能和我有任何关系。这位姑娘和许多姑娘一样想法朴素，她们只是为了留影某地才拍摄这些照片，而不是使自己清晰、生动起来。我还想说，相比之下，站在我面前散发着体温的小陈妈妈是多么巨大而鲜活。她的头发因为寻找而有所垂落，所以抬起一只看起来还算年轻的手在腮前撩拨。她笑时的鱼尾纹清晰可辨，牙齿上一片碧绿的菜叶是那么诱人。我越发激动，想，应该把舌头伸进去，帮助她舔掉那片菜叶。但我不会独吞，我会轻咬两半，予其一。真的，我太激动了，如果我们的身后没有别人，如果我真的是一名作家，我大概会跪下来，声泪俱下地告诉陈妈妈，我需要一位妻子，请她嫁给我，她不嫁给我也行，我和她制造个姑娘吧，让她长大了嫁给我。

出了老陈家门，无穷的黑夜才使我逐渐清醒过来，和寒冷的空气使我在室内积蓄的热量逐渐消散一道进行。

白小云终于回了短信。她说，她才到北京的家中，正在充电。我看着这条短信，觉得一种难以名状的怪异，因为难以名状，所以就不说了。我想了想，之前发短信给她是想告诉她自己在前脚送走她后就登上了相亲的道路。如果她当时能够及时回复的话，我可能会一直和她谈论这件事，现场直播那样把自己的所有感受及时地传达给她，让她无聊的生活中添加点无聊因素。我们一直都是这么干的。可惜她没有。现在，一切已经发生，一切已经过去，而过去和发生的等同于什么也不曾有。所以，我打算不再回复她，把手机插进了口袋。

大哥使用他那用来赚钱的面的带我去相亲，也把我送回了家。我的嫂子知道应该有点生气，准确地说，她生气的原因是大哥无功而返，白白浪费了赚钱的大好时间。也就是说，如果我可以和小陈有点什么，她就不会生气。怎么说呢，我嫂子人挺好的。

大哥没有上我家坐坐，他急着回家。嫂子已将水烧热，孩子也已哄睡，她在等着他。

看着大哥的面的离开之后，我突然想到那位被送往藤子村的中年人。当时他也站在路边目送过这辆车。于是我回忆了一番去红山小区老陈家之前的事。我总爱这样胡思乱想，相信有耐心看到此处的人已能接受。

当时大哥和那中年人仍然因为40和35而争执不休。后来，大哥就问他："哪儿人？"

他说："山东。"

"来干吗？"

"做买卖。"

"买卖人还在乎5块钱？"

"小买卖。"

他仍然坚持35。大哥就踩了刹车，叫他下去。他吓住了，40就40，叫继续开。这样一来，后面的话就轻松了。中年人说了山东的一些风景、农作物和特产，还说了自己的儿子、闺女。儿子不争气，老家务农；闺女好，南京读大学，毕业也留南京工作了。也就是说，他来南京是看闺女来了。大哥就问他闺女说人了没，他说不知道。大哥就冲我眨眼睛。

我注意了那个中年人，他长得挺周正，是60年代电影里的那种正面人物形象。子像母、女像父，这话使我猜了猜他女儿的模样。如果有这人高马大的样，壮是壮了点，但身材不至于差，挺匀称的，而且是不易变形的那种。作为女孩，轮廓线条也不会像她父亲这么粗，纤细点的话，又在南京念了书，待了这么些年，水土也润了，难说不一美女。

后来那中年人到地方下车后，说实话，我有点舍不得。我还注意看了看，希望看到他那个闺女事先站那儿接父亲，可惜，没有。我只能想象，我不能确定这想象是当时在车上就有的还是现在的。

我想象我和中年人是一伙的，是他已经确定但还没办事的女婿。我们被我大哥这个南京本地小混混给蒙了顿，但我们因为不知道，也就算了，就算知道，还是算了，找谁去呢，找鬼去，所以我们不找。我们要找我们的女儿和未婚妻。马上就要看到她了，我们是多么激动。女儿那么争气，未婚妻那么漂亮，我们这一老一少两个男人在坑坑洼洼的小巷里满怀信心地往前走。我们坚信，女儿或未婚妻的门前肯定有盏明亮的灯，没有灯，那么她的窗户也一定很明亮。到了门前，我和岳丈互相谦让了一番，决定由他敲门。我不敲是怕白小云下身那点气味随着手指敲打的动作而泄漏。

嗯，我的岳丈，那个山东大汉，他那劳动多年的指关节敲起门来真是响亮。

赵清河

你们见鬼了吗

2004年春天，赵清河失业了。这时候，发生了一件奇怪的事。一天晚上他和朋友喝了点，回到家（当然是租来的房子）后倒头就睡，半夜照例爬起来找水喝。当他摸到厨房准备开灯拧水龙头的时候，突然发现面前站着一个人，一个身材高大却奇瘦无比的女人。事后他又否定那是个女人。根据回忆，那人没有胸部。没有胸部还叫女人吗？“也有可能是平胸啊。”朋友笑着说。赵清河严肃地说：“你为什么笑？很可怕的，尤其是我现在想起来更觉得可怕。”“当时你就一点不怕吗？”朋友问。“是啊，”赵清河有点沮丧地说，“我也有点奇怪，真的，当时我真没觉得怕，一点也没有。”“也许当时你不觉得可怕就是因为你首先判断对方是个女人，对吗？”赵清河点了点头，又摇了摇头。

这件事情最终的解释是幻觉。不可能的，哪里有鬼呢？赵清河被逼无奈，只得承认是幻觉。不如此，他的日子势必无法过下去。但紧跟着这件事没几天，就发生了另一件事。

那天赵清河打算去找房东谈谈，希望后者能容他把房租拖下去。房东住五站路之外，公交车直达。他上公交时本来明明是有一把椅子等着他去坐的，但在他就要坐下的时候，突然被身后一个大胖子赶了上来。后者以硕大的屁股把整张椅子坐得严丝合缝，看不到挨一只老鼠屁股的地方。这让赵清河十分丧气。他觉得给面前这个人坐并没有什么，但他为什么要这么胖呢？那么大的屁股真是一个令人费解的问题。他不禁抓着扶手皱起了眉头。后来有个年轻的姑娘经过他身边的时候不像有意地用乳房蹭了他的肘部，那种起伏感十分准确，也十分操蛋。朋友们都知道，赵清河还是一个年近三十的处男。现在有位姑娘搞这样的小动作使他很不自在，于是回头，但没有落到实处。有三个年轻的姑娘站在他的身后，也就是说不知道是谁。天气热了，大家衣服都不多，脱光了堆地上也就那么一小泡。赵清河只好站远点，想通过深呼吸缓和一下。虽然车厢内空气污浊，深呼吸是一件不符常识的错误，但好在这也转移了他的注意力。他只能看着车窗外。许多天没下雨了，地面上的灰尘被疯狂来往的车辆搅在空中，阳光于是呈现一种劣质饮料的颜色。在一个红灯下，他还透过车窗玻璃看到在路旁花坛边的一对中年夫妇。他们穿着过时而又显得异乎寻常干净整洁的衣裤。通过他们的装扮不难发现他们是乡下人，是乡下的本分人。他们对这座城市不会很熟悉，或者熟悉程度不会超过一张从火车站所买来的市区地图。也许那个男人是乡村的会计或供销社的职员，他曾于多年前来过这座城市办事。当年他可能也正因此（乡村的地位和旅游经历）把那个应该不错的乡村少女（也就是现在眼前这个中年妇女）搞到了手。在此番来这里之前，他或许曾向妻子夸过口，如数家珍一样历陈过这座城市的名胜、街巷和小吃，但当他们真的来到，却令他不禁惭愧和惊讶，一切都和记忆完全不同。记忆变成了梦幻，现实是他带着妻子迷失在这座城市的一个角落，一个花草蒙满灰尘、未知生死的花坛边。他们在花坛边干什么呢？赵清河趁着有限的红灯时间注意观察了一下：那个中年妇女在呕吐。秽物从她光洁的脸上那个最大的洞里源源不断、依依不舍地喷了出来。它们的成分应该是家乡的稀饭、酱豆的早餐和车上面包、矿泉水之类的午餐。看来他们刚刚从一辆车上下来，妻子晕车晕得厉害。丈夫十分心疼，他不断地用手掌拍打前者的背部，希望使妻子好过一点，但妻子在呕吐之余还腾出一只捏着绣花手帕的手撵那只不断拍打的手，面露反感的神情，看样子拍打并不能达到预想的效果。人们要记住这一点，不要一厢情愿地为他人做什么，即便他是你的枕边人。然后，红灯转为绿灯，车开动了，那对中年男女站在原处越来越远，以至在车尾的最后的窗框边消失。赵清河猜他们是来看儿子的，也许他们的儿子在这座城市读大学，他们来探望一下吧。赵清河记得自己的父亲也来过，当时他就拎着一个脏兮兮的蛇皮口袋，站在校门外的一个绿色垃圾桶边等着儿子出现。可惜他的儿子迟迟不愿出现。赵清河想到此处，心里不免一阵绞痛。父亲，你现在在做什么？难道还是在地里像狗那样刨或像猪那样拱？

也就是说，赵清河去找房东一路上的所见所闻所感都大大地影响了他的情绪。他的情绪很糟糕，糟糕透了。糟糕透了之后也许会时来运转，可惜赵清河的房东根本就不在家，他白跑了一趟。是的，之前完全应该电话联系一下，话可以在电话里说。或者约好时间，也不至于白跑一趟。难道自己是想以这样的方式（**直接登门**）来表达诚意？也就是表达自己目前的贫穷，从而获得房东的同情和宽宏？想到这个，他的情绪简直坏到了极点。于是他开始往回走。注意，是走，而不是乘车。为什么这样，谁也不知道。我们可以理解为他想遇见那对中年夫妇，然后上前分别叫一声爸妈，再朝他们吼一句：快滚回家去吧！

走了大概两站路的时候，他终于来到了那对中年夫妇刚才所站的地方。当然，他们现在已不知去向，呕吐物还在。赵清河忍不住靠近了那堆呕吐物。他只瞥了一眼，这一眼已足够让他痛苦。走过那段，赵清河感觉自己走不动了。这时候，他看见路边有许多低矮的小房子。这些小房子都被改装成门面，有搞家庭装修的，有手机充值的，有几张黑桌子给路人吃盒饭的，当然，也有卖烟酒饮料和劣质食物的。通过报纸的报道，每年都有一些人死在这些来源不明的食物上，更多的人也靠这些食物喂养成钢铁巨人或疾病缠身。总而言之，问题似乎并不在于这些食物，不在于它们的来源，而只在于天，在于活该或不活该。赵清河发现这家烟酒小店门外也有两把椅子，看起来比盒饭那儿的要干净些。于是，他走过去坐了下来。“歇歇。”他对坐在直角玻璃柜台内的店老板说。后者没说话，只把头抬高一点看了看赵清河，然后又低了下去。在这一过程中，赵清河看清了店老板的五官，没有任何特色的五官，记不住的五官，于是他不禁又站起来伸长脖子朝里望了望，想再看一眼，争取记住吧。

“买什么？”店老板也站了起来，问。

赵清河赶紧坐下，他也许想通过赶紧坐下来说明自己不想买东西，也起暗示对方一样坐下的作用。可惜迟了。店老板继续问：“你想买什么？”

“啊，”赵清河说，“不好意思，不买东西。”

“不买东西？”老板失望地说，然后慢慢地下蹲，果然坐了下去。赵清河看见他坐了下去，不禁松了口气，对着老板微笑了一下。这一笑又使老板站了起来。

“喂，”老板声音明显提高了许多，“你到底买不买东西？”

“不买啊。”赵清河真诚地说，然后还补充了一句，“真的。”

“那你想干吗？”老板问。

“不干吗。”

老板也许还想问，那你干吗老是看我？但这个话似乎不像一个正常人在这个非常正常的傍晚该说的，于是，他说：“既然你不买东西，你还是走吧。”

“歇歇而已。”赵清河说，“我走累了，坐这儿会影响你生意吗？如果影响，我马上就走。”说着他甚至做了做起身的动作。

“哦。”老板没再说什么，也没再坐下去，他目光空洞地看着马路上的来往车辆，和他的烟酒店长期保持的动作及神情相仿佛，没有善意，亦无恶意。后来他像想起什么似的，转身朝更里处走了走，一只手还掀起了一面布帘子。没想到里面还有空间，也许是床，是煤气灶，还有躺在床上把大腿伸出被外的女人。不过，老板在进入帘子的时候迟疑了一下，回过头看了一眼赵清河。赵清河赶紧把目光避开，他突然感到很难过，他觉得这一切隐隐有什么不对，为什么，为什么总是去关注这个老板的动作呢？

那老板进去很快就出来了。他警惕地察看了一下柜台上方可以顺手拿走的货物，然后又看了看赵清河的身体上有没有凸起的一块。赵清河明白他的意思，他站了起来，甚至还夸张地在原地蹦了两蹦，并没有东西掉下来。然后，他对老板说：“谢谢，我走了。”

没走几步，他听到老板在身后说：“喂，你谢什么？”

赵清河停下来回头对他强装友好地说："没什么，谢谢你把椅子给我坐到现在。"

"哦。"老板把头缩了回去。赵清河也只好继续往前走。也许这么走下去，天黑之前完全可以到家。但不知为什么，走着走着，他感到某种越来越强烈的绝望情绪。为了不使这种情绪恶化，他转了回来，再次出现在那个烟酒店前。

"又是你？"店老板吃了一惊。

"呵呵，"赵清河痛苦地笑了笑，他感觉空气里布满了拉扯笑容所产生的疼痛感，"刚才忘了，我买包烟。"

"我说呢，"店老板有点高兴地问，"什么烟？"

"红南京，你卖多少钱？"

"十一块。"

"哦，对。"

赵清河付了钱，然后拿上烟离开。

"再见。"

"再见。"

赵清河边走边拆那包烟，然后抽出一根来吸。傍晚有点风的样子，即便没风，快速来往的车辆也能制造风，所以，烟吸起来似乎有所不对。赵清河想起一些分辨假烟的办法，比如烟身过于柔软，烟嘴会瘪下去，烟灰很黑很硬。试了试，情况似乎有点接近，起码烟灰看起来确实没有那么雪白、均匀。一股屈辱感突然占据了他的心。

他第三次出现在那个烟酒店门口。

"老板，你为什么卖给我假烟？"赵清河说着把那盒抽了一支的烟扔在柜台上。由于力度过大，差点滑过柜台落在里面。

“别瞎说，”老板明白来意脸色立即沉了下来，“我从来不卖假烟。”

“你才瞎说呢，这包就是假的。”

“懒得理你。”老板把那盒烟往外推了推，然后坐到了他那张椅子上，把头掉向一边，并抖动起大腿。这一次赵清河注意到那是一张帆布躺椅，棉垫子还没有撤掉。天气还没热到那个地步，在室内，坐这样的椅子大概正合适。

因为那条抖动的腿，赵清河的声音也有点颤抖：“给我换一包。”

老板果然如自己所料，没理赵清河。

“我说的你听到没有？你卖假烟还有道理吗？”

“什么假烟，你凭什么说是假烟？”老板忍无可忍地站了起来，“你说假就假吗，啊？”

“妈的，我抽了那么多红南京，真假能分得出来。”

“哦？我看你根本就分不出来，还是那句话，我从来不卖假烟。另外，小伙子，嘴放干净点，嗯？”

“妈的，什么东西，明明是假的，本来就是假的，怎么了，嘴不干净碍你什么事！”

“滚，呆逼。”店老板朝他吼道。

“日你妈。”赵清河大骂一声一拳就打了过去。隔了柜台，没打到，赵清河就顺手拿起柜台上的货物砸了起来。

店老板立即从直角柜台内绕了出来，他的手里不知什么时候已操起了一根棍子。但他没有使用棍子打赵清河，而只是做着要打的动作，他想吓走对方，但赵清河不那样理解，他迅速地在地上操起一块砖头。

小说写到这里，我感到有点劳累。也许我免不了虚构的习惯，但我可以告诉你，这绝对是真实的。这个故事是一个叫李唐的朋友亲口告诉我的。李唐就在南京，距离我的住处很近。赵清河这个人是李唐的同学。李唐在向我说赵清河这件事的时候，还说到他的另外一些事情。转述他人非我所长，所以，我打算下面以李唐的口吻来介绍赵清河。

我记得我们读高中的时候，因为班里一个叫高静的女生，所以我们都没考上大学。高静考上了，去了北京，后来也留在北京，再后来听说嫁到国外去了。我们和高静的最后一次见面就是在高考最后那门考试的考场上。我和她不在一个考场，赵清河和她是。赵清河说，他看见高静短袖里面的小背心，是白色的，很紧很紧很紧啊真紧。

也就是说，我和赵清河又复读了一年，也就是我们现在所说的“高四”。我们不在学校上课。学校在外面租了一间农民的房子，那房子在田中央，是过去集体化时社员们打谷晒谷的地方。高三那几个教师每天轮流从学校骑着自行车赶来给我们上课。我们只有在有必要做物理实验时才去学校。无论教师来给我们上课，还是我们去做实验，都得经过一片麦田，然后经过一条河流。也就是说，我们必须经过那座桥。我记得那是一座建于 1977 年的水泥拱桥。每个桥柱顶端的四面都有一颗五角星。在桥栏的水泥板上还有一些毛主席语录。具体不记得了。除了这些就是学生们用粉笔、石灰和红砖瞎写瞎画的字，比如，“我日 × × × 妈妈”之类。桥面下，也就是桥洞里，可以写字的面积更大，内容更丰富。我和赵清河在那些水泥石壁上写过很多字。赵清河写过

“我想日高静”，当然，我也写过。我们经常躲在桥洞下玩，逃课，在高中三年，尤其是高三后半学期，所谓高四就更不用说了。上什么课呀，我们真的感到未来一片黑暗。无休止的课堂和习题，而大学在哪儿呢？真的在这些习题里吗？真是荒唐的世道。我经常唉声叹气，就跟现在一样，但赵清河不这样。我对他很了解了，方式不同而已，他还是唉声叹气，我能听到。就这样，我们躲在桥洞里熬过了一年。又是高考，分数，分数线。我考上了南京东大，真出乎意料。赵清河没考上，但一点不出乎意料。我考上后，他又去复读了，也就是“高五”了。我不知道他那年是怎么过的，虽然有通信。你知道，刚刚出来的学生都有这么一点小爱好，那就是通信。那时候没有网络，写信和收信是个非常好的东西。感觉好。太好了，令人怀念。但通信时间长了也没意思，何况跟赵清河这样一个人通信。他不是个好玩的人，写信也很死板，而且都不长。后来我在东大交上女朋友，不久也把那姑娘干了。我兴奋地把这件事情告诉赵清河，结果你猜怎么着，从此再也没收到过他的回信。

他就是这么古怪，我也没办法。大一我考完放暑假回家，特意去看了他。他在埋头苦干，高考又临近了。我还记得到他家看到他伏在桌子上做高等数学时的样子，真是太可怕了，左右各熏一片蚊香，头顶上一个小微风吊扇旋啊旋的，像只大蚊子在扇动翅膀。房间里全是一个即将高考的男生所能散发的那种刺鼻的气味。我感到可怕，真的。当时我就站在他家的门槛上这么后怕：如果我没有考上，是不是也是这样？甚至我想到去年和前年，即准备高考的时候难道与眼前这样残酷的景象有区别吗？真的可怕。然后我躺在他床上，等他把题目做完。我没提信的事，他也没说。空气很压抑，很难交流，想走人，但怎么可能走呢。我想告诉他，我跟那个姑娘完蛋了，但因为这种压抑一直说不出来。后来，他倒是给我看了个东西，吓了我一跳，是高静的信。信的内容不记得了，大致意思是：她，高静，在高中三年一直很喜欢赵清河。我问赵清河是怎么回的。他说了句话我不太信，他说：其实我也一直喜欢你，既然你喜欢我，如果是真的话，明天就回来给我日一下。意思是这个，我不信，你信吗？但当时我是装着信的。我说，你这么说，高静再也不会喜欢你了，你好好考吧，外面姑娘多的是，好姑娘也不少。他把脑袋低了下去。唉，太压抑了。后来，我试图找点好玩的谈，于是我就跟他说学校里的一些事情。我说东大的操场，这个操场每天晚饭后都有许多对男女绕着跑道走，走的圈数多了，他们就会停下来站在跑道边接吻，然后到操场中间的草地上坐下来拥抱。至于跑道，留给圈数还不够的男女继续绕吧。然后我告诉他，有些草地上的男女实在扛不住了，他们就在操场上干了起来。当然，属于天气暖和的情况下，女生裙子十分管用。说到这个的时候，赵清河终于忍不住露出了笑容，他说："我也要考东大。"真的，就是这么说的，一字不差。

不过他后来没考上东大，考到师大了。考上不久他就来东大找我玩，我请他吃了饭，带他在东大转了转，后来就到了操场。他想看一看我所说的那种情况，很激动。可惜没看到。再后来我们也把这事淡忘了。

李唐是我新近认识的好朋友。我们是在一个酒吧遇见的。那天酒吧在搞什么摇滚演出，我被一拨朋友拉去欣赏，感觉不太强烈，耳朵就那样了，只是眼睛到处乱看。在我印象里，这样乌烟瘴气的酒吧说不定有些姑娘可以搞一把呢。当时李唐也在，跟我一样乱看。不过，他一个人，有点孤单的样子。他向我要了一支烟抽，我就给了他一支，并把打火机给了他。从此这个一块钱就可以买到却已被我使用了长达三个月的打火机在我的生活中消失了。后来和他一起出来找地方喝酒时我又新买了个打火机。至于那个消失的打火机，至今我也没向李唐提起过。提它干吗？神经。写小说也不用提它。李唐就是在大排档跟我说起了赵清河。他说："说了你别介意，我有个朋友我觉得很适合你，他叫赵清河，我非常想把他介绍给你认识一下，可惜他去年这时候跟人打架被人打死了。"

作家需要下乡体验生活

赵清河死于一场意外，就像我写一篇小说也是意外一样。

我不是小说家。在我看来，诗人啊小说家啊什么的很值得商量，不，是商榷。长期以来，他们贵族着、良心着、哲理着……可我们就是不尿他那一壶。那，我为什么要写小说呢？你大概会问这个问题。你要真这么问，我可能会骂你，李唐就被我骂过无数次，他把这个问题颠来倒去地问个不歇，使我怀疑他的智力。怀疑他的智力又使我开始怀疑自己的智力——我居然跟这么个东西做好朋友，我的脑子究竟出了什么故障？

避重就轻是没有用的。话说回来，我不写小说我干吗呢？我好逸恶劳，没力气劳动，不爱上班，也不爱娱乐，也没有姑娘爱。当然，不爱不说明你不干那些事。偶尔也有姑娘，偶尔也苦着个脸出现在娱乐场所，每天也去上班。这就是生活啊。

我干什么工作？这个问题一般人我不说。我只能告诉你，我在个事业单位上班。单位在我们国家有事业和企业之分。我的理解是，企业造点东西，使这个世界或多或少添点可以看得见摸得着的产品，贡献是显著的；事业呢，什么也看不到，就看到夹着皮包的人上午钻进了办公室，下午又钻了出来。我没有皮包，这是个态度问题，领导看在眼里，不满与日俱增。

领导把我请到他的办公室。所谓“谈谈”。

“听说你写小说？”他问。

“没，”我说，“你听谁这么虚构我呢？”

“听说而已，”他递了根烟，继续说道，“为什么不写呢？你挺有才华的。”

“就是，你老不提我干，使我深感怀才不遇啊。”我把自己逗乐了。

“哈，你看你看，你的才华就这张嘴，要多动手干活啊。”

“我没干吗？干了啊。”我想了想，又补充道，“不过我承认我干活质量不高，这是能力问题。”

“不是，”领导开始严肃起来，他像领袖那样挥舞手掌，“不是你自以为的那个样子的，还用我说吗，说了你别生气，你的问题就是工作态度太不端正，可以说是极端不负责任。”

“我不生气，领导，你还是举点例子吧，否则我不太理解不端正和不负责在什么地方，你说说看。”

领导没举例。他放缓口气说：“你工作也不少年了，虽说我是领导你是群众，其实你也知道，在我们这样的单位，谁跟谁，他妈还不是彼此彼此，大家都抬着混，互相帮衬帮衬嘛。你就是一直这样混下去，我也不能把你怎么样，能把你怎样的是区里面，是上级的人事部门，我又何苦向他们打你的报告呢？”“别，你别说了，我怕了你了。”“我知道你的想法。跟你说实话，现在的小年轻到我们这样的单位，那可没你这么好命，想进还进不来。你我都是当年国家分配，这是个优势，饭碗比他们硬点。但千万不能大意啊兄弟，社会发展的趋势是什么你比我清楚，是竞争，是能者多劳。引进竞争机制和实行末位淘汰制，这不定哪天就要落实到我们这儿来了。你说到那时作为领导我该怎么办？你倒是给我想想办法。”

“啊，没办法，我能有什么办法？一点办法也没有。”

领导说的何尝不在理呢？如果我是领导，我又怎能容忍下面的人不好好干活呢？我还真为这个问题琢磨了许久。

过了几天，我把领导请来吃饭。酒桌上我们交流了一些黄段子，批评了一些同事政策水平的低下，时间就过去得差不多了。领导摇摇晃晃要走，我岂能让他走？我说，我们唱歌去吧。我们又去唱歌。

在KTV包间，领导使用美声唱法高歌了几首革命歌曲。这不奇怪，我接触过许多这样的中年人，他们普遍习惯使用美声唱法来掩饰不完整的五音，来唱响他们当年的青春岁月。怀旧，甚而有种令人泪花滚滚的亲切。为了不使领导感到无趣，我还陪着他唱了一首《敖包相会》。当然，女声由我捏着嗓子尖叫了一番。领导很开心。他去卫生间回来摇着头告诉我，看见了一些小姐，他说他没想到在这样的地方，也就是唱革命歌曲的地方也会有小姐。我说："那我们叫个来一起唱吧。"他眼睛亮了亮，又暗淡下去，说："算了，有话你说吧，老弟。"

"领导，能不能给我个停薪留职呢？"

"现在没这说法了，操作起来太难，这是实话。"

"我知道你没骗我，难道一点希望也没有？"

"真没希望。"

各位，就是这么着，才华横溢的我主动离开了单位，英雄再无用武之地。

李唐获知我脱离单位，问我："那你以后怎么办呢？"我说："那还能怎么办，当作家呗。"

这么说有可能算是个幽默，其实我的意思是说，作家这玩意儿完全是个借口，当不得真的，发不了大财就不说了，主要问题是当作家是像我这样的垃圾（前女友语）才愿意并只能干的事情。当然，关于这个问题，也有另外一种高论：人类灵魂的工程师。如果真是这样，我得感谢瞎了眼的上帝，感谢他闲得太慌好好的把自己眼睛戳瞎。上帝瞎后，某人说他是作家确实能令不少人肃然起敬，尤其是那些著名的和专业的。他们每天坐在家里，坐在考究的书房里，环顾丰富的藏书，露出平和的表情，然后开始写字。一稿二稿三四稿，然后写封称对方为"××兄"的投稿信给熟悉的编辑，这样很快就刊登在了发行量不超过10000册的杂志上。机会好的，就像中体彩那样，也有获得由相关组织颁发的文学奖的可能。发表、出书、获奖，虽然没什么人看他们那些莫名其妙的优秀作品，但他们的生活确实不像我这样这么缺钱。我好逸恶劳，没钱是活该。如果他们的东西被翻拍成影视，那，了不得了，马上由不著名开始著名，由著名而权威，由普通作协会员而作协领导干部。甚至他们作为下岗职工的脸色苦巴巴的老婆也很快再就业了。

垃圾！我前女友嘴上这么说过，相信她心里也是这么说的。如果像我这样的垃圾也能成为人类灵魂的工程师，那算不算是亵渎呢？我对李唐说，出现在我们这个几千年文明国度里的那些坐在家里，数十年如一日地进行所谓文学创作的专业作家，是人类社会有史以来最古怪的群体，是上帝（假如这个老头没有因为失明而厌倦生活自杀的话）的耻辱。但，我决定加入他们的行列，原因是，我比以前更加无所事事了。

“但你有那水平吗？”李唐说，“也就是你能混出来吗？比如说，你的东西能发表在杂志上引起评论家注意，然后被报刊转载，结集出版，又拍成影视，跻身于文联会议座席的前列吗？”

听了他的话，我悲伤地低下了脑袋，发自肺腑地说：“兄弟，你能不能给我点鼓励？”

我突然想到了赵清河，他死了，真可怜。可是那个失手把他打死的烟酒店小老板又何尝幸福？据说，他被判了十几年刑。李唐出席了法庭判决，判决虽然早已大概知道，但由威严的法官使用铿锵有力的带有方言色彩的普通话绘声绘色地报出来，小老板的老婆还是一下子就地瘫倒在法院。她年纪轻轻，略有风姿，你叫她这十几年怎么过，你叫她这么双打麻将的小手怎么抚养年幼的小孩？

公道、良知、怜悯、同情、伸张、鼓吹、喊叫……这是我们该干的吗？它们是“干”吗？它们软弱如无，什么也不是。而我们的作家却把这些引为利器，躲在小书斋里喝碗壮阳的汤，然后愤而疾书。

我陷入了困惑。我应该出去走走。

还是李唐。他打算假期回老家一趟，问我去不去。我高兴极了。太高兴了。

到李唐老家，可以坐火车，也可以坐长途汽车。我想坐火车，李唐说不好。火车并不比汽车快，此其一；二，下了火车还得坐当地小公交，麻烦，不如长途汽车可以直接把我们扔在他们的村口。

我不喜欢坐这种长途汽车，它们总是超载，空调永远也不能把里面那些固有的气味排除干净。不过，我都落魄成这样了，还讲究什么呢？讲究是贵族和富人的专利，穷人被剥夺了这个权利，剥夺了卫生，剥夺了新鲜空气。

车在途中，免不了加油、吃饭什么的。每到这种情况乘客都得赶紧下车排泄一下。规矩如此，你不下车排泄，过会儿想了，司机绝对不会因为你而停下来。李唐拉我去，我说，没有尿。李唐说，没有也要挤几滴。硬是死活把我拉到路边尿了尿。一排男人就这么站在路边纷纷掏出家伙开始撒尿，场面蔚为壮观。我说女人呢？李唐指了指加油站后面那堵墙，她们在那儿集体褪裤下蹲，尿完了站起身，脑袋露出墙头，一耸一耸地在动，这应该是系裤子吧。

没有男人去墙后尿，也没有女人在路边草丛里解决问题，大家似乎早已接到排泄通知，通知上白纸黑字地指明了各自的排泄场所。我不由得想到了一句：人在江湖。

下车后与李唐走了不到十分钟就到了他家。没想到这么近。回身一望，高速公路原来是从村子的中间穿过去的。李唐说，原来路那边的几十户人家和他们这边的几十户是连在一起的，是一个村子，路修好，便成了两个村子。这就像蚯蚓，你切断它，它就成了两条活体。

在李唐家拜见了其家人，吃了午饭，我们就分别骑上车，李唐在前我在后前往赵清河家。这一点我们之前并未说好，但却也毋庸置疑。

一路上，李唐不断和迎面而来的乡亲用当地方言招呼。我则放眼望去，田里还有星星点点的人影。他们在劳动，和我的家乡一样，他们都是老人，年轻人都出去打工了。在路的另一侧自然是房屋，以两层楼房居多，无不贴上了金光闪耀的瓷砖，这不仅和我的家乡情形相仿，也和人民公厕保持了材料使用上的一致。我们的人民是多么热爱瓷砖啊。

赵清河的家不是楼房，而是四间砖瓦房，经验告诉我，这是两个儿子一人两间的布局。你会问，那老夫妻住哪儿？这不用你烦，他们自有去处，乡下就是如此。不过，赵清河家的房子看起来已很破旧，料有十多年了。四间中已有两间围成了个小院，另两间则空荡荡地直视门前的煤渣路。李唐说，有小院的两间住的是赵清河的兄嫂，已分开了过。自已砌围墙的举动说明赵清河的兄嫂不能与他们的长辈搞好关系，大概还有过争执，否则不会这么做。

母亲早在赵清河大学期间就已死掉，这在当时是件不幸的事，但如果联系到赵清河的死，其母的早死已是万幸。住在这被隔离在外的两间房里的，现在只剩下赵父和赵清河的妹妹。他的妹妹在当地职业高中刚刚毕业，料不久之后即会出现在大城市的某个角落成为一个所谓的外来妹。这个姑娘并不怕生，穿着也不是人们出于某种习惯性想象的那样：带袢布鞋、直筒裤和花格子上衣。不是，希望大家对乡村多加了解，赵清河的妹妹穿得干净而有朝气。是：运动鞋、磨白牛仔裤和鹅黄色长袖T恤。

和这样一个年轻漂亮的女儿相比，赵清河的父亲显得更加黑暗和衰老。花白的头发本身就显得脏，加之脸色黑黄，穿的也是那种皱巴巴的来自70年代的衣服，裤脚不因为任何原因地卷了上来（习惯），粗壮的小腿裸露在外。那些铜色的肌肉大概说明他还没老透，还能在田里苦些年，抠点钱出来。总之这个老头看起来就像一年到头不洗澡不洗头那样。而他们并非没有洗澡洗头的条件。我甚至可以想象到，在他的床边用以支撑蚊帐的竹竿上一定有一顶赵本山那样的帽子，四周颜色比顶部深一点，帽檐像猪耳朵那样耷拉着，一年到头散发着刺鼻的气味。因为，我的父亲就是如此。我还知道，如此相貌和装扮，我们一向以“朴实无华”和“真实”之类的词加以赞美。可我要说的是，为什么要这样呢，为什么全国各地的老农都千篇一律地如此相貌和衣着？是的，你们节省，供你们的子女读书读大学，供他们在人前有模有样，可是，你们自己他妈的就不是人了吗？

李唐对我的介绍是：南京来的作家，清河的朋友。我未置可否，只是冲着这个让我感到痛苦的老头笑笑。我给老头敬烟，他继续作出了我所熟悉的动作，那就是把烟横过两个鼻孔，使用它们依次来嗅一下，绝无偏袒，加强记忆。

如你所知，我和这个老头的谈话兴趣已降低到了极点，就像我每次回乡和自己的父亲一样。如果没有赵清河的妹妹给我们添茶倒水，我大概会不耐烦。嗯哼，赵清河有一个长得很漂亮的妹妹，他地下可以瞑目了。

不谈不问赵清河，这是应该的。

聊了会儿，客气了一番，我就和李唐告辞了。告辞之前，我和李唐分别将自己的联系方式留给了赵清河的妹妹。如果她想去南京打工，李唐和我或许可以帮点小忙。如果他妹妹不介意的话，也完全可以嫁给我们其中之一。这是未来，无可预料，不提。另外，我要说的是，如果我是大款，我会出于什么心理顺便留点钱给这对父女，可惜我不是。所以，我就不留了。请各位原谅。

我们没有直接回李唐家，而是朝另外一个方向而去。李唐说，随便转转，看看他以前和赵清河就读的中学。我突然笑了起来，李唐问我为什么笑。我没说。现在可以说了，我觉得可笑的是，我们那个做了鬼的赵清河，曾几何时成伟人了呢？所谓故居，生活、战斗过的地方啊。

因为是周末，乡村中学显得冷寂。有若干孩子围绕着一个锈迹斑斑的铁圈投篮球，兴致很高。李唐他们当年的教室已被拆除，原址上是一栋新的教学大楼，因为它周围仍然是过去的破旧房子，新大楼真有点耸入云霄的气势。另外，还是瓷砖。然后我们去操场上坐了会儿。草很茂盛，如果踢足球，球不会滚动出十米远。李唐说，有一回他的语文书没带，老师叫他回家取，他计算了回家和返校的时间后，就躲在这么厚的草里睡了一觉。

从学校出来往李唐家去，还经过了他们当地的公社医院。当然，现在不叫公社医院，但人们的语言习惯是多么顽固，就像我们的文人经常称南京为“金陵”一样。在经过医院的时候，李唐突然停下了车。他终于想起了有关赵清河的一件往事。多日以来，李唐已未给我提供过有关赵清河的任何信息了。李唐说，这件事还是赵清河上了大学对他说的。也正是因为这件事，赵清河才在高一留了一级跟李唐同班。

赵清河说：

十六岁吧，快期末考试了。家里正盖房子，因为地界，跟邻居吵。吵没用，就打。我妈上前跟那家的妇女干，我妈身体不好，打不过那个妇女。但我妈聪明，她使劲扯那妇女的衣服。是夏天，那妇女衣服就给扯破了，乡下妇女哪有胸罩呢，所以那妇女两个大奶子蹦出来了。那家男人一看不得了，扑上来，我赶紧迎上去。哪里能干过一个庄稼汉呢。我被他一拳捣在肚子上，立马就瘫了。我妈来扶我，被那个晃着大奶子的妇女赶上来揪了一大把头发。我妈跟我就躺地上哭，那个惨。幸好我老子及时赶到，否则要吃大亏。但我肚子就一直疼了下去，疼了一天一夜，还是疼。邻居家也怕了，主动上门带我去公社医院看。原来是急性阑尾炎，不是他打的，他松了口气，转身就走了。但我得留下来开刀。

这个刀据说是最简单的手术，连我们这样破的公社医院都能开。但你可能没开过这个刀。

在开刀之前有个事情，剃阴毛。阑尾靠那儿不是很远，毛剃干净清清爽爽，便于手术。我不知道医生凭什么知道我当时长了毛，他又没看过我那儿。只有我自己一个人知道裤裆里长了毛。医生是个男的，戴口罩。我们公社医院也就那几个医生，还多数是以前的赤脚医生转上来的，大家都认识，但因为他戴口罩，到现在也搞不清楚他是谁。

剃阴毛的时候，我老子一直坐在我的旁边。他看着那个蒙面医生一只手拽着我的阴茎，一只手操着刀片唰唰地给我剃。很快，他就剃得平平整整，摸上去连毛桩子都感觉不到，真是一把好手啊。当时我很害羞，其中一个主要原因是我老子也坐那儿看。所以我把眼睛闭得铁紧。我在心里想，女人阑尾炎开刀，毛也是这家伙剃吗？在当时的我看来，简直不可想象。

剃完毛，医生替我把短裤提上，命令我老子把床上的毛掸一掸。我老子就在我屁股四周掸毛，还不停地叫我挪动。后来，我妈来了。她应该是从家里的工地上来。她看到床单上的毛，问我怎么回事。我没理她。我老子旁边插话，告诉了她。

我妈“哦”了一下，然后继续掸剩下的毛。然后说了句：“我们儿子长大啦。”这没什么，很正常，但奇怪的是这句话一说完，她就哇地一声哭了起来。声音很大很大，在医院特别响。她蜷缩在地上，那么大声音地哭，她那么瘦，只有一个拳头大小的样子，我告诉你，我妈当时看起来就像一个刚出生的婴儿。

她们真漂亮

情况总是这样，周末，李唐联系我，他来我家，或我去他那儿。我们一起吃吃饭，喝点酒。他酒量不大，三瓶啤酒的样子，在这过程中，他需要去五到六趟卫生间。一般我去他那儿比较多。他租的是单室套，卧室里有一张床和一个带镜子的衣橱，镜子变形得厉害，人和镜中人已不对等，像两个互相打量的陌生人。床和衣橱是房东的。硬件只有电脑是李唐自己的。各种各样的碟片光盘堆积在电脑桌和窗台上，其中以毛片和电脑游戏居多。他曾经向我隆重推荐过一款日本游戏，名字叫《人工少女》。非常完美的三维动画女孩，这个游戏就是使用鼠标和键盘操作，和她恋爱并做爱。她使用的是日语，这对李唐这样的“反日分子”十分有效。他说他每次打这个游戏都会格外激动。我曾站在旁边看他打这个游戏，那个名叫KAKA（名字随便起）的漂亮女孩穿着李唐为她设置的比基尼在海浪拍打的金色沙滩上跑来跑去。她一会儿站在海边的栈桥上眺望远方，一会儿来到海滩，站在一棵椰子树下，用一只小手握住自己另一只手腕默默等待。但她不会跑远，始终围绕着“我”在转。“我”轻声呼唤，向她走近，她笑着又跑了。“我”再呼唤，再走向她，她就不跑了。这时候可以拉她的手，她有点害羞，小嘴动几动也没说啥。拉着她可以奔跑，可以散步，然后找一个可以躺下的地方（海滩上，海滩旁边的房子里的地板上和床上均可）和她接吻，于是她变得相当害羞和可爱。下面的场景就是她躺着了，任你所为了。如果没选好地方，比如在一棵树边你就和她接吻，那么后面的做爱姿势会因地制宜，即她扶在树上，翘起臀部……她的器官是最完美的那种，颜色及其大小。她叫床的声音常常逼迫李唐把音量关小不至于吵到邻居。做完爱，她会到房子里的浴室洗澡，“我”可以大胆地全方位窥视。如果实在受不了，还可以把她放倒在浴室的瓷砖地面上再干一次。李唐说，游戏可以保存，她会和你长相厮守，在岛屿上情情爱爱，白头到老。前提是，你不要从硬盘中删除这个游戏。

如你所知，我也安装了这个游戏。

除了吃饭喝酒，我们确实也没别的可干。在李唐居住的附近是一所大学，我们经常去那儿附近找家小店吃喝。有一家广东便当店，因为便宜，我和李唐去过多次。也是因为便宜，我们在那里可以看到许多大学女生将小坤包放在桌上，并紧双膝、目光茫然地等待叉鸡饭的样子。我们吃完，这些女生往往还在吃，所以我们并不急着离开。我们像老农那样因为饱食露出了懒惰的神情，抽支烟，发发呆。那女生终于吃完，她使用纸巾仔细地擦嘴，然后提上小包款款而去。我们也便跟住。大学校园的门口一到傍晚就十分热闹，这种热闹可以持续到深夜。羊肉串、紫菜饭团、麻辣烫、棉花糖和花束、小饰品之类，一字排开，达上百米之长。这些小贩大都是中年人，夫妻两人忙忙碌碌，就像互不相识那样坚决不说话，而只与前来交易的大学生亲热。他们大多操外地口音，似乎南京本地的下岗职工不屑于此，或是一种宽宏和善意，把这些好的谋生机会让给更为艰难的外地谋生者。我们紧跟的那个女生停在了棉花糖那儿，她买了根，然后边走边伸出舌头去舔。她背对着我们，巨大的棉花糖远远胜过她的脑袋，就像黑发披肩的年轻的她正抱着一颗雪白、硕大的老年头颅在啃。后来她进入了女生宿舍区。女生宿舍区树木高大而整齐，许多男生抱着属于他们的女生在树荫下轻声漫语。他们往往还背着书包，这使拥抱显得吃力而真诚。在他们的身旁，一辆不算新的自行车随意地靠在树干旁。当男生将女生松开，互道再见，前者就会跨上那辆自行车穿过树荫和宿舍区消失在拐角或人群。在我们的头顶，除了青翠的树冠就是那些晾晒在窗外的内衣，它们有的在滴水，有的早已晾干，积蓄起了灰尘和落叶。看到后者，就像穿在身上会扎她们娇嫩的皮肤那样使我们感到也像被扎一般心痛。那个怀抱棉花糖的女生已不知去向，我们只好返回。

我说："念大学时你那女朋友呢？"

李唐说："早分手了。"

"那她去哪儿了呢？"

李唐诚恳地说："不知道。"然后他问，"你呢？"

我说："我就不提了，我不重要。"

李唐笑了起来："哈哈，谁重要呢？"

过了会儿，我叹了口气，我说："李唐，你应该找个女孩恋爱恋爱，真的。"

李唐在路边吐了口痰承认他有这个需求。

"那为什么不呢？我觉得好奇，你又不丑，还挺帅的什么的……"

他又笑了起来，打断我说："谁知道呢。"

从大学回李唐的住地，要穿过一条马路才有公交车站。早在认识我之前，李唐即已每天从车上下来，然后拐进车站附近的一条巷子往家走，大概要走十分钟的路，经过菜场经过超市，经过所有货物集中的商场和小店，两手空空地回到家中，然后倒在床上。赵清河偶尔来坐，像我后来的情况那样和他一起吃饭喝酒，去大学看女生。自从在大学时代和那姑娘分手之后，李唐已对大学女生失去了过多的热情。之所以还来大学附近转，完全是赵清河的发明。赵清河总希望能看到像李唐信中所描述的那个场景，操场上的男女在草地上做爱。他们从来没有看到过这个场景，李唐最终不得不对赵清河承认，这是他虚构的场景，为了鼓励后者考上大学的善意欺骗。你也不想想，谁真有那么大勇气呢，幕天席地，嗯，确实美好，但他妈谁敢呢？大家都是文明人。赵清河对此相当生气，他听后转身就走了，足足一个月没有联系李唐。当然，后来他大概不生气了，两人恢复原状。但赵清河再也不去操场了，取而代之的是去女生宿舍区。

也就是在赵清河生气的那段时间，那一个月里，李唐遇见了一个姑娘。

这是下班路上的姑娘，也就是和李唐一起在那条巷子里走的姑娘。她谈不上漂亮，皮肤不算很白，身材不算很好，基本平胸。李唐经常在公交车上遇见她，她每次都在一个叫石亭西街的车站上车。这一站附近是一所小学，李唐确定她是该小学的一位青年女教师。他在公交车上观察过她所携带的东西，因为女士坤包太小巧，书本从包口露出了三分之一。一本是教材，一本是教师参考用书，还有一本是土黄色的大本子，那一定是教案了。也就是说，这位姑娘每天下班都会回家备课。也就是说，她是一位认真负责的教师，肯定在学校不甘人后，勤奋工作。她的好胜心很强，这从她的相貌和神情也看得出来，她的眼睛总是看着车窗之外，那些流动的毫无新意的景物并没有什么可看的，她在思考，至于她想什么，李唐无法知道。即便车内突然发生什么事件，比如某老妇因得不到座位而晕倒，某官僚模样的中年男人放了一个响屁，这些事情都不能吸引那个姑娘，她顶多冷淡地看几眼，然后继续看着窗外。她居然和李唐在同一站下车，而且是走一条巷子。李唐为此激动万分。

他不愿意走在她的前面，这是一种复杂的心理，其中有一点可以说是李唐感到了害羞，他不愿意自己的身体和行走姿态暴露在她的眼中。他默默地跟在她的身后，看着她，这让他感到安全和踏实。她的走路姿势很特别，因为清瘦，臀部窄小，不会大幅度地摆动，配合于身体的特点，她的两只胳膊总是向腰部内敛，而两只手却像小鸟刚刚长出的翅膀那样左右伸开，这使她的走动看起来相当轻盈。加之她不穿鞋底响亮的高跟皮鞋，看起来她简直像在飘动，或者是滑动。她住在一个叫景虹苑的小区，李唐只好继续往前走，但他注意观察了景虹苑小区，门房依旧是个穿蓝色大短裤和白色破背心的老头，他有时会捏着一沓信件出来。在门房的窗台上摆放着一块小黑板，他把那些收信人的门号和姓名写在上面给进出的居民看。他写的字很用力，这大概是黑板有些地方面子破了而泛白的缘故吧。字体繁简参半，这和四五十年前的汉字改革有关。可惜李唐从未发现那个女孩注意过那面黑板，如果她能够注意，说明她在等待信件。如果她取得了信件，李唐便可以从那黑板上五六个门牌号及收信人中猜测出她具体的住址和姓名。可惜没有，李唐不知道她住在景虹苑小区哪一栋哪一室，也不知道她叫什么名字。他每次经过都朝这个小区大门内望一望，那么多楼房及其间各个走向的夹道使他感到迷乱和丧气。

有时李唐也遇不到她。如果能遇到，他就会让她在前自己在后。她看起来并不在意李唐在自己的身后，一如既往地在前面飘着或滑着。其间隔着不超过十米的距离，远了李唐觉得伤心，近了李唐觉得自己形迹可疑。十米之内是个非常好的距离。有一天，李唐没有遇见她，这使他的脚步沉重。他正往前走着，忽然感觉有个人从自己的身后走了过来，超到了前面，甚至因为躲避一辆过往的出租车而与他胳膊相碰。正是她。李唐感到从未有过的激动和羞愧。直至她进了她所在的小区，李唐的心还在怦怦直跳。他观察了自己的走姿，不雅的动作还矫正了一下，但当他想到对方已不在身后，即便有过不雅的走姿也已被她全看在眼里之后，他心里难过极了。这一情况仅发生过一次。有好几次，李唐都想赶上去和她搭句话，甚至像书或电影上那样直接对她说“我喜欢你”也没有什么可耻的。被拒绝并没有什么，挺正常的，简直太正常了。如果这个世界某人对某人有了好感就会被对方接受，那也太荒唐了。但李唐还是没有勇气。

“她是南京本地人，”李唐说，“有次我在她身后时听到她接听了个手机，她使用的是南京话。话不多，到现在我还记得她说的每一个字。”

“她都说了什么？”

“她说‘爸爸，我马上到家了——嗯，我也不知道啊——你什么时候回来啊——二姨妈他们一家人晚上到我们家来吃饭你不回来吗——哦——好的——拜拜’，就这么多。”

“如果你能要到她手机号码就好了，可以给她发短信。”

“呵呵，是啊，我的手机基本没什么用处，我总觉得手机不是用来打电话的，而就是发短信，一天发五十条一百条……”

“后来呢，后来怎么样了？”我问。

“后来赵清河又来找我玩的时候，我好像就再没遇见过她了，真是奇怪，她就从此消失了，像鬼一样。”

“不会吧，”我说，“怎么可能呢？要不就是她搬家了。”

“有可能，但谁知道呢。”

我们继续喝酒，我们大概喝多了。

我说：“你是不是还喜欢那个姑娘？”

李唐突然哭了，但他没发出任何声音，就是和之前一样地夹菜、喝酒，过程中眼泪在脸上爬，他甚至不去擦一下，好像不擦眼泪就表示他没有哭，也没有流泪。

我不知道该怎么安慰他，我把杯子举了举，如此而已。

过了好一会儿，我突然想起一件事。

我说：“你给赵清河讲过这事吗？”李唐说：“讲过。”

“那他有什么看法？”

“他说我在做梦。”

“这事确实也跟梦差不多，还挺美好忧伤的。”

“也不是那意思，总之赵清河他就那古怪脾气你又不是不知道。”

“哈，我所知道的也都是你讲的而已，我并不认识他。”

“是吧，唉，说实话我后来确实有点受不了他了，我说什么他都跟我唱反调，阴阳怪气冷嘲热讽，我当时就经常骂他，骂得相当难听。”

“你怎么骂他的？”

“我对他说：你为什么不死！”

近猪者，吃

武林中人刘刚

我是发育很迟的那种人，就是在同龄人全面发育的时候，我还顽固地用童声说话。

我说："唐老师，刘刚老说话。"

正在讲台上专心看《参考消息》的唐老师被我一嗓子吓着了，但他和平时一样，只是缓缓抬起头，把眼珠子从镜框上方鼓出来，很不高兴地说："我没听到有人说话，就你在叫！给给给，给老子坐下！"

委屈。直到现在我才明白过来，刘刚和别人都已经发育，他们说话，声线很粗，以至词句太重，浮不起来，乃是坠落在课桌下面的嗡嗡之声。嗡声总是让人平静和困倦，唐老师不会在意这个。而我，没发育，嗓门尖，在嗡嗡之中陡然一亮，跟黑夜里陡然亮起的大灯泡似的，吓人，讨厌。

上面这个例子也说明，我那会儿成绩很好。做起作业来，非常专心，刘刚转身和后面女生说话，膝盖无意识地捣到了我，我就会感到不高兴。后来有一次，刘刚问我，你为什么成绩这么好？我先谦虚一下，引用父母告诫我的话说人外有人天外有天什么的，然后我又说自己不迟到，不早退，上课专心听讲，回家做完作业才吃饭……刘刚听后在我脑袋上摸一摸，笑着摇摇头，说："你真是个好孩子。"

因此，没人会和我计较，我打不过他们，无须和他们打架，他们也不会打我，因为你还没发育。这是事实。有次，一个高年级的男同学问我借两毛钱买个肉包子，我没给，他就竖起手掌从我后脑打了一个操头，这正巧被刘刚看到了，刘刚冲上去说，我就看不惯你这种以大欺小欺软怕硬的屌人！然后和那个高年级的打了一架。那个人虽然高我们一年级，但打不过刘刚。按我们那会儿的说法，刘刚是混过的，是江湖人士，是武林高手。

强中自有强中手

其实刘刚终其一生，他也谈不上是混过的，他的江湖几乎没有离开过红光镇，所谓武林高手更是扯淡。他被唐存厚一击即溃，心服口服，所以他承认自己一辈子都打不过他。唐存厚就是上述的唐老师，他是我们的语文老师，也是班主任。此人满脸横肉，声音洪亮，虽然不高大威猛，但在夏天，我们可以看到他结实无比的小腿肚。那上面也没什么毛，这还包括我们没看到唐存厚长过胡子。讲课之时，他不轻易走动，小腿肚跟桩似的定在那里。刘刚以为所有老师都被他搞怕了，所以想跟唐存厚玩玩，结果后者迈动小腿肚走了过来，心平气和地问："刘刚，你在搞什么？"

刘刚不自觉地站了起来，这是习惯，他在这第一步上就错了。为了弥补这一过错，他不禁一条腿故意抖了起来。唐存厚以迅雷不及掩耳之势用一根手指顶在刘刚的脑门上，刘刚只得向后一仰，后排同学课桌上的书本和铅笔盒顺势掉下，但他们不敢惊叫。几乎所有的人都被唐存厚的那根手指顶过。这让我们一直对那会儿流传甚广的海灯法师的一指禅深信不疑。然后，在刘刚打算站稳甚至还手之前，唐存厚的巴掌已呼啸而至，不偏不倚，直接扇在刘刚的脸颊、耳朵和太阳穴一带。一般情况下，指印和眼花耳鸣会一直维持到放学，到了家才差不多消肿恢复。那年头家长和学生还没有这会儿这么矫情。不仅如此，大多数家长都因为忙活，希望老师多负点教育责任。打，狠狠打，往死里打，只要不打残废就行。有的家长还咬牙切齿地告诉唐存厚，打残了也是活该。刘刚的爸爸似乎就这么说过。也就是说，刘刚想挑衅唐存厚，结果后者只使用了毫无新意的日常招数就将他打倒在地。

他躺在地上好一会儿都爬不起来。

“你给我站起来！”唐存厚命令道。

刘刚挣了几挣，未必是为了接受这个命令，因为他理应站起来，但没有成功。

“赖地上有什么出息？”唐存厚冷嘲热讽起来，然后亮起大嗓门咆哮道，“起来！”

这一声吼有多么响亮，我很难形容。据说，唐存厚上课，在校外就能听到，只是我从未迟到早退，无缘聆听。他的嗓门本已如此惊人，何况一吼。

然后我们听到刘刚坐在地上哭了，他哭得很伤心，一边哭一边哀告：“唐老师，我爬不起来了。”很显然，这一哭，宣告挑衅的彻底失败，其错误将不可挽回。自此，他再也没敢和唐存厚顶撞与犯武，可谓谨遵教导，绝不忤逆。多年以后，提及唐存厚，刘刚仍敬畏不已。

唐存厚最后冷笑道：“也行，不罚你站，你就这么趴地上，下课了再起来。”

因为我和刘刚是同桌，所以我知道他趴地上的细节。那季节已是深秋，水泥地面冰凉。刘刚一边哭一边流鼻涕，他不像多数人那样用手背擦眼泪鼻涕，而是使用靠近手腕的掌心部位。然后就是用这样的手掌抓一下我们的桌腿，将眼泪鼻涕涂在了上面。所以，地面是干净的。唐存厚的班级卫生总是如此优秀，三角形的流动红旗总是在靠近门的墙壁上迎风不动。

一代高人唐存厚

必须承认，唐存厚这个人是个人物。他当过兵，退伍后国家分配他来学校教书。他热爱文学，多年来一直笔耕不辍，退稿信源源不断地从全国各地集中到传达室，然后再被他拆阅保存。这是红光镇妇孺皆知的事情。后来，退稿信越来越少，人们以为他放弃了文学创作，多年以后我才明白，投稿仍在继续，而退稿制度已经没有了。“限于人力财力，来稿不退，请自留底稿。”这是所有文学杂志上都有的话。有一年冬天，我公差前往贵阳。闲来无事，在街上转。也没什么好转的，然后就拐进一家不足五平方米的书店。和全国所有同类书店一样，书架上以武侠、言情和教辅读物居多。然后，在一本畅销书和另一本畅销书之间，我发现了一个著者与唐存厚完全重名的书。翻开一看，乃是一本谈论荷花史话的文化随笔集，每篇文章后都注明该文何时发表在何处，多为各地晚报副刊之类。作者简介说明，作者并非我的中学语文老师唐存厚先生。遥想当年，遥想远在千里之外的红光镇，我难免感伤不已。我觉得自己应该买下这本书，结果我只是将它插回书架。

这是他的个人爱好，其实也没什么。我记得我小时候喜欢唱歌，到哪儿都哼哼唧唧。而事实呢，我根本不会唱歌，这已经被最近一些年无数个KTV包间及其小姐所一再证明。我高音上不去，低音下不来，嗓音也难听得要命。这么说，是说我最终还是发育了，变声了，变成了现在这个鬼样子。这是没有办法的事。我也想借此说明，唐存厚热爱文学本质上或许与我发育之前热爱唱歌，是一回事。

当然，唐存厚作为人物，还有另外一些事迹。比如他教我们那会儿，一家人都住在公厕里。事情是这样的，那会儿正式的教师还有分房福利，但竞争相当激烈。一个同职称但教龄没有唐存厚长的老师拿到了房子，而后者因为没有大学文凭没拿到房子，所以他非常愤怒，觉得这是不公平的。正巧学校的一间公厕因为年久失修一夜之间倒塌了，学校重新盖了一个。那是90年代刚刚开始，那年头许多东西也还刚刚开始。校方领导认为应该盖一个红光镇模范厕所，所以花了重金，以金色琉璃瓦作顶，内外墙壁都贴上了白色的瓷砖，更重要的是里面有了间歇性咆哮的自动水箱，再也不用同学们在大扫除之日用脸盆端水去冲厕所啦。盖好之日，尚未交付使用，第二天，人们发现因为分房未成唐存厚已率领全家人住了公厕。他是怎么完成这个计划的，没人知道，那么多家具、衣物，怎么一夜之间就堆满厕所了呢？还有，他又是如何说服家人和他一起搬进来的呢？唐存厚的女儿唐晓玲可真漂亮，她比我们低两届，这么漂亮的姑娘住在厕所里（即便还没交付使用），怎么说都让人感到别扭。刘刚因此给唐晓玲起了个绰号，叫厕所西施。时至今日，厕所西施当然已不住在厕所里了，唐存厚那个举动最终给他争取来一套房子。在这个房子里，厕所西施长大了，考上了省城的大学，在那里交上了男朋友，然后工作结婚，只逢年过节才回到红光镇看望自己的父母。在这个过程中，我们的唐存厚老了，退休了，然后胃里不失时机地长了瘤子，紧接着就死了。

刘刚说，不知道为什么，他总觉得唐存厚一家还住在我们母校那个现已斑驳丑陋、臭气熏天的公厕里。那么，在这种情况下，唐存厚癌症死去，留下孤儿寡母，厕所西施的哭声在厕所瓷砖墙壁上来回撞击，真是凄凉无比，让人难受极了。也就是说，刘刚多么想进入那个厕所，担负起照顾这对孤儿寡母的重担啊。

公厕前的美好晚餐

在那会儿，也就是刘刚被唐存厚打过之后，前者确实经常进入厕所帮助师母干点家务活。刘刚精力充沛，一会儿一手两只热水瓶跑到食堂那儿打开水，一会儿蹲在厕所外面帮助师母从板车上卸蜂窝煤。为了将蜂窝煤码整齐，刘刚就像个古代的木匠那样闭上一只眼左瞄右瞄。有时上课上得好好的，师母会突然出现在教室门口。刚开始，她还会跟正在上课的老师嘀咕几句，然后由后者将刘刚叫出去。后来，她觉得这已经没必要了，直接喊："刘刚，帮我把这罐汤送到医院给你们唐老师。"话音未落，刘刚已跑了出去。

唐存厚最终死于胃癌，这多年以前就有了征兆。他胃不好，据说这是喝酒喝坏的。当兵的时候，为了抵御寒冷，"玩得跟兄弟一样"的连长经常叫他手下的弟兄喝点酒。溃疡，然后穿孔，最后癌变，这和他宝贝女儿唐晓玲一样，也是个成长过程，虽则让人惊叹，但也委实没什么了不起的。

作为一个所谓的双差生，刘刚的优点是擅长下象棋，除了唐存厚，班级之内，他找不到对手。可巧唐晓玲也会下棋。这在唐存厚看来，属于智力开发，总比像别的女孩子那样看言情小说搞早恋强。放学之后，如果没什么架要打，闲来无事，刘刚就会滞留在女厕外面，和唐晓玲下棋。唐晓玲是个爱干净的姑娘，一般都会趁下午还有阳光，用刘刚从食堂打来的热水洗头。她总是头发湿漉漉地和刘刚下棋。等到日头西沉，头发也干了，她才把棋盘上的棋子打乱，说不下了。师母曾多次邀请刘刚和他们一家共进晚餐，这都遭到了后者的害羞拒绝。直到我们快毕业的时候，唐存厚也开口了。

“就别回去吃了吧。”他说。

没什么特别好吃的东西，一碗鱼头豆腐，一碟雪菜肉丝，还有就是韭菜炒辣椒，都很辣，连汤都是。唐存厚一家是湖南人，他们爱吃辣。刘刚是土生土长的红光镇少年，红光镇食物只讲咸淡，秋冬腌点大白菜和猪肉，其余就是吃时蔬，仅此而已。他没吃过那么辣的东西。但他见唐存厚一家三口吃得如此平常，既不咳嗽，也不吸气，连“辣”这个字都不说，只听见筷子在碗沿触碰的脆声，刘刚也只好埋头吃饭。他说，辣和紧张使每一坨饭菜都像小老鼠一样在他的胃里蹦来蹦去，他直吃得脸红耳热、满头大汗。

饭间，只有师母说过几句话。她说：“刘刚你马上就毕业了，以后我们家里一些事情想找你也找不到了，想想还真有点舍不得你呢。”唐晓玲用筷子压着小嘴唇先笑了，然后唐存厚也皮笑肉不笑地笑了笑。总而言之，饭桌上是沉默的，在多年以后的刘刚看来，确实像一家四口在黄昏的光线下吃晚饭。

战斗和复仇

毕业后刘刚并没有立即离开校园。他和许多像他一样的坏孩子在学校大门附近又逗留了两年。这是一个传统问题，并非刘刚舍不得唐存厚一家。传统就是，刘刚这样的孩子毕业了后年龄还太小，做工大概还不行，做学徒呢，他们又懒，所以，既然没书可读，没老师负责教育，家长也没什么办法，随他去吧。所以，他们毕业了只能在学校一带混。三两个聚在校门外的小铺子里打打牌，见谁不顺眼就上去揍他一下,谁在学校被人欺负了也可以找他们帮忙。不过，很快他们就觉得这也没什么意思，主要是没好处。所以他们开始问学生要钱，要不到才动手。如果有哪位兄弟消失了，几天之后，他肯定也会从什么地方搞来一辆摩托车骑到校门口来显摆。刘刚他们就争相骑一下过过瘾。

这中间他们学会了抽烟喝酒，有的也在风骚女生的身上学会了性交。刘刚说他就是那会儿知道女人的阴部不是长在肚皮上的。之前课堂上他在书本上涂鸦，总是把那玩意儿画在女人肚皮上，与肚脐眼相距不远。而这点常识，我本人是直到多年以后才知道的。

这两年里，最大的障碍是刘刚怕叫唐存厚一家人看到。一旦发现他们经过，他总要找个地方躲起来。这被跟他一起的兄弟发现了，后来，他们见唐存厚迎面走来，就指着墙角喊:“唐存厚，刘刚在那儿呢，刘刚在那儿呢，快叫他给你老婆打水，快叫他给你老婆打水。”

一般的教师听到曾经的学生如此侮辱自己，大多脸一红下巴一扬不予搭理，然后很潇洒地扬长而去。唐存厚不，他走过来，问 :“你是跟我说话吗？你是跟我说话吗？”然后不由分说就用老招数跟这些半大小子干了起来。前文已述，唐存厚的老招数总是屡试不爽，这会儿仍然经常奏效，但也有不奏效的时候，被对方躲过，然后反被攻击。唐存厚不愧深得刘刚敬畏，面对几个小子围攻的时候，他的招数也有所改进，那就是盯住其中之一打，别的人打到他，他不管。这反而比多面迎击要有效得多。其他孩子见某个孩子被唐存厚打得哭爹喊娘，也便吓坏了，然后逃走，回头骂：“你有种等着，你有种等着。”这也是成年壮汉和半大小子的区别吧，前者给后者踢几脚捶几拳，没什么大碍，但后者叫前者打了就招架不住了。

刘刚见此场面总是难过地别过脸去，然后一个人沿着校园围墙的外围逶迤而去。一个是他敬畏的唐老师，另一方是他天天在一起鬼混的兄弟，他只能保持中立。他跟兄弟们解释自己之所以保持中立的原因，对于兄弟们被打，他感到痛惜；对于唐老师占了上风，他也不敢说自己很欣慰。大家觉得他说的有他的道理，也不怪他。但大家还是背着刘刚聚在一起吸取了教训，商量了对策，总之要报复唐存厚。而所谓对策，无非是用武器：铁棍和砍刀。

不过这次报复流产了。当他们手执武器冲进校园后，一个公安就制伏了他们。公安是这个学校名誉上的法制副校长，以前开校会才会在操场上的台子上训话。他突然出现，确实事出意外，让人害怕。法制副校长制伏他们的办法也很简单，他就那么穿着公安制服，站在水泥台阶上喊一声“站住”，大家就都站住了。然后他说，“把家伙都放下抱着脑袋蹲地上”，大家也照办了。在派出所，大家一五一十地老实交代了大伙的计划。然后家长们纷纷赶到，和自己的孩子一起发誓：

如果再找唐老师报复就随便拉去枪毙。

公判大会

两年后，刘刚不得不离开校门。他爸爸给他在镇上铸铁加工厂找了份差事。他在收购部负责给废铜烂铁称重量，开个单子，根据单子上所说的重量，卖废铜烂铁的人才能到会计室去拿钱。后来厂里的人发现，买来买去，那些废铜烂铁都长得一模一样。原来是刘刚伙同自己那些兄弟，让他们来偷这些废铜烂铁，第二天再来卖。刘刚他们于是就因为盗窃团伙的罪名被判了三年刑。

是公判。而在红光镇，能容纳看客最多的地方就是我们学校。其实当天来看公判大会的人并不多。不过，作为一堂生动的法制教育课，红光中学的师生还是全部参加了。宣判完，校长还被邀请上台说话。他特意强调了刘刚他们就是这所中学的毕业生，是这个学校的耻辱，是在座数百名同学的前车之鉴。这些话被悬挂在校园树杈上的几个乳蓝色的铁皮大喇叭公布于众，自此刘刚臭名昭著。他不好意思抬头，但他还是看到了唐存厚，他又作为一个班级的班主任站在了黑压压的人群之后。看上去就好像他并没有意识到台上那个罪犯是他的学生那样，而正和另一个教师热火朝天地抽烟聊天。越过人头攒动的操场，在那排教室一侧的公厕也能看到。这时候,那个公厕已经“实至名归”，为屎尿所占据，唐存厚一家已经搬走。也就是说，唐存厚的老婆，那个喜欢喊刘刚干活的师母也许没有看到这一切。当然，这也未必，师母或许正在人群中嗑着瓜子，只是无法辨别而已。那么，剩下的就是唐晓玲没看到自己了。这是唯一值得欣慰的地方。

唐晓玲此时已经考入省城，她离开红光镇的时候，唐存厚曾上门来找过刘刚。他说自己当日有事，不能送女儿去学校报到，而他老婆又晕车晕得厉害。在红光镇，他们一家是外地人，没有熟人，只有刘刚曾多次帮过他们家，所以他希望刘刚能代替自己将女儿送到省城。也就是说，那些被褥和包裹，由刘刚扛着是再合适不过的了。

刘刚其实有点犹豫，因为他也没去过省城。但唐老师说到他信任刘刚，觉得刘刚起码能在路上保护好他的女儿后，刘刚答应了。

此时的唐晓玲已是一个大姑娘，美貌依旧，只是性格大变。她已经跟刘刚无话可说，而刘刚也没什么话觉得值得向她汇报的。他们乘坐长途一路无话地来到省城，然后在长途汽车站打了一个车，报上校名，他们就到了目的地。路途并没有他们预料的那样繁复和惊险。

在新生宿舍里，其他同学大多由家长送到。那些永远对别人家的事充满好奇心的中年家长不禁问唐晓玲，刘刚是她什么人？刘刚注意到她脸红了一红，没有回答。回来的路上，刘刚感慨万千。半路上司机撵他们下车到路边玉米地里撒尿的时候，刘刚记得自己看到一颗老玉米从包衣中露出玉米芯，上面仅有寥寥几粒玉米，与此同时，一些蠕动的虫子爬了出来。

公判大会上，刘刚不禁想到了这一切。他说，当时他就意识到，世界发生了变化，意思就是，一个时代至此落下了帷幕。

我们的大学

有一种说法，发育迟的话，这人个子将来会长很高。但这话在我身上落空了。所以当我成人，我觉得自己被骗了，起码被自己骗了。

想当年，我作为一个儿童生活在刘刚他们中间的时候，我还挺骄傲，我爱唱歌，我成绩好，我告诉自己，过些年，我将成为一个大高个，成为一个巨人伟人。我记得唐存厚生前总是在红光镇如此赞美我。好在他没有活着看到一切，他的死对我来说是一件值得庆幸的事。

度过四年的大学，我和所有人一样又涌出了校门，托了关系才好不容易被我父亲安插在红光镇土地所当一名干事。老实说，这份工作不错，属于国家公务人员，工作稳定，待遇优厚，享受各种保障。在红光镇，我可以算作有身份有地位的人。随着大开发时代的到来，我的职位更是炙手可热。具体而言，我的职责就是去每一条街道每一个村子丈量土地，丈量人们已有的建筑面积，防止拆迁之日他们漫天要价。如此一来，我的工作就牵涉到许多人的利益，就难免有点腐败的地方。如果有人找到我，请客吃饭，送上钱物，提出给他批一块地建造房子，或者要求将他搭建的违规建筑也算作私房建筑面积，我均可以帮他们完成。当然，这需要我们的领导同意才行。他一再警告我们不要干这种事，但他本人的大量亲友已经让他这么干了。所以我们不得不告知那些找我们办事的人，好处光给我们还不行，不能忘了我们的领导，而且好处还要向领导倾斜。总而言之，这样的事在我的有生之年司空见惯，一点想象力都不需要就可以知道它的真相。对于这种台面上并不光彩的事，我是这么想的，那就是，这一切只是我们的日常生活，这才是我们有效的生活方式，此外无他。

但夜晚到来，当我从各式各样的酒桌上返回家中，看着窗外的万家灯火，我还是感到失落。回家路上，经过唐存厚家的时候，因为他已死，师母也已随女儿迁居省城，他家的窗户黑洞洞的，在万家灯火之中就像被打落的一颗门牙。想当年他安排刘刚和我在第一排同座，一方面是便于控制前者在课堂上难免的不轨言行，另一方面是希望我这样一位好孩子能够以“一帮一”的方式将刘刚带到正轨上来。他曾不止一次地提到那些古代的先贤，他们之所以成为有出息的人，与“树挪死，人挪活”“好男儿志在四方”“埋骨何须桑梓地，人生无处不青山”这些名人名言是息息相关的。而这些名人名言不应该仅仅是我们写议论文时必须引用的论据，也应该付诸实践。就当时唐存厚的观点看来，考上大学是我们有出息的第一步。

老实说，我不承认自己在大学学到了多少有用的东西，我也不承认学到有用的东西就真的管用。我对大学并无深刻的记忆。如果有，也仅仅集中在一些男女关系上。我记得某个研究生将导师的老婆搞大了肚子，孩子生下后，导师居然视为已出，这是喜剧。还有一出悲剧曾让我们久久不能忘怀，说是某个家伙女朋友被自己的好友抢去了，他先将那个女的砍死，分尸丢在校园各个角落，然后他又不动声色地将情敌约到饭馆，他们在推杯换盏之间进行了一番推心置腹的交谈，此人向朋友表明，他尊重女友的选择，认为他们两位才更为般配，而所谓般配就必须在一起。话音刚落，即掏出匕首将朋友捅死，从而成全这对般配的男女。之后，他还割下了对方的头颅，置于酒桌之上，像对方刚才还活着那样，与之对饮了一杯。在警察到来之前，他爬到了楼顶，但也迟迟未曾跳楼。人们很不耐烦地等待，而上课铃已经响起，某些从不逃课的同学就此错失了看到他纵身一跃继而摔得支离破碎的壮观场面。

上述均非我的亲眼所见，因为我那会儿正和一个女孩在校外同居，长期不到校上课。另外，上述故事所涉及的人员均非我的老师和同学，可谓素昧平生。也就是说，离奇之事总是与我毫无关系，这不能不说是一个遗憾。

老毕的书单

与我的大学生活相对应的，正是刘刚的牢狱生涯。在红光镇，作为地痞无赖，没有坐过牢，相当于没有大学文凭的青年，很难找到一份体面的工作，有时维持生计都困难。所以，刘刚坐牢对于像他这样的人来说并不羞耻。问题只在于，刘刚是因盗窃而坐牢，这与那些因砍人而坐牢的凶猛之士不可同日而语。换言之，他们虽然同坐一个牢，同念一所大学，但刘刚的文凭不硬，就像拿的是肄业而非正规的毕业文凭，起码也像一个英语没过四级而未获得学士学位的毕业生。他们的身份和待遇也将不同。因此，出狱之后，刘刚仅仅是个小角色，是一个叫“老毕”的恶棍的手下，负责干点杂活，有时充当打手。

就是这样，老毕当年因为砍人，出狱后获得了红光镇大小流氓的热烈欢迎和忠诚爱戴，他组织了工程队，给急需基础建设的红光镇架桥铺路，成了我们这个小地方的明星企业家和纳税大户。此人早年也是唐存厚的学生，只是比我和刘刚高几届。就我所知，他是唯一继承了恩师志趣的人。也就是说，他也爱好文学。区别在于，他不搞创作，无须投稿，而专事阅读。为了提高阅读质量，他不住镇上，而是在镇外的一块农田里盖了一座深宅大院，其中就有一间四面墙壁都是书的书房。这间书房并不像知识分子那样铺设地板或地毯，也没有那种做工考究的摇摆藤椅，至于字画、花草、古玩和笔墨纸砚更是无从谈起。

有一台电脑，但只是为了打游戏而用，诸如拖拉机、斗地主、锄大地、拱猪之类。老毕曾经问我，为什么这些游戏都跟农业生产有关？我只得如实回答：我也不知道。书房中间的地面上有一个坑池，冬天，他在其中烧炭取暖。只在夏天，他才使用空调。为什么我们这里冬天不供暖？这也是他问我的问题，我还是照自己的真实想法回答了他，我说我还是不知道。总而言之，只要有空，他就会躺在地上那种和学校上体育课才用的一样的大垫子上看书，看《罪与罚》《卡拉马佐夫兄弟》《三个火枪手》《悲惨世界》《约翰·克里斯朵夫》《复活》《安娜·卡列尼娜》《简爱》《傲慢与偏见》《呼啸山庄》《汤姆叔叔的小屋》《飘》等。

这些书名耳熟能详，但真正读过的人并不多。在红光镇的郊外，有一个庄户人家，绰号为老毕的主人正孜孜不倦地阅读着这些书籍。夜幕降临之后，所有的外人都离开了，院里只有老毕的母亲和妻儿，此外还有一条藏獒，吠声洪亮，明月高远。

再论厕所西施

我是因为工作关系和老毕成了朋友，然后与刘刚重逢。此时此刻，我才发现，刘刚身材中等，相貌庸常，神情猥琐。他总是跟我说“那时候”，而所谓“那时候”就是上述的那些人物，而所有人物都集中在唐存厚一家即红光镇中学那间公厕周围。有时，我因工作原因要去红光中学，一度光顾过这间公厕。因年深日久，瓷砖纷纷剥落，原先金碧辉煌的屋顶也有枯草飘摇。除了分隔男女的墙壁还有个曾经被打通后又被堵上的门洞的痕迹之外，内部已丝毫看不出曾经住过人。自动水箱已经坏掉，粪便到处都是，臭气熏天。而在当年，被唐存厚一家占据之时究竟是什么样子是很难想象的。那时候，我们都没有进来过，刘刚也没有。他只是站在门口接受师母布置的任务，只是在女厕门前和美丽的唐晓玲下两盘象棋。按照刘刚的理解，当年唐存厚夫妇住在男厕，他们的女儿唐晓玲住女厕，中间有一道门，便于父母和女儿进行沟通。也就是说，无论是作为居家，还是作为厕所，刘刚和大多数人一样，充其量只了解一半的构造，唐晓玲的房间或女厕，究竟是什么样，我们一无所知。是的，那时候的刘刚已经发育，正在发育，女厕对他有天然的吸引力。话到最后，我觉得他应该死在当年的女厕内。

老实说，我对刘刚这种陈旧腐朽的话题充满厌恶。刚开始，我只能敷衍，以微笑和点头表示他所说的一切都是存在的，“有那么回事”。后来，我只得王顾左右而言他，或沉默不语。最后，当他再次提到我当年是唐存厚最器重的学生的时候，我已忍无可忍，不得不告诉他，唐存厚在我看来，就是一个曾经教过我的老师而已。我不认为他是我的恩师，也不认为他有多了不起，他写的玩意儿恶俗低级，他说过的大道理空洞无物，他对一拨少年儿童使用的一指禅非常可笑，他的女儿也并不漂亮。如果说她有吸引力，也仅仅是因为她是教师的女儿，比我们红光镇这些工农子弟看起来干净一些，说好听点，也仅是一个长期穿白色连衣裙却住在女厕里的少女罢了。

为了强调这一点，我虚构了我和唐晓玲在省城曾经相遇。我说，我虽然跟她不是一所大学，但那会儿我经常去她所在的学校踢球。此时的她已不再纤细苗条，而是因为发育停止，成了个腿又粗又短的大屁股姑娘。因为跟男同学恋爱和性交，腿缝无法愈合，大屁股还下垂得厉害。至于她的脸蛋，也继承了其父，只是因是女孩，谈不上横肉，但线条粗犷，泛着油光。因为认识，我们曾打过招呼，也无非是她冲我笑笑，暴露牙龈和几条皱纹罢了。当然，我从未遇见过唐晓玲，之所以这么虚构，是因为我觉得这是必然规律，一个人，无论是谁，不可能逃脱这一点，所以它又不是虚构，而就是真实情况。

刘刚说，那你是认错人了！

必需的经验

当然，对唐晓玲无穷无尽的美化和想象并非刘刚始终未婚的原因。他找不到老婆的原因也很简单，就是穷。如果他像其他人那样，毕业了学门手艺，好好上班，攒点钱，最终也能娶上媳妇。如果他能够像老毕那样通过行凶和坐牢获得江湖地位，找老婆也没问题。他的问题是，他仅是个没干过什么大坏事坐牢、出来后叫人歧视的不起眼的小混混。我和老毕等人打麻将，烟抽完了，老毕抽出几张大钞，招呼坐在一侧观看的刘刚说："刘刚，去给我们买条烟。"他就去买烟。就这样。

刚开始那会儿，我也没娶媳妇。这让刘刚认为他和我是同病相怜。基于此，他经常跟我神情下流地谈论马路上的女人，也曾向我借过AV光盘，希望我给他提供成人网站的地址。他的这些要求在我看来很容易解决，也许他觉得我对他不薄，然后提议我跟他一起去嫖娼。

那段时间，我们经常出入于红光镇的一些洗头房、桑拿洗浴中心和KTV包间。然后我就发现了一个问题，刘刚总是和那些小姐推心置腹、谈天说地。他问她们家住哪儿，年纪多大，为什么不念书，以后有什么打算……这样一来，那些姑娘也会反过来问他一些问题，然后他如实回答。他告诉她们自己就是红光镇人，坐过牢，目前帮大名鼎鼎的老毕做事。顺带着，他也告诉她们，隔壁的那个戴眼镜和他同来的家伙，是他的同学，而他这位同学很了不起，打小就学习好，还考上了大学，现在是红光镇的机关干部。

如你所知，这让我觉得危险。我看着眼前昏暗的粉红色灯光，内心涌起了一股无以言表的悲愤。一方面我为刘刚这个老同学感到无可奈何，另一方面我为自己沦落至此感到虚无。我再次想到了唐存厚的名人名言，想到了他的女儿，他的厕所，以及他后来的家的黑暗的窗户。如果这就是人生的话，那么人活在这个世上究竟所为何来？我还想到我在大学时代的女友，除了那个和我长期同居的女同学之外，还有一个是房东的女儿，我是被她在夏天洗澡的肥皂气味所吸引。那是一种廉价的香皂，洗澡水从管道里流淌而出，一只黑乎乎的老鼠自下水道攀爬而出，即便如此，她的洗澡水却是那么香，诱使我接近她、讨好她，然后和她上床。她比我大，明确地告诉我，只愿意和我保持这种关系，而这种关系不可能公开。她希望自己将来嫁给一个列车员，她觉得列车员都很性感很可爱很安全。据说火车是最安全的交通工具，也是最古老浪漫的承载了艳遇和奇遇的交通工具。火车将人类运输到未曾涉足的异域，却将我们的粪便一路播撒在铁轨上。

这位房东女儿的梦想让躺在红光镇的一张肮脏的专事于性交的床上的我感到羞愧。然后我决定改变这种生活，虽然我不知道如何改变，也不知道人是不是真的能改变生活，但我知道，不能再这样玩了，要和刘刚这种人保持距离。

小红

我们不是伟人！

老毕总是跟我们强调他阅读中外名著后所得出的结论。伟人所考虑的不是自己，他们只考虑别人，要么造福他人，要么凌驾人群。而我们，必须考虑自己而罔顾他人，不如此，我们难以活下去。而人为什么要活下去，或者说为什么殚精竭虑地想活下去？老毕的理解是，这并非爱惜，并非自私，而是来源于某种神秘力量，说成上帝也行。上帝要求我们见证一切。

这些话我并不理解，刘刚也不理解。我们只能负责活，而不负责考虑活。我们在红光镇开疆辟土，架桥铺路，红光镇日新月异。此外，就是还未及开发的郊外，那是田亩、荒野和坟地。唐存厚就埋在那里。唐晓玲带着我们的师母抛弃了红光镇迁往了省城，此前有述。刘刚曾不止一次地邀请我和他一起去唐存厚的坟头看看，这让我觉得极其恶心，就像他跟某位洗头房的小姐日久生情一样。在我看来，那位小姐只是想找一个稳定的客源，然后有一份稳定的收入。若干年后，她怀揣这些积攒下来的收入衣锦返乡，然后嫁人，继续过某种数千年来沿袭未变的男耕女织的美好生活，留下被掏空的刘刚继续浪荡在这个因为永无休止地开发而千疮百孔的小镇上。也就是说，那个叫小红的小姐势必和唐晓玲母女一样，她也将抛弃红光镇，抛弃刘刚。

后来刘刚死了，所以我们无从知道这位小红会不会打破我们的定见。既然刘刚死了，她当然要遵从我们的定见，最终返回家园结婚生子去了。刘刚怎么死的暂且按下不表，单说刘刚和小红。小红后来确实不再卖淫，搬过去和刘刚住在一起，俨然一对夫妻。刘刚家人对此极力反对，镇上人也无不津津乐道。老毕告诉刘刚，他的问题不在于找了个卖淫女小红一起过活，而只在于这个小红是红光镇的卖淫女。也就是说，只要这位小红是来自其他地方的卖淫女没有被这个镇上的其他男人买过就行。换言之，刘刚弄了小红这么个姑娘，是连老毕这种见多识广的人都不看好的事情。

有必要承认，早在小红卖淫的日子里，我曾经买过。当然，这也不是你承认不承认的事，它就是事实。事实还包括，小红确实很漂亮很温顺。床上功夫一般般，但正因此，嫖过之后，确实有多年夫妻的感觉。她不像别的卖淫女那样言语粗俗，也没有蓄意弄成风尘无比的模样。她保持了一个外乡姑娘进城打工的本色。这和老毕工地上那些泥瓦工差不多，他们仍然穿着自己在家乡的衣服，一个山东的工人仍然叼着大烟袋。这其实也只是生活习惯，与美德无关（**据老毕说，香港至今还部分保留着清朝人的生活方式**），只是这一顽固的生活习惯又总是让我们产生好感。

刘刚还曾邀请过我去他和小红的小家做客，小红姑娘将家里收拾得干干净净，烧的饭菜虽非美味，但也很正常。即便他们的恩爱是能看到的景象，我也仍一直不太愿意相信它是事实。刘刚死后，尸体被其父母拖回家中，拒绝小红进门。小红哀哭不已，表示想看最后一眼也没得到应允。然后她回到她和刘刚生前居住的小家，收拾了行李，锁上房门默默地走了。

陈香

在刘刚和小红过日子那会儿，我和陈香也搞起了对象。但这事刘刚到死也不知道。

说起陈香，又得回到唐存厚的公厕年代。陈香也是我们的同班同学，她那会儿是个驼背女生，扎了一条又粗又黑的大辫，辫子上布满了头皮屑。陈香因为个高，坐在最后一排。她还近视，怕被人笑话，从来不戴藏在书包里的眼镜，因此，她的成绩也很坏。此外，不知道是不是驼背的关系，她在体育课上奇丑无比，跑起路来像一头鹅。那么长的腿，像一种叫鹭鸶的大鸟，可跳高跳远都不行。总之，至今我也没想出她有什么优点。这么说也不准确，她的优点就是一言不发，默默无闻，没人注意过她，所以我早就把她忘了。当我被人介绍和她相亲的时候，可谓大吃一惊。也就是说，这么多年过去，我从来没有想到过自己在这个世界上还有一个叫陈香的女同学，至于上面提到的那些印象，也是被唤起的。这也说明，我们的记忆还有很大的潜力。我有时甚至会想，总有一天，我还会记起自己曾受到唐晓玲的邀请去她那间女厕闺房一起趴在粪坑上写数学作业的事——这到底有没有发生过呢？

陈香同学毕业后读了技校，技校里有个主任是她二姑爷，所以她又被保送去念了职业大学。大学毕业后，她爸爸将她弄到镇上计生委工作至今。也就是说，陈香最终和我喜结良缘与这条成长道路关系巨大。我的父母反复告诫我，必须找个有正式工作的女朋友，即所谓双职工，刚开始我还挺反感，后来老毕开导我，说，贫贱夫妻百事哀，我觉得不无道理。既然我不再想和刘刚去嫖娼，那么我又有什么理由拒绝相亲呢？然后我就遇到了陈香。

此时的陈香仍然驼背，但得到了她较为成功的包装和克服，驼峰看起来不那么显眼。政府机关的工作经历和审美情趣已使她出脱为一名青年妇女干部的标准形象。我们谈不上一见如故，但我们确实是故人。我认为她性格随和，人品还行，长相有进步；她认为我是当年的好学生，而自己只是个命好的差学生而已，还挺自卑挺崇拜的。那么，为什么不试试看呢？我妈还告诫我，像我这种发育迟个子矮的小伙儿，娶个陈香这样因为发育早个子高的闺女，有利于改进家族基因。

只是我不愿意把这件事告诉刘刚，因为我想到在公厕年代的音乐课上，刘刚曾经将一块从食堂找来的煤块放在陈香的驼峰上而后者一无所知，直到下课，那块煤才掉了下来。

陈香恼羞成怒地回头看着我和刘刚：“谁干的？”

刘刚说：“你猜。”

陈香说：就是你！“

刘刚说：“答对了，真聪明。”

陈香就哭了。

酒桌风云

老毕在一张饭桌上陪一拨人吃饭，大都是熟人，所以老毕不禁应他们的要求谈起了自己的阅读。这是经常发生的事，老毕无论是武力还是学识，均已在红光镇获得了广泛的尊重，虽然他中学没毕业，虽然他已多年不砍人。他说自己最近在看《包法利夫人》，这不仅是说那个叫爱玛的女人的悲剧命运的书，而且还是一本谈人生的书。不仅女人，几乎所有的人都希望过上更好更体面的生活，希望自己的日子有戏而不是没戏，希望尝试新鲜刺激的东西。总而言之，没人甘于平庸。而不平庸，除了奋斗这种积极的理解，还有就是折腾、搞事、作孽这种不太好听的说法。安于本分或所谓的安贫乐道都是有悖于不平庸的。而平庸终归是个贬义词，这并非词性的问题，而是事实。就是说，平庸不是好东西。所以说，人类存在着一个悖论，一个无法改变的悲剧：一方面唯有平庸才能和平；另一方面，唯有不平庸才能进步。落实到《包法利夫人》来说，如果爱玛甘于平庸，爱玛不会美丽，仅是一个村姑；正是爱玛的不甘平庸，才导致了这么个家破人亡的悲剧。这也正是我们为什么总要盛赞只有猪才是幸福的。老毕进而提到，这不代表他的观点，他承认自己是平庸的，并且希望能一直平庸下去。以猪为例，自己半生所为，无非就是“近猪者，吃”而已。而吃，也就是饭量大小，就是人的欲望不同罢了。欲望大，占据的名利大；欲望小，占据的名利小；本质上都是猪，没什么可羡慕和可看不起的。相比之下，老毕说，我的一个兄弟倒并非平庸之辈。然后他说到了刘刚，盛赞此人重情重义，对旧人念念不忘，对新人情意绵绵，活得挺像一个人，而不是猪。别的不说，请问在座，这年头，众目睽睽之下，谁有勇气跟一个婊子过日子呢？

可惜当天刘刚不在，不知他听了这番高论会有什么反应，只知他事后听人转述，一副感激的样子。

不过当天在座的一年轻人跳了起来，声称自己早就听说老毕的大名，但还是没想到尽叨咕这些不着边际的屁话。老毕虽然不快，但也没发作，劝这位小兄弟不要跳，大家只是扯淡，说得在理，就听听，不在理，确实可以当放屁。

大概也是喝多了，那小年轻站起来喊道："我是来喝酒的，不想听这些，你也没权力要求我们听你放屁。"说完举杯冲老毕拱了拱，独自一饮而尽，然后将空杯倒悬给老毕看。

老毕说："你这是叫我也干？"

小年轻仍将空杯子倒悬在那儿，说："随便。"

老毕说："那我就怠你个面子，不喝了。"

小年轻一听，气呼呼地掼掉杯子，拂袖而去。

此后，在座当然忽略了这么个小插曲，继续客套地喝完了酒才散。但这事有蹊跷的地方，这小年轻谁带来的，如此放肆或者没头脑，为何带他来的人不阻止？为何在座其他人也不阻止？是不是表明，在座各位，老早就有这个意思，小年轻替他们张目了？或者是大伙儿早就嫌老毕碍事了，认为有必要让老毕出出丑了？确实，大家只是混子，是来挣钱的，不是来听课的。另外，你老毕算个屁，你就一个拿刀砍人的货色，装什么不好，非要装有学问。

老毕意识到了这一点，也很生气。但他明确地告诉我，他不想针对这事做什么。这不说明自己现在老了，而是觉得不必。

菜场行凶

显然，这事只是个开始。事后第三天，那个在酒桌上发飙的小年轻被刘刚捅成重伤。按照判词，是老毕指使刘刚去做了这件事。但大多数人还是相信传闻，就是老毕并没有这么示意，而只是刘刚主动愿意替老毕出这个头。我因为不想再涉人，所以没有去看守所看望老毕，没有打听这到底是怎么回事。问题是，这用得着打听吗？换言之，我用得着去看望老毕吗？

案件发生在红光镇菜市场。那个小年轻是在那儿混的，靠收保护费谋生。刘刚伪装成买菜的，然后向卖菜的打听那个小年轻，菜贩子告诉了他。刘刚就找个地方蹲了下来，后来见那小年轻去菜场旁边的公共厕所，他这才从肉案上拽了把刀跟了进去。据当时厕所里的人说，小年轻刚解开裤带，还没尿完，看到刘刚抓着刀进来，飞起一脚就踢在了刘刚的脸上。刘刚用手捂脸，结果手中的刀戳到了鼻子，血流如注。这时候小年轻已经跑出去了，刘刚管不了鼻子，也跟着跑了出去。然后发现，小年轻已经拿着把靠在厕所外面的大扫帚在那儿等着他。刘刚的脸上被竹条扫帚划了无数条印子，无法靠近对方。后来小年轻嫌扫帚没什么力度，掉转过来开始用扫帚柄打刘刚，打得很实，人们只听到一棍棍闷响。刘刚后来完全没有招架之力，被打得缩在厕所门前的地面上，从厕所内部流淌出来的水或者粪便沾了一身。最后就是小年轻打累了，刘刚也一动不动了。关键之处在于刘刚手中的刀始终没松，所以当小年轻停下来歇会儿的时候，刘刚一个鲤鱼打挺式的动作爬了起来，趁其不备把刀插在了小年轻的肚子上。

所有人都一致认为，如果是日常斗殴，刘刚绝对打不过那个小年轻，身高体魄完全不成比例。再说人家年轻，动作也快，关键刘刚的成名之作也无非是盗窃。第一印象太重要了。所以大家还是认为刘刚先放赖装死，然后就这么冷不丁地把刀捅人家肚子上是一件很不光彩的事。另外，是刘刚先拿刀攻击人，这也是刘刚的不对。虽然他打不过人家，但人家毕竟是最终的受害者，所以刘刚有罪是没有任何问题的。

不过，从另一个角度来看，如果刘刚没死，而只是再次坐牢的话，这回他从牢里出来要比上次光彩多了。可惜他死了。

唐存厚，你的儿子刘刚已追随你而去

行凶后，刘刚先回了趟他和小红的家，换了身衣服，告诉小红，自己杀了人，要躲几天，希望小红等他回来。小红吓坏了，但还是含着眼泪点了点头。然后刘刚就直奔老毕远在郊区的庄院。这也是后来被警察认定为老毕指使刘刚行凶的原因之一。

从红光镇到老毕的庄院，我说过除了田亩和荒野，还有坟地。作为老同学，我愿意这么虚构一下：刘刚在坟地停下了逃亡的脚步，然后在千万坟冢之间找到了唐存厚的坟包。他流泪了，因为唐老师的坟包长年没人照料，水土流失很厉害，变得无比娇小，看起来就像个夭折儿童的坟头。另外，坟头上疯长的荒草也迫使刘刚弯下腰来拔了拔。当然，如果他多上几年学，比如像我这样，就不会这么做，因为我知道只有植物才能相对有效地阻止水土流失。但刘刚不是我，他在逃亡路上，他失去了理智，变得顽固起来，就像我们敬爱的唐老师并不存在的孝子一样。

警察紧跟着也到了老毕家的门前。他们只是上前敲门，告诉前来开门的老毕母亲，叫刘刚和老毕一起跟他们“走一趟”。

老毕就对刘刚说：“无论那个小年轻死没死，如果你不想再进号子，就赶紧跑。”

刘刚说：“一人做事一人当。”

“去你妈的。”

“那你呢，大哥？”

“跟我没关系呀。”

刘刚就爬上了老毕家的高墙。所有人都看到他两腿哆嗦地站在墙头上的样子，包括警察也看到了。警察还喊：“刘刚，别跑。”这时候，意外发生了。

不知道谁干的，老毕那条藏獒从笼子里被放了出来。这还是大白天，一般只在晚上才放出来看家护院。有可能是老毕家人害怕，觉得放出来安全吧，但老毕的母亲和老婆都说不是自己放的。总之，刘刚站在墙头的样子也被藏獒看到了。这条凶猛的畜生见状就扑了过去，大有纵身跃起，一口叼走刘刚的架势。刘刚见状，吓得“啊呀”一声掉到了墙外。

大伙儿赶到墙外，刘刚已经脑浆迸裂。他没有跌好，一头栽了下来，正好栽在老毕家高墙外的水泥地水坡上。老毕见状，没打住，喊了声“兄弟啊”，一下子就哭了。警察也没有带老毕走，而是打电话叫救护车忙了好一会儿。就是这会儿，老毕返身进了家门，徒手和自家那只藏獒搏斗了起来。这只藏獒认识自己的主人，刚开始，还摇头摆尾想套近乎，看情况不对，与老毕龇牙咧嘴起来，然后见老毕以死相逼，只好兽性大发。

藏獒算不算猛兽？一个人到底能不能斗过一头猛兽？人们听说过武松打虎这样的故事，但这种人兽相斗怕是从没有见过。所有在场的人都被眼前的景象震住了：老毕不愧是红光镇智勇双全的一代流氓，他活活掐死了自家的藏獒，而自己被藏獒拼死挣扎的利爪撕得条条杠杠、血肉模糊。

毕业照

刘刚已死，再说什么也许多余。

火化当天，我还是去了趟火葬场以示送别。不过，我受不了火葬场里那股说不清道不明的味，中途出来抽烟。按理说，我该和刘刚的亲属一道离开才对。但站在火葬场外，看着烟囱浓烟滚滚，我还是一声招呼没打自己先走了。

到家之后，陈香正在和我们家那只小猫争夺毛线球，见我回来，她任小猫带着毛线球滚动，问我干吗去了，我如实以告。她叹了口气，想了想，提醒我说：“你以后不能跟这种人玩了。”我点点头。然后她看了看地上千头万绪的毛线，说：“我都怀孕了，我俩还结不结婚？”我说:“结啊，明天就结，我说不结了吗？”似乎这个答案让她很满意，她低下头开始整理毛线，这让我再次目睹了她的驼峰。

然后我就开始翻箱倒柜。陈香问我找什么，我说：“我想看看我们的毕业照，但找不到了。”她说她的还在呢。我说：“那你下次带来我看看，我都忘了。”她说她以前经常看，什么都记得。

“那你说说刘刚吧。”

“他没什么变化啊，还那样。”

“也是，他发育得早，确实就那样了。”然后我补充道，“其实我想看看唐存厚。”

“他是坐在第一排左边第二个，左边第一个是他女儿唐晓玲。”

我吓了一跳，我说：“唐晓玲也是我们班的？”

“不是，但也一起拍照了。”

“这不可能，我怎么一点儿印象都没有？”

“看来你真是忘了，一共照了两张，所以五十个同学拿的是两个版本，我拿的是与你那张不同的另外一个版本。”

她这么一说，我确实想起来了，我说：“当时因为前排座位都是学校领导和老师的专座，所以空出的那个位子没有同学愿意坐，对不对？拍照的说空个位子没人坐难看，所以拍第二次的时候唐存厚把正好经过的唐晓玲叫了过来，对不对？我还记得唐晓玲有点不乐意，但唐存厚是她爸爸，她也没办法，对不对？”

“对对对，”陈香很高兴地问道，“还有呢？”

所谓记忆闸门，真是一发不可收拾地打开了。我继续说道：“女生是第二排和第三排对不对？最后两排才是男同学对不对？我因为个子最矮，唐存厚叫我和第三排女生站在一起对不对？然后我居然站在你旁边对不对？”

说到这里，我浑身颤抖。因为那个拍照的要求所有人挺胸微笑的时候，我看到身边的陈香犹犹豫豫地挺起了胸脯——这是一个慢镜头——我以为她能像我一样挺起胸膛，结果她缓缓地、害羞无比地挺起了一对硕大的乳房。

我终于知道自己是什么时候发育的啦。

你还记得那个草堆吗

像我这样的未婚人士,除了上班,最主要的工作大概就是求偶（**某种意义上已成为我的“主业”**）。和大家一样，我的求偶历史悠久，堪称“传统”。相信大家的方式也差不多，除了早年追求过女同学、女同事，这些年就是在业余时间经人介绍不断相亲，到了晚上像一条疯狗那样在网上找女人胡扯。追求遭拒和相亲失败都是应有之义，网上更不靠谱，否则我也不会在这里说了。换言之，至今我们仍然孜孜不倦于求偶的康庄大道或羊肠小径上。结论可能正如亲友所说，“你太挑了”，或如我的好朋友王奎所说，“你热衷于求偶和求偶状态，就像有的人喝酒呕吐不是为了醉也不是为了浇愁，而是享受食指伸进喉咙的快感”。

关于王奎这个人，如你判断，确实下流。很多时候我都不愿意承认此人是我的好友，因为我怕人们误认为我也是那样的货色。我坚信你就是这么想的。别，千万别，有请了。不过，事实上，除了王奎，确实没有任何一位朋友能让我放松下来，给我带来一些不值一提的快乐。这虽然没什么值得称道的，但有时也是必须的，你必须有一个和你一起打发日子的同龄人,无论男女。要知道那些号称你朋友的家伙，在你这年龄，大多数已经纷纷结婚生子，而且在此之前从来没有和你打过招呼，有的在婚前育前一点儿迹象都没让你看出来，比如张亮。所以说每次有人告诉你“我国庆结婚，一定要来”，不仅没有任何友情含量，而且只能让你觉得他是在敲诈你，敲诈你作为其好友所必须掏的高于普通亲友的份子钱。这些人一旦结婚生子，叫出来吃饭或爬山就比较困难了，偶尔现身，也是成双成对。从埋单传统来看，这就意味着你要吃亏。我们的埋单法则没有与国际接轨搞 AA 制，而是有中国特色的禅让制，即这次你来下次我买，轮流执政。在大家单身期间，这可谓再公平不过。现在呢，吃饭的人多了，但夫妻只能算一股，单身的人就负担沉重了不少。

相比之下，王奎虽也已婚，但从来不带老婆高敏。大家除了早年在婚礼上有幸目睹其尊容，之后从未见过。不久前，也就是张亮携妻出现那次，当着自己老婆和王奎的面，他说了个段子。他说自己有天在公交车上抢到了个座位，乘客总是那么多那么挤就不用说了，恰巧当天张亮很累，靠在椅背上迷迷糊糊都快睡着了。后来一个女人挤到他的身边，这是一个干瘦枯黄的年轻女人，抓在张亮脑袋边椅背上的爪子让后者深刻体会到了这种枯瘦。因为颠簸，张亮的肉颅会不时碰到那个爪子，“硌得真疼，比塑料椅子还硬”。关键是，这个女人迟迟不愿松手另攀高枝，一副要和张亮死磕到底的架势。甚至在张亮用不满眼光看她的时候，她还冲前者微笑。“是不是她想用微笑打动我叫我让座？”多年以来极其擅长向女人献殷勤的张亮不可能不这么闪过一念。但大概正是这一念让张亮下定决心不让座。“当然了，如果她长得跟范冰冰一样，我可以考虑。”张亮补充道。本来也没多少站路，下班高峰期，红灯和拥堵严重，使得这种类似对峙的时间极其漫长，起码在张亮看来如此。奇异在于，每次张亮看那女人的时候，她都会报以微笑，以至于最后还笑出了一声“扑哧”。

对不起对不起，真的对不起，张亮转向王奎道歉，我真的不知道她就是高敏，谁叫你平时不带她出来玩的呢。况且，根本不像啊……

张亮假装愧疚，他老婆抿嘴笑，王奎生气起身就走，不提。张亮的这个段子或许提醒大家，如果将来你结婚了，如果一定要办婚礼，一定不要把老婆化妆化得让人认不出来。另外就是婚后一定要经常带老婆参加亲友聚会，让她的真实面貌以及衰老过程有目共睹，以便让大家在茫茫人海中一眼认出。

从另外一个角度来看，别说对女人几乎过目不忘的张亮了，我也有可能在大街上认不出高敏。这倒不是高敏婚妆艳丽、卸妆之后无从相认，恰恰相反，我和王奎高敏夫妇是高中同学，她当年还是团支书，岂能不是本人在前文所述的求偶史上的早期追求对象呢？“就算她被烧成灰我也认得出来”，我不记得自己有没有在当年的日记中写下这句话，就算没写过，此类意思是免不了的，就算没写过，现在补上难道不行？只是读了大学没多久，我就忘了高敏这个人。我说我也有可能在大街上认不出高敏，倒不是遗忘，而是张亮的描述与本人对老同学的记忆完全不符。他在描述另外一个人。“不可能的，你认错了！或者就是你他妈瞎编的！”张亮刚揭开段子的包袱，我就打断了他。只是我们未及辩论，注意力就被王奎的拂袖而去转移了。张亮老婆斥责丈夫，替丈夫向王奎道歉，张亮本人也电话致歉再三，加之我从中斡旋，风波总算平息，众人和好如初，亦不在话下。

王奎不带高敏出来，有众多原因。高敏是护士，需要各种倒班，经常上夜班，和王奎的作息不一样，这是最主要的。当然，也可以理解为高敏性格如此。据王奎说，她本来就是这样的人，“不爱出门不爱说话你又不是不知道”（公交车巧遇张亮她就没跟王奎提起过）。再说了，我们是老同学，没事就聚在一起有什么意思，一点儿不新鲜，言行放不开，还互相碍事。至于能碍什么“事”，只是一种说法，我和王奎也没干什么不能让她知道的事，相信她也不会跟别人干不能让王奎和我知道的事（难不成她还背着我们和张亮通奸？）还有一点，就是他们迄今还没生孩子。既然没有孩子，我们乡下的父母就没有理由进城，所以王奎下班到家面对冷锅冰灶，自然也待不住。和我一样，王奎也没什么其他爱好，找我这位单身的老同学喝喝酒是再适合不过了。

事实正如你所想的那样，我和王奎也没那么多话说。从高中至今，已经十几年过去了，彼此的了解程度达到了对方睾丸上有没有长痣都了然于胸的程度。多亏了若干年前的一次约定使我们顺利度过了彼此的厌倦情绪。当然，互相厌倦有时也是友谊地久天长的一个方式，比如在那个约定之前。这不是我要说的，我要说的是，若干年前，我们有一天相对无言，表情愤恨，杯酒难咽。世界在高速前进，我们为双方在无穷无尽的酒局上总是追忆所谓逝水年华感到羞愧不已。乡亲啦，老师啦，同学啦，你最近怎么样啦，我最近还那样啦……废话说尽，两人只能如药渣一般面面相觑。这时候，卖啤酒的姑娘穿着和啤酒瓶颜色图案甚至质地也一样的衣服走了过来，批评我们喝酒不力，自毁形象：“两位大哥在我心目中的崇高形象可不是今天这样哦。”闻听此言，我和王奎不禁互相看了对方一眼，立即调整状态，邀请啤酒姑娘陪我们喝一瓶。后者莞尔一笑，抱瓶就吹。在此期间，她仿佛有意如此，蓄意向我们展露了她啤酒瓶一样的脖子、因为酒液滚动的喉部，以及胸部的大起大伏波涛汹涌。没错，这个画面让我们产生了晕船的感觉。那天我俩确实喝晕了，这当然不是啤酒姑娘一直陪我们喝，她就喝了那一瓶，而是我们的约定。

我们约定，从今往后，谁如果再说那些陈芝麻烂谷子的破事，谁就负责埋单，谁就是狗日的。早在高中时代，我们就频繁串门，互相尊称对方的父亲为大伯，他们显然不是狗，而就是大伯，就是父亲，此其一。第二，亲兄弟明算账，仅仅因为说了句废话就随随便便埋单，这事可不是开玩笑的。

我觉得这丫头就不错，你为什么就不能试试呢？啤酒姑娘扭动肥臀离开我们桌子时，王奎如是说。

自此以后，向我推荐各色店员、老板娘、女性食客、过路姑娘成了他最热衷的话题。而为了证明他的推荐是多么英明，他免不了要唾沫四溅地陈述对方的优点，以至于最后还手舞足蹈比比画画。

这个一看就是好老婆，会烧菜，会洗衣，看她拎的东西多沉，我要是你就帮她拎了。

看，快看，这奶子，你能抓得过来吗？

……

说到激烈处，王奎就忘了场合和音量。这自然招来路人的侧目和当事人的警惕、反感和恐惧。除了白眼和骂一声“流氓”，还曾经有两个姑娘加快脚步匆匆逃离，这使她们的形体更加优美。可惜其中一个因为慌张，崴了穿高跟鞋的脚，一瘸一拐让人真恨不得上前道歉，然后搀扶而行。当然，背上也可以。王奎拍拍我的背，表示我空有这样一张雄浑的背，真是暴殄天物啊。此外，还有一回，王奎的忘我谈论和下流比画不仅没有吓跑对方，她竟然还款款走了过来。难道是鸡？在她走到面前之前，王奎还这么疑惑了一会儿。没想到对方一俟接近，破口大骂，扬手就打。她当然没能得逞，但就在我们试图跟她据理力争的当口，还没停稳当的一辆宝马车上蹿出一条汉子，脖子上粗大的金链在傍晚光线下熠熠生辉，他直奔我们而来，而且穿的还是一双崭新的耐克鞋。我们不知道是怎么逃脱的。总之当我停下逃命的步伐蹲在地上咳嗽不已的时候，身边已无王奎。手机打过去，此人已经逃到家中，呼吸仍然粗重。我们笑了一通，互相勉励下次注意下次注意，仅此而已。其实当时我还想在电话中与他一起追忆一番中学运动会上的 3000 米长跑比赛，以及高敏在看台上的“加油”之声，想到约定，只好作罢。

作为一名求偶之士，我当然也并不会清高地听凭王奎推荐。两人在一起时，我自会物色对象，主动谈论，征询后者的意见。可惜后者的意见总是十分寡淡，“不怎么样”。难得王奎也觉得怎么样的，无非叫我“上”。教训在先，不可冒昧。怎么上？怎么搭讪？如何不让对方觉得自己是流氓？这些都是问题。支支吾吾，全是电影电视里的台词，管用吗？王奎答不上来。

我说，你都过来人了，就不能给点有意义的指导？

操！王奎戛然而止。

真聪明,你又猜到了。王奎也不懂如何和陌生女人搭讪。虽为“过来人”,王奎娶的却是高中同学高敏。高考我们都没考好。王奎是电大,高敏是中专，我则是一所技术专科学校毕业。可以负责任地说，我除了学过几次雷锋，什么也没学到。不仅如此，高敏差点没能毕业，因为在校期间，她就被当时隔三差五倒三次车找她约会的王奎搞大了肚子。那会儿大中专学校不仅严禁这些到了婚育年龄的人婚育，而且谈个恋爱还要被斥为忘却为国为民重担、耽于淫欲的早恋，经常在树林里、围墙拐角被一只装满三节一号大电池的电筒照出奸情。我们并不知道手持电筒的人是谁，也不知道他们手臂上有一个红色的袖章，这都是后来才知道的。当时我们只知道捂住自己的脸，似乎唯有如此才能继续做人。好在高敏的一个舅舅和卫校的校长曾是战友，打胎之后总算顺利毕业，也顺利找到了一份护士工作，几乎与毕业、工作同步，就和王奎结婚了。张亮曾问王奎，后者夫妇算同龄人中最早的了，迄今没有孩子，是否是当年堕胎所致？王奎这次没有生气，而是极其严肃地说，查过，不是。那是什么？我也不知道，王奎说。喜欢揭人老底的张亮自然不会放过王奎，他就曾私下跟我说过，王奎和高敏在学生时代的那次堕胎经历，很可能是二人商量好的骗局，以此昭示二人迄今未孕并非他们没有生殖能力，而是另有原因。真相就是，这对少年夫妇从最初就不行，起码其中一个不行，所以他们到死也不行。怎么说呢，张亮这人虽然有这样那样的优点，但我不得不说，他嘴太恶毒了。我们很少邀请他加入饭局，一方面是他已婚已育，也不能排除我和王奎都认为他是个坏人。

有必要在此申明的是，我无意质疑王奎高敏夫妇任何一方的生育能力，尤其是高敏的。就算我读了大学就有了“新欢”（仍然是暗恋），早就对她毫无感觉，也不会品质低劣地用王奎和我嫖娼的事来证明她不行。如果你们坚持这么认为，我会哭的，而且打算趴在那些发黄的日记本上哭，哭泣，啜泣，泣不成声。

我提到我和王奎的嫖娼经历只是强调我的求偶史后来发生了质变，成为了求欢史。这一质变的根源与王奎与我二人对女性的评头论足当然有关。王奎没有表示过他要求欢，但他使用的下流言辞对我确实起到了催情作用。但最终还是经不住我的热望，他主动提出：“既然兄弟这么猴急，那我就陪你一次吧。”

发廊、浴室、KTV和各种娱乐中心娱乐城什么的，都有过我们的身影。在我的印象中，王奎凶猛异常。

还是说我的求欢史。我要说，嫖娼史和求欢史是两个概念。也可以说，求欢大于嫖娼，并包含后者。我的嫖娼史当然并非起源于王奎首次提出“陪”我那次，这其实无须多说。王奎是否曾在之前嫖过，也无须深究。“三铁定律”中，除了没有一起扛过枪，我和王奎已经有了“两铁”（同窗和嫖娼）。这可能才真正使我们成为朋友，而不仅仅是同窗。

很难想象，我和王奎关系如此之铁，和高敏重逢却是他们结婚多年以后。此次重逢方觉张亮的描述不仅正确而且欠缺笔力或文采。但见高敏躺在雪白的被窝里，除了一头乌发，就像一床空被子平铺在那儿。她脸膛尖瘦，基本露出了头骨的形状，所以已没有皮肉可以绽开笑容，也没有皮肉足以使其有力量合上眼睛或可表示她还认识我们。除了张亮夫妇和我，其他那些因为婚育消失多年的朋友一时齐聚病房，这当然是张亮事先牵头逐个电话邀请所致。除了安慰高敏夫妇及其家人，大家更多的是站在走廊尽头的窗前抽烟寒暄。有的发福，有的谢顶，有的依旧光彩照人，有的升官发财，有的依旧一贫如洗……与病房中那个垂死的人有关，大家对各自的变化和没变化都做到了顺应一切的风度，绝无攀比、炫耀、忌妒种种。感谢疾病，感谢死亡，亲爱的高敏，你可以瞑目了。

高敏死后，过了大约半年，王奎才再次来找我喝酒。看得出来，为了掩饰丧妻对自己的影响，王奎很快进入状态，故态复萌，对一位女食客指手画脚。这位女人发现情况不对后，向旁边一个看样子是她丈夫的瘦小男人说了说，那个男人又对桌上另外几个男人说了说，于是他们站了起来。王奎也站了起来，我以为他要跑，所以我也站了起来。估计失误，王奎面无惧色，我只得自叹倒霉。所有的食客立即停止喧哗和咀嚼看着我们这些站着的人，老板见状，赶紧跑了出来，但因为群殴尚未开始，他也不便拉扯，只得站在两拨人的中间。我听到有人在笑，而且像女声，很可能是个时髦漂亮的姑娘呢。

没有打起来，这是因为我后来跑过去和饭馆老板并列站在一起，向那桌正在积蓄勇气和力量的男人解释道：

对不起对不起，我的朋友心情不好，他老婆刚刚去世。

我不太想详细地复述整个过程了。大致是，王奎从后面踹了我一脚，然后就径直走出了饭馆。然后我匆匆埋了单，赶上王奎，和他走了一段。可能是我埋单的缘故，我还是打破了约定，主动开始追忆起所谓的逝水年华。

我的开场白是这样的：王奎，你还记得那个草堆吗？这个开场白不是我事先想好，而就是突然冒出来的。所以说完我就汗毛直立，浑身颤抖。让我立即想写一篇高中作文。

没错，不能因为高中生活的枯燥和疲惫就否认它对于一个人来说确实是个不错的年月。我们是那么年轻，以童男处女的方式年轻。我们埋头于堆积如山的课本习题之中，就算那些早生华发高度近视的家伙，抬起头的话，依旧可以看到午后时分教室外面的刺眼阳光。如果是大扫除的日子，你还能看到团支书高敏同学手执湿抹布擦拭窗户玻璃或者清洗黑板的身影。她并不很高，也不矮小，踮起脚尖可以擦到黑板或玻璃窗的顶部，因此你可以看到她的腰，以及那些逆光战栗的汗毛。高敏，多么漂亮，多么丰满，多么品学兼优，多么劳动光荣。如果你像王奎和我一样放学了仍然要在球场上耗点时间的话，傍晚时分，你骑车经过高敏家的时候，还能看到这位优秀的共青团员正撸起袖子露出雪白滚圆的胳膊在猪圈喂猪，佩戴在胸前的团徽则在相关阴影中发散着万丈光芒。没有人不爱她，家长师生乡亲都说她是一位好姑娘，对此，那头猪也频频点头表示同意。白痴如你也应知道，秋天到来之后，正是割稻时节。整个乡村，到处都能看到稻草。它们有的有幸被堆积成草堆，呈瓦屋或骆驼形象（视堆积技术而定），有的则被塞入灶膛，为我们的好姑娘高敏烧了满满一锅洗澡水。洗去汗渍和猪屎味，高敏的洗澡水在门前的阴沟里流淌着廉价香皂的芬芳。王奎循香而来，被训斥再三，甚至拉上窗帘后，他仍在高敏的窗外晃荡。在学校，围墙外，也有一个草堆，当人们发现它被扒了一个洞的时候，正是王奎从洞里钻出来之际。哦，别忘了，紧跟着王奎钻出来的还有高敏。多么遗憾，没有第三个人从那个草堆的洞里钻出来。他们返回教室，衣服和头发上全是稻草。女同学们撇嘴的样子，似乎是那些稻草又从他们身上掉落在教室里，弄脏了刚刚打扫过并洒过水的教室，这将影响班级卫生，使悬挂在黑板报一侧的来之不易的卫生流动红旗不翼而飞，进而使她们觉得自己不是一名够格的跨世纪人才。男生们则目露蓝光，在撇嘴女生中逡巡不已，看看能不能找到一位也钻一回草堆。没有，绝无仅有。那是王奎和高敏的草堆，洞里残留着他们的体温，遍布田野的蟋蟀为他们歌唱，癞蛤蟆也要歌唱。陷入死寂的人们最后只能埋下头来，仿佛他们全部被习题吸引，被微积分诱惑，包括王奎和高敏。然后他们先是听到了声音，金黄的稻草在熊熊大火中爆裂，乌云一般的烟尘直冲天空，继而弥漫在整个校园。广大师生咳嗽连连，泪流不止。烟消云散，人们奔赴现场，草堆不再，灰烬犹存。

记者曾浩负责调查的一起案件

早上，我去上班，在车上听到有人说，张亮被王奎捅死了。这两人我很熟悉，而且曾经十分熟悉，所以对此事我感到十分震惊。然后，我突然想到我的朋友曾浩是《南京晚报》的记者，于是给他打了个电话。他对此很有兴趣，说是要立即赶到鸭镇采访。曾浩想采访完毕就到我所任教的学校来看我，我拒绝了。我告诉他，让他最好别来，学校忌讳媒体。言下之意曾浩是不知道的，学校为什么忌讳媒体，我相信曾浩如果来我们这所学校一趟就能明白。首先，校园门口遍布各式各样的店铺和摊点，会将他挡在校园门口大约十分钟。其次，我的课堂稀稀疏疏，许多学生聚集在校园门口那些店铺的房子里打牌、抽烟、脏话连篇，这会使我在曾浩面前感到惭愧。我不喜欢那样。再次，学校内部事务混乱，有无处不在的违法乱纪现象。比如说吧，很可能在曾浩和我废话之间，办公室里会有一位教师突然从椅子上站起，一掌将某个学生打翻在地。我担心曾浩醉翁之意不在酒，假借看我，实则对这所学校进行暗访，继而曝光。正如我们校长所说的那样，这年头，媒体软弱无能，但学校比他们还要软一点，所以教育问题格外引起他们的关注。那样的话，我将无法继续在这所学校混下去；即便混下去，也不再有我现在混得这样好。当然，我相信曾浩不会害我，问题在于他还带了另外一些我所不认识的新闻记者，我能拜托曾浩放我一马，但管不了另外那些人。曾浩不愧是我的好朋友，放学之后，我下意识里在学校滞留了半个小时，其间，曾浩没有联系我，果然没来。在此，我十分感谢他。

在回家的路上，我再次听到车上的人谈论昨晚发生的那起凶杀案，即，张亮被王奎捅死了。他们的谈论和案件一样，人已死，现在问题是王奎会不会被拉去打靶（即枪毙）。我坐在公交车上一把专供老弱病残孕安坐的绿色椅子上陷入了沉默。我不想说什么，也不想听他们说什么。在我看来，王奎会不会被拉去打靶与我关系不大，全听凭法庭裁决。我只是觉得张亮这样或此类的死完全在我意料之中，此外无它。我还想说的是，那把椅子被刚刚下车的一位中年妇女焐得滚烫，此温度对这个阴冷的冬天而言无比反动。所以，它居然让我沉沉睡去，误了车站。于是我所乘坐的那辆 322 路公交车把我带到一个叫新卫的地方。这个地方我从来没有来过。被司机喊醒后，我只得下车等待往回开的 322 车。在车站附近的一所新房子前聚集了一些当地百姓，当地百姓，为什么要这样说？我也不知道。一个中年偏后的男子正双手紧紧握着一个没有一滴茶水却结满茶垢的玻璃杯在说着与政府唱反调的话，周围的听众不时发出快乐的笑声。这时候，我意外发现，在西方，乌云稀释而去，半露一抹橘黄，像一个受了凉的小孩子将屎拉在了天上。

十多年前，我还是个乡村少年，在我现在所任教的这所学校读书。区别在于，当年青砖包围，教舍布局有如北京故宫，现在则全换了。

几幢楼房是我当总务副主任时建造的，我现在的一点积蓄得感谢这几幢楼房。不谈这个，继续谈乡村少年：他们书包不是斜挎，而是坠在胸前，书本沉重，只得佝偻着走路。头发也完全是自然生长，就如李小龙电影里那些肌肉坚硬的青年。从来不洗，倒也油光可鉴。没有什么好看的衣服，一如既往穿哥哥们的。是这样的，即便到 90 年代初期，乡村现实基本还保持了六七十年代的那种所谓的“朴素”，如果有什么变化，也很少体现于衣着，更少体现于衣服每年都要加长的少年身上。在夏天，即便父母开恩买了件新衬衫，也不知道将它塞进裤子里，而是任由其摆荡。加之那是长身体的年月，很瘦，或者不瘦，是单薄，所以，乡村少年总是白衫飘飘。假如不飘，那么就请把自行车蹬快点，穿越那些人群，一如要飞到空中。

当然，也有把衬衫塞进裤子里的，那是发育早的同学，他们嗓音提前发粗，和现在的学生一样，上课特别爱讲话，所以课堂总是嗡嗡的，如同置身缸中。不过，即便这少部分人，在将衬衫塞进裤子的时候，往往也不是塞进短裤和长裤之间，而是直接塞进裤裆。因此，那种老式的，也就是那个年代运动员穿的短裤就从裤腰处直接翻露了出来，皱乱不堪的松紧和洗褪了色的蓝布上是两条无比扎眼的白杠。在这群知道将衬衫塞入裤子里的人之间，大概唯有张亮深谙穿衣的学问。也就是说，我们从来没有看到过他短裤的颜色，也便不知道他是否也是穿那种运动员短裤。关于他的外貌，我的描述是：平头，蹲身即可见其雪白的头皮，眉目英俊，上身那件白衬衫到腰间戛然而止，而下身一袭黑裤则笔直垂落，白袜白鞋，行走无声。

张亮多么强大，多么漂亮，他打败了所有跟他打过架的人，那么多女生都喜欢倚成一排看着他迅速从她们面前走过。

张亮家与我家是邻居，我俩一样大。我学习当然一直比他好，因为其他没他好，包括长相。下河摸鱼也不如他，这一直令我十分难过。有一年夏天下大雨，水淹了田，鱼在田垄之间。我就跑去摸鱼，摸了半天，只摸到若干小毛鱼，仅供猫餐。后来他也来了，鲫鱼、青鲲、鲢鱼甚至还有泥鳅，不一而足，转眼就满载而归。我说："张亮，你教我摸鱼好吧？"张亮对我一笑，说："赶紧回家读书去，你还要考大学呢。"

但我确实一直没把自己学习好当作可以骄人的东西，恰恰相反，那只能令我羞愧。在我后来进城念书后，张亮一而再再而三地带各式各样的姑娘回家。我父母看在眼里，只要我一回家，他们就在我面前提起张亮女朋友很多很漂亮的事。我说："那我不念书了，你们给我找个对象吧。"我爸爸说："好好念书，不要想歪门邪道。"我妈说："难道你就，就不能在学校找个对象？"

实话实说，我读书那几年确实没搞到对象。我喜欢过一个女同学，她被我们宿舍一个男生追去了。有一天，我在食堂打了四两饭，带到宿舍用开水泡了，就一袋两毛五分钱的榨菜吃。吃完了，怕洗碗，就站在窗前向外看，对面女生宿舍的窗前飘满了各色各样的内衣。在那些滴水的内衣下，刚刚归来的同学依次进入属于他们的门洞。这时候，我又如约看见喜欢的那个女生和同宿舍的那个男生走了过来，于是我下意识地往窗后避了避。与此同时，我立即感到无与伦比的痛苦，我想到自己整日待在这里空虚得要命，而张亮却在社会上纵横驰骋，从来不缺钞票和女人。这究竟为什么呢？那时候，我还做过一个梦，梦见我喜欢的那个女生跳楼自杀了，是冬天，她穿着雪白的羽绒服。当她从楼顶落下的时候，并没有出现想象中的加速度，而是越来越慢，在楼层一排排整齐的窗前缓缓飘落，有如一朵白云降临地面。但她还是死了。我跑到她的面前，发现她真的死了。我就说："你就不能不死吗？"

张亮叫我读书，这倒不是他讥讽我。他对我很好，我们亲如兄弟。在更小的时候，他曾经打不过我，那时我还是个肥胖儿童，他则纤细渺小。我们掼四角、砸铜板、斗鸡子。有一回，我将铜板扔到了他的脑袋上，他流了许多血，第二天他还头裹纱布、背着书包跑到我家来喊我一起去上学。所以，在少年时代，在这个至今仍然混乱的乡镇中学，从来没有人欺负我，因为即便到了中学时代，我们每天上学还是一起，谁会欺负天天和他一起的人呢？这里要说的是，张亮家那时比我家穷，只有一辆自行车，是其父亲卖菜专用，所以每天都是他骑着我的自行车带我去学校。在去学校的路上，那个大坡至今还在，但他从来没有叫我下来过，他像他父亲拖菜一样使劲蹬车，直至坡顶。在坡顶他会停下来擦把汗，然后命令我坐好，这才一起享受滑下大坡的速度。初中毕业后，张亮就离开鸭镇到外面混世界去了，自此以后，我就很难遇见他了，关系也疏远了许多，只有每年寒暑假才可以碰到。碰到了就互相问问情况，如此而已。

我在城里读书，没有想到张亮会突然跑来看我。他的意思是，想在我的宿舍住几天。我答应了，那是我失恋的日子，我需要张亮给我力量，但我没好意思告诉他我失恋的事。他看见我的被面、床单上布满了风干的精液，大摇其头，并说要给我找个女人搞一下。当时我无法接受，即便今天也未必接受。于是，在那几天里，他和我白天一起夹着书本去上课，晚上睡在一张床上（**这情景有如朱文《弟弟的演奏》中那个表哥**）。我的同学都被他吸引住了。每个夜晚，宿舍里都被闻讯而来的男生塞满，他们安静地听一个闯荡江湖的同龄人谈论为他们所不知的新奇事情，群情振奋，无比崇拜。后来，我们班一个女生对张亮产生了好感。事实正是如此，比较起来，肃杀阴冷的张亮比校园内任何一个男生都更具男子汉的魅力。不巧那位女生的男朋友知道情况后，来到我们宿舍找张亮，张亮没有和他谈一句话，他看了来人一眼，那人就退缩出去，就势离开。好在张亮并未对那位喜欢他的女生有什么表示。然后，大约住了一个星期，张亮离开了。后来我才知道，那次是张亮躲避"严打"才来找我的。他临走的时候拍了拍我的肩，说："兄弟，我走了。"

现在我想谈一谈《南京晚报》的记者曾浩。他和我认识时间并不长。因为写作，我先认识了江敏，江敏说，李黎不错，我就认识了李黎，同时认识了李黎的朋友赵志明，然后我就把在网上认识也同城的张浩民和彭飞喊过来吃饭。后来张浩民过生日，摆了次酒。酒后，韩东、顾前等人回家去了，刘立杆、外外及我们几个人去半坡村喝酒。到了半夜，大家都觉得很无聊，这时候刘立杆打了个电话，叫来一个人，此人就是曾浩。曾浩当时胡须很长，我以为他岁数很大，但又看着面熟，不过还是想不起来是谁了。后来大家随外外去延龄巷的一家广东菜馆吃夜宵，我的眼镜在大雨之中掉了一块镜片，很不舒服。赵志明喝醉了，在雨中冲天空大喊大叫，莫名其妙的诅咒同道路上的雨水一样泛滥成灾。我还记得光着脑袋的刘立杆在我的前面大步奔跑，雨水紧追不舍，他看起来就像个越狱的逃犯。然后就是大家坐在那家广东菜馆沉闷地喝酒。当时已是凌晨一两点的样子了，我之前很少熬到那么晚，疲惫不堪，加上眼镜的问题，简直忍无可忍，即便那家菜馆有个看起来非常舒服非常像一百年前皖南或浙西的深院小姐的服务员，或者正因此，我打起了瞌睡。刘立杆几次问我，都把我惊醒，但很快我又进入迷糊状态。后来，突然我听见曾浩提了个问题："小五子你认识不认识？"我看大家都在看我，知道是问我。我就说："认识，一个村的。""那我们见过啊。"我想了想，还是没想起来。我只能用小五子喊我的名字来求证，"我那时候叫阿西，你真的认识我？"他将筷子一顿，说："操，就是你，阿西，没错，我还去过你家呢。"

我想起来了，是这样的。那是 1998 年，我还住在鸭镇。我们村的小五子那时跟曾浩是朋友。小五子又跟我关系很不错，每次回鸭镇都会到我家来聊上半日。那时候我在家里读《鲁迅全集》，另外还兼读一套民国时期出版的朱熹校注的《四书五经》以及一些书法碑帖。在古籍里，相比之下，我不喜欢这些东西，我喜欢《左传》和《桃花扇》，尤其是后者，我认为它简直就是此曲只应天上有的千古绝唱。关于书，我不说了，说我的读书环境吧。窗前，是一株巨大的泡桐树，它叶子硕大，花香呛人。我总是在它的阴影下无所事事地站立在窗前用毛笔写大字。泡桐这种树木长得太快了，日新月异，快到令我忧伤。不仅如此，在那些湿润的下午，我听到那些在树顶的鸡鸣就感到十分空虚。我总是感到空虚，我太空虚了。我为自己的空虚而感到空虚。在这样的生活中，多数情况下，我只能去找邻村的王奎玩。王奎比我大几岁，也没娶老婆，跟着他爸爸在镇菜场摆个肉案卖肉，年底也给农户杀猪。他也喜欢写大字，颜体写得还很不错。我常常在有月光的夜晚从田埂上抄近路去王奎家玩。他躺在床上唉声叹气，怨恨自己没有发财，也没有发财的门路。我则背对着他拿他的毛笔在纸上随便画字。画得好的，就举起给他看。画得不好的，他来看了，我就用笔将它涂抹掉。有时，他也会晚上到我家来，每次来都会带点猪杂碎给我，我自然不会有多客气，收下了事。1998 年我在《南京日报》和当时一份主要由楚尘编的《东方文化周刊》上看到了朱文发起的“断裂”运动，十分激动。所以王奎来的那天晚上，我把自己写的有关这个活动的一篇文章给他看。那篇文章在表达我对这一运动支持的同时，也表示了很难理解韩东所说的“鲁迅是一块老石头”的说法。王奎扫了眼，没有多大兴趣，他的兴趣始终是发财。这让我很扫兴，他也不太高兴，没坐多久就走了。他一走，我的门又被敲响了，是小五子夜访而至，他的身后跟着一位身材瘦削而又高大的青年，他，就是曾浩。

我现在说这个的意思旨在告诉曾浩，你与你现在所调查的案件的凶手擦身而过，也许你跟小五子来的路上曾看见王奎不断闪灭的烟火。与此同时，你也经过了被杀死的张亮家门前。也许你在经过他家门前的时候，因为他房间的光亮曾侧目一瞥。而张亮其时可能正在家中洗脚，准备上床睡觉。就是这样。

王奎是个不错的人。他虽然杀过猪，但身宽体胖，满面红光，为人敦厚。他想发财我可以理解。他的堂兄弟们都在外面搞运输，很有钱，所以他的堂兄弟们都盖起了非常壮观的三层小洋楼，使王奎家的1982年盖的三间破平房更显丑陋。不仅如此，他的大伯大妈还很明显地表示了对王奎一家的鄙视，这令王奎十分痛苦，他经常顶撞他爸爸，觉得他爸爸没本事。他爸爸也骂他，说他都三十岁的人了，还靠老头子混日子。他说，不怕老子穷，就怕儿子养得孬，你这么孬，倒怪老子来了，往哪儿说也说不过去。王奎自然不是真的想把怨气撒在他爸爸身上，而是他实在太有怨气了，他也不知道怎么办才好。他有时跟我说，如果不能发财，还不如去死。我说："我可以替你跟我们村的张亮讲讲，他在外面混得不错，你可以跟他混混看。"王奎说："哦，张亮啊，算是'名人'啰，我知道的。活老鬼一个，打架斗殴抢场子。跟人家打架就打架了，居然用铁棍子打。把人家打倒也就打倒了，还在人家胳膊上猛跺，把人家胳膊跺成三截你知道吗？有这么残忍的人吗？叫我跟他混，我还看不起他呢。"

我不太清楚张亮是怎么在外面混的，这么残忍，也是第一回听到。后来，除了王奎跟我说过张亮一些混世的残忍手段之外，我还道听途说过许多。但我都将信将疑，这一切，怎么能跟我印象里的张亮相吻合呢？真是太不可思议了。张亮除了当年躲难在我宿舍里说过点外，就从来没有跟我说过他是怎么混的。那时他勇于说，大概是因为岁数还小。但，我可以保证的是，他当年所说的混世手段不仅不残忍，而且还充满了勇气、智慧和喜剧色彩。

比如他在我们宿舍曾说过的一段，说是他刚踏上社会时，在一个单位当保安，闲来无事，和人家打赌，赌一个碗里盛半碗饭半碗屎，中间隔层塑料薄膜。人家说："张亮，你把这半碗饭吃得一粒米不剩，那么我就把这半碗屎吃下去。"张亮二话没说，揉了两个纸球塞住鼻孔，拿起筷子迅速吃完了那半碗饭。在场的人都看呆了。那个和张亮打赌的人后悔起来，申辩说自己只是跟张亮开玩笑，并没有想到他真会吃。张亮说："谁他妈跟你开玩笑，吃你的屎吧你！"那人当然不吃，争执无效，只好动手。那人看张亮身材并不十分强壮，并不畏惧，结果被张亮一拳就放倒在地，半天才爬了起来。

"吃不吃？"

"张亮，求求你，饶了我吧。"

"是你要赌的，大家都可以作证，吃！"

"给你钱还不行吗？"

"不行。"

"五百。"

"吃！"

"你一个月工资也只不过两百……"

"老子不要钱，吃你的，那屎该你吃！"

"真吃不下啊，张亮，一千，一千行吗？"

后来，围观的人都劝张亮，要钱好点，就收下他一千吧。张亮并没理会他们，而是说："不吃也行，跪下，喊十声爸爸。"那人就真的跪下喊了十声爸爸。

一千块钱拿没拿，我，不得而知。

我至今还在鸭镇中学教书，这在前面已经说过了。但 2000 年的时候我却搬离了鸭镇。现在住的地方离鸭镇很近，每天上下班，四十分钟路程，也不算什么。谈起我搬家的缘由，在于我实在待不下去了。我受到无穷无尽的骚扰，村里那些人总是嘲讽我岁数很大了却找不到老婆。怎么说呢，我确实没有老婆，这是因为我对老婆没有兴趣。但这并不说明我没有搞过女人。在我们村里，包括学校里，他们总认为我是童男子。在这个年代，一个男人活到我这么大岁数还被人笑为童男子，实在不是一件光彩的事。但我确实不是。为了证明这一点，我必须说，早在 1997 年，我就搞过女人了。

那年我放假在家，如约而至的还有洪水。每年这时候，因为家人都忙，唯独我闲，我只得去大堤上参加村里组织的防汛工作。所谓防汛工作，就是白天黑夜坐在大堤上临时用草和塑料皮搭建的防汛篷里，按时分批在堤脚巡视，及时发现管涌、漏洞什么的。每户一人。有的家里实在抽不出劳力，就派小孩子去，而这些小孩子有的居然是我的学生。总之大多数是老弱病残。如何打发这炎热漫长的时日，唯有东拉西扯。他们的话题集中在陈年旧事上，比如一个死于 1965 年除夕大雪日的人至今还能生龙活虎地出现在他们口干舌燥的口中，仿佛那些遥远的死人正是被他们叫太阳烘烤出的汗水腌渍了，但又很奇怪地得以保鲜。除了陈年旧事，这些抠着大脚丫子的男男女女还能谈什么呢，那就是他们本身，男女。那些故事我不想复述。令人讨厌的是，在他们的话题告一段落之际，总是会将目光落在我身上，于是就再次提起老婆或童男子的问题。

这使我十分难堪，因为我的学生就在身边。他们发现了这一点，问得也便更加起劲。这直接导致 9 月份开学时，我的学生一起在背后议论我的童男子问题。然后，他们躲在一个地方大喊一声“童男子——”我开始还追去给其一顿暴打（往往打错了对象），后来就懒得去理了，只好埋头加快脚步走路。这不仅没有使这些坏孩子感到无趣而不再提起，反而受到鼓励，像电线上的麻雀一样站成一排齐声高喊。直到后来，居然有几个发育过早且无比风骚的女学生也加入了呼喊的行列。

1997 年那年，我们所没想到的是，张亮会突然也出现在大堤上。我们无论如何也想不到他会来参加防汛。在乡村认识中，他已是一个“强人”，一个“有身份的人”，这样一个人物却也来堤上参加防汛，着实令人惊讶，同时深感某种受宠若惊。他对我说，因为最近外面事情都解决了，待在家里，索性帮家里来防汛。在 1997 年，最广泛的通信工具是 BP 机，这已足以使拥有者感到骄傲，但我们的张亮不仅有 BP 机，而且也有当年被称为“大哥大”的手机了。他就是穿着西装短裤，腰别这两件通信工具出现在大堤上的。他的皮肤比所有的人明显白许多，阳光之下，眉宇分明，细汗滋润，英俊无比。这是谁也无法否认的。那些男男女女再次攻击我的老婆或童男子问题时，张亮突然站起来给在场所有人每人一个响亮的耳光，不是比喻，是真耳光，即便我们必须称之为爷爷的人也在所难免。我们都被他吓呆了。然而，即便如此，无人敢置一词。大家此后不再议论，一言不发，就像一包包沉默的沙土麻袋那样安静地蹲在大堤之上，默默地守望着滔滔江水，居然显现了某种秋冬天气一般的凄凉和绝望。后来，张亮使用他的大哥大打了个电话，不知道他和对方说了什么。半夜该我和他起来巡视的时候，他把另外两个人喊醒，将手电交给他们，然后拉着我离开了大堤。我不知道我们要去做什么，也不敢问，只是跟着他在大堤上向前走，一直向前向前。左边是黑黝黝如同塌陷下去的庄稼地及村落，右边则是宽阔的江水，它映射着满天星光和彼岸混乱的灯火，它们连成一片，照耀着我们的走动。这使我产生了一个错觉，以为大堤是一条直线，而事实它却是一个弧。在这个走不到边的弧的一个点上，我们停了下来，那里有一艘皮艇，我们上了皮艇，很快即到达彼岸。然后，我们又坐了一辆车，在一个灯火通明的房子前停下。进房子，进包间，那里有个小姐在等着我们。就是这样，这个小姐是他送给我的。他临关门，说，放心，她很干净。另外，我不得不说句心里话，这个小姐是我至今所遇见的最漂亮的女人，这是严重的事实。你知道了，我的童男子生涯至此结束。

王奎大概在 1999 年左右学了驾驶。他是一把好手，居然在 2000 年把车开到了西藏。他对我说，在西藏，开了三天三夜也没有看到一辆车、一个人、一户人家、一棵树和一只鸟。这使他以为自己死了呢。后来，他看到前面有个东西在移动，就加大油门赶上去，是一辆车，他说自己当时的高兴无法形容。我可以理解，我知道，那是死而复生的感受。但还有令他更为幸福的事情，那就是他发现对方的车牌也是南京牌照。于是，他立即流下眼泪，手一直按在喇叭上。那位司机也发现了这一点，作出了同样的举动。于是他们就这样一路按着喇叭并行前进。直到分岔的路口。在此期间，他们并没有停车下来握手或拥抱，鸣笛同行已经足够。王奎说，他从西藏回来以后就感觉自己浑身充满了力量，认为发财并不是难事。

于是他用开车积攒的钱在鸭镇开了一家浴室。鸭镇不止他一家浴室，竞争是在所难免的。王奎说，招聘小姐他是第一家。自从他招来八个小姐，他的生意明显好转；而且越做越大，大到他的浴室天天爆满。于是，他又花钱新建了场所，不仅如此，还大做装潢。他相信，一切投资都会成倍成倍地得到回报。事实也确实如此。

不过，他开浴室时，我已离开鸭镇。每天上班也不从他那儿经过。偶尔碰见，他便极力邀请我去他那儿玩一玩。后来，我也去过一回，但因为身在本地，又碍于所谓“人民教师”的身份，并没有干他的小姐。我感觉，他发财了，而我还是那样。我没有不满，我就这样了还能怎样？就是这样。

然而此时，张亮却突然从城里撤回到鸭镇。据说那里竞争太厉害了，不仅是生意问题，即便靠拳头吃饭也存在着巨大的竞争。具体地说，就是不断发生械斗之类的火并，强龙不敌地头蛇，没办法，只好回来。其实，这时候，我不仅已不再与王奎有什么来往，也完全对张亮感到恐惧。我不愿意看见他。所有关于他的事情大多来自传闻，有的甚至来自我那些学生。在我的学生——这些未来的地痞流氓之间，被提到最多的名字就是张亮，那几乎就是一个闪光的名字，偶像。应该说，我 2000 年搬离鸭镇的最大原因也是张亮。

前面说过张亮的残忍，但都是道听途说，我因从没有看到过，将信将疑。后来我才算是领教了一回。事情说起来很简单：张亮家盖房子，侵占了东边邻居（我家在其西）孙家的地皮，孙家提了出来，要求他们立即停工，张亮家不予理睬。结果孙家人就夜里将砌好的墙给拆了。正好那天张亮在家，我也在家。我看见张亮提着一根木棍进了孙家。他的手，在我的方向看过去，仍然青筋暴露，无比清晰。我们都知道要出事，一起随着他赶去。但已经迟了，张亮就用那根粗木棍反复打在孙德才身上。孙德才我们喊大伯，他只是一个瘸子，一个做鞋子做裤子的裁缝，我和张亮很小的时候最爱到他家去玩，他有许多木刻的脚模子和许多铁鞋掌。我将张亮脑袋砸破的那块“铜板”就是鞋掌之一，不仅我有，张亮也有，只不过他没有砸我而已。孙德才很喜欢我们，相比而言，他应该更喜欢张亮。张亮家那时候很穷，如果买了布，做衣服，孙德才总是不收他们的钱。在我们的少年时代，张亮那笔挺的裤子都出自孙德才之手。

我上去抱住张亮，他很轻易地就挣脱了我，继续打已经不能动的孙德才。棍子击打在肉体上所发出的声音是多么沉闷。没办法，我只能再次上前抱住张亮，我大喊：“张亮，你疯了，你怎么打孙大伯呢！”他这一次没有挣脱我，而是在我的拥抱中旋转身体，伸手就给了我一个耳光，然后满眼红光地朝我吼道：“滚！”

现在，我可以说一说王奎为什么要杀张亮了。当然，这不是我所亲见的，仍然是道听途说，我真的越来越相信道听途说了。我觉得道听途说本身就是小说。作为一个小说写作者，我要说，小说比真实更真实。我不知道曾浩调查的结果是什么，至今也不知道他们报纸有没有登出此新闻。在此我想学个坏，抖搂曾浩一个性格特点：他总是不紧不慢，比如我电话通知他时，他说马上来，结果拖到下午才到达鸭镇。在我看来，他不适合当记者，而更适合写小说。当然，他在写着；还是当然，他写得很慢。我则很快，快到现在差不多就是在写一篇新闻报道。

张亮在城里混不下去了，回到鸭镇来混。鸭镇因产大棚蔬菜而远近闻名，这之间农业生产资料（例如竹竿、塑料薄膜、化肥、农药等）和农产品收购等买卖便存在着巨大的利润。这，几乎全部被退守鸭镇的张亮包揽了，此乃题中应有之义。不仅如此，张亮也将几乎所有的店铺纳入自己的“保护范围”。经济发展，生活腾飞，鸭镇也便出现了娱乐场所，酒店、KTV 包间、发廊……然后就是浴室。张亮当然要向这些新兴产业收取自己的“保护费”，这从他来说，完全正确。而王奎是最善经营浴室的老板，他引进了八个小姐，而别人要么没有，要么还没有八个。张亮从他开始下手也是必然，这都正常。之前，他已派人来跟王奎说过两次，均遭到了后者粗暴的拒绝。在张亮看来，“事不过三”是他做事为人的根本，所以，第三次，他亲自上门来了。没有什么好说的，就是打。王奎打不过张亮。王奎几乎要给张亮打死。

张亮说："怎么说？"

王奎没作声。

张亮就说："去吧，现在就进去拿。"

王奎转身进了里间，然后空手出来。

"东西呢？"

"没有。"

"哦，还挺硬，跪下！"

王奎不跪。

张亮于是在王奎肚子上踢了一脚，王奎直不起腰来，已呈鞠躬状。

张亮便抬头看了看站在王奎身后的兄弟，示意他们踢王奎的腿弯，使其跪下。但，就是这个为张亮所疏忽的瞬间，王奎神不知鬼不觉地从怀里取出他那把已经锈迹斑斑的杀猪刀朝张亮胸口捅了过去，然后又迅速拔出，再捅，再拔出，再捅。

三刀，张亮只哼了一声，就倒在了地上。

混乱之中，倒在冰冷地面上的张亮腿使劲向前方蹬了几下，就不再有任何动静。

他死了。

截至此文发稿时，曾浩电话告诉我 ：“曹寇，你提供给我们的这个案子我们已经查得差不多了，明天大概能上报，过两天我把一百块钱报社奖励给你的线索费带给你，我看你也别私吞了，干脆我们大家吃饭吧，行不行？”

喜欢死了

我一直在暗暗地喜欢一个人，她是我们单位的林小玉。我喜欢她不是一般的喜欢，而是喜欢死了的喜欢。我半夜爬起来对着墙壁在内心大声疾呼:“林小玉，我喜欢你死了！”此话一出，我就赶紧捂住嘴，虽然我的嘴是无辜的，但我还是扇了它两下，这个话给她听到了一定认为我是在咒她。然后我重新大声疾呼：“林小玉，我喜欢死了你！”但是，我又发现这是一个病句。结果，我为了表达我“喜欢死了”的意思而绞尽脑汁，好在最后我终于茅塞顿开，找到了流畅而准确的表达语言：“林小玉，我喜欢你，喜欢死了！”我把这个句子在内心对着墙大声疾呼多遍，这才爬上床，安静地睡去。

为什么？我为什么喜欢林小玉到了这样严重并危险的地步呢？我也不太能搞清楚。现实是：我有老婆她有丈夫，我们早上碰到，我说小林早她说老曹早，然后我们各干各的事情；下了班，若遇到，就互相问一声回家啊什么的。我和我老婆吃饭睡觉逛街购物走亲访友都想不到林小玉，但半夜醒来就会想起她，并发觉自己非常喜欢她，而且喜欢死了。至于林小玉，她很普通，虽然身材比我老婆要好一些，但脸色是那种枯黄，面孔少肉，皮肤显得很干燥，所以在颧骨方位总是反射着性质惨淡的光。近看，鼻子周围还有一些雀斑。最致命的地方是她胸部很平。我的意见是，一个女的应该把她放在男子的队列之中，挺胸收腹，向右看齐，那么她左边的人都会看到她的胸部。林小玉不行，她没有。为此我深感奇怪，自己竟然会放弃多年坚持的原则喜欢上平胸的她。不过，我也只针对林小玉放弃原则，其他所有的女人我仍然一视同仁，比如说我老婆吧，她若无如此骄人的胸部，我是不会和她结婚的。我老婆在和我第一次上床稍息之际也曾如许多女人一样拷问我：你喜欢我吗？我说当然。她继续深入问道：那么你喜欢我什么呢？我说我喜欢你的胸部。说着我就用力挤压了一下她的乳房，此时她总是要快乐地尖叫起来。那时候我没有想到我会在半夜大声疾呼："林小玉，我喜欢你，喜欢死了，你平胸我还是喜欢你，喜欢死了！"

林小玉的丈夫我认识，他是机关干部，外表属于十分人才的那种人，却很例外地没有啤酒肚，所以亦无官僚的那种作风。他有的时候会到单位来接林小玉，所以与我们总是很客气，不断地点头微笑，虽然自己不抽烟，但还是准备了一包烟散给别人抽。谈吐也不是我们所想象的那样俗不可耐，我们在说着些什么事，他也只是一旁微笑，露出很诚恳认真的样子，大家向他征求看法的时候，他也会得体地插上一句，往往是，不鸣则已一鸣惊人。对于林小玉的丈夫，我们单位不少少妇总是有愤愤不平的神色，她们纷纷替他感到遗憾，林小玉也太残忍了，怎么非要嫁给此人呢，太不配了不是？没结婚的女孩子因此而纷纷尊重起貌不惊人能力有限的林小玉来了。我想这都是因为忌妒或钦佩。但我在面对墙壁之时，却觉得她们是多么愚蠢，林小玉怎么了，她嫁给她丈夫很般配，没什么需要你来鸣不平的，也无须你来搞什么钦佩，天生一对，他们本来就是夫妻，你钦佩林小玉干什么呀？这些可笑的女人啊。我对着墙壁在内心大声疾呼：“林小玉，我喜欢你，喜欢死了，你嫁给你丈夫真配啊真配！”

也可以这么说，我只在半夜喜欢平胸并有般配丈夫的林小玉。在其他任何时候，我只喜欢胸部卓越没有般配丈夫的女人。所以我对林小玉的“喜欢死了”丝毫没有影响到我和她各自的生活，我们是互不相干的同事。我的家庭生活很不错，收入稳定，老婆满意，而且她已有身孕，很快我们即会有个孩子。我带着我老婆去商场买毛线，她要赶在孩子出生之前给他织好多毛衣，织的过程和毛线一样，无穷无尽地拉扯和编织，似乎她和孩子一出生就要赶赴北极。她像一台织布机器那样，很快就使一团毛线变成了一件件小衣服，于是我必须带着她再次去商场选购毛线。我们来到商场就遇见了林小玉夫妇，因为彼此认识，我和林小玉的丈夫坐在商场外面等待她们，其间无非是谈些国际形势和足球赛什么的，这些遥远的东西被我们津津乐道，唯有那些不为我们所关心的街市和不断的车流还表明我们生活在人间。当我们的老婆携手从商场里出来，我们才各自带走我们的女人。是的，这不可能有错，我只能接走我的老婆而不是林小玉。也就是这一次我才注意到，我老婆不仅肚子比林小玉的大，而且胸部也大，这倒并非它们已为哺乳作起了准备，而是事实很明显。当她们并肩走入我的视野，我一下子发觉，我是多么爱我的老婆啊。她肌肤润滑，曲线动人，她不仅像一头发情中的母猪那样有性吸引力，而且也像一头美丽的母猪那样毫不马虎地显示了强大的生育能力。在百货商场宽大的门口，她比林小玉美丽多了。但是，半夜醒来，对着墙壁，我还是在内心大声疾呼：“林小玉，我喜欢你，喜欢死了，你没我老婆漂亮，甚至你不会生养我还是喜欢你，喜欢死了！”

林小玉会不会生养我当然不知道，我只是假设，在半夜假设。我的老婆因为与林小玉有过女人之间的交流，对我说他们夫妇暂且不决定要孩子。我说，是吗，那么他们想要什么呢暂且？我简直对林小玉夫妇充满了鄙视。他们以为暂且不要孩子能说明什么呢？说实话，我一直很讨厌这些貌似前卫或正常而又虚假做作的生活姿态，人们总以为凭借自己局促的力量能改变什么。我深知，我们什么也改变不了。我们出生，我们长大，我们成家，我们抚育后代直到他们成人，尔后我们死去，把生前的一切遗留给他们，如此而已。当然，我也不觉得我自己所做的就是很好的，我不觉得我和我老婆要生孩子有什么不对或不错。这只是自然，理应如此，大致如此，本来如此。我只是为自己没有违背自然而心感安宁。林小玉和她那个机关干部的丈夫，他们想干什么呢？他们能干什么呢？他们也太天真了吧，或者他们难道还各有打算？不过，这是不可能的，事实上他们与我和我老婆一样，夫妻恩爱。我其实一点也不喜欢林小玉。她工作能力平平，相貌也不能使人心生愉悦，对人虽然殷勤客气，但仍然是敷衍是冷漠。当我半夜冲着墙壁大声疾呼之时，我却忘记了自己的憎恨和厌倦，忘记了自己的满足和安宁。这真是很奇怪，然而当天亮之后，我哪里又会想到这些呢？我懒得去想这些东西，连想的力气都没有，我只求上班下班，我和老婆一起等待孩子的出生。这种等待没有焦急和耐心之分，它与时间的流淌是同时或平行的，就像我们一旦出世即在等待死亡一样，它会准时到来。在此过程中我们奔波不止而又无所事事，我们成败得失而又一无所有。总之，向它靠近，然后越来越近。

林小玉大学毕业分配到我们单位的时候，我正和老婆陷于热恋之中。我的目光只能流连于老婆的乳房，林小玉作为一个有点清寒的女孩子，在我匆忙的恋爱生活中毫无特色。现在她仍然显得清寒，仍然没有任何值得向人大书特书的地方，婚姻似乎没有使她有任何改变。我猜测林小玉一定是大学里那种闷着脑袋读书，而书又始终读不好，情感压抑，畏惧男性从而骄傲无比的女生。她的存在不至于被忽视，而是大家对她没兴趣。就好比一个人谈到了她，另一个人就说："哦，林小玉。"然后到此为止。当然，这只是我的猜想，事实情况我不得而知，也从无想知道的愿望。若有此愿望，我便不会如此猜想。搜索记忆，我与林小玉也没有任何非公事的交谈，更别说来往。我不可能会在半夜之外特意地想到她，同理，她大概也不会想到我。我们只是普通的同事关系。可是问题在于，我现在半夜醒来竟然想到了她，而且发现，自己竟然是如此喜欢她。面对夜晚的墙壁，我无法寻找到任何理由。而我其实不是那种畏惧道德的人，我并没有因此而对自己进行审判，我的老婆以及其肚里的孩子并不能让我有负罪感。我想，原因在于，我没有想过半夜之外的时间我会延续什么，会采取什么行动。事实正如上面反复所说，在半夜之外，我不仅不喜欢林小玉，甚至鄙视她。如果说我鄙视她是错误的，那么就是她是她我是我，她跟我有什么关系！

然后就是夏天，单位组织职员去黄山玩几天。对我们来说，这是一个罕见的好机会，因为大家谁都没有去过黄山。我们兴高采烈，简直与小学生听到老师说春游一样兴奋。但我回到家后才发觉，我只能是空欢喜一场，因为我老婆很快就要生孩子了。老婆虽然嘴上理解我并表示如果我决定去她不反对，“毕竟，你们单位这样的活动太少了嘛”，她说。但当我表示愿意放弃这个大好出游的机会而选择听孩子的第一声啼哭时，她还是忍不住搂紧我的脖子感动得泪流满面。这让我内心充满了幸福和忧伤，说实话，我愿意这样，但我同时非常想出去玩那么一下子，现在已无可能。他们已开始准备东西了，单位里的气氛一下子活跃了起来，领导也格外宽容起来，一切都是因为黄山。他们总认为那边的东西很贵，所以不断把东西大包小包地拎到办公室来，然后再拎着它们下班回家。这被外面的人看到了，他们以为单位发东西了，而唯独我没有。事实上，情况与此也基本差不多。我深感自己是被排斥的，这种羞辱和悲愤已多年未有，现在它们一下子占据了我的心。当我回到家，看到老婆的肚子，我确实深感自己生活在坟墓里般绝望。但是，事情一下子突然又好了起来，因为我终于听到有个人也和我一样不去了，此人正是林小玉。

林小玉为什么也不去？我不知道。但她的不去确实又令我感到愉快。所以我无法不多看她几眼，是的，她还是那样，并没有什么格外值得一提的神态和言行。问题在我。下班时，我故意磨蹭了一下，林小玉出来之后我便迎了上去。

我说：“小林，呵呵，你为什么也不去了？”

“大伟（即她那机关干部的丈夫）最近身体有点不舒服。”

“严重吗？”

她说：“也没什么，不过可能要住院吧，动一个小手术就行了，没什么大问题。”

我笑着说：“那就好那就好啊。”

“唉，”她叹了口气说，“不过可惜。”

我也叹了口气回答她：“是啊，可惜，唉。”

然后我们的同事去了黄山，我和林小玉被留了下来。我老婆已即将临盆。她因为对生育的恐惧而早早地把自己搬进了医院。我和她几乎到了寸步不离的地步。她总是像一个弱智儿童那样问这问那，说什么会不会很疼很疼、是不是会死之类的傻话。我安慰她，疼痛在所难免，但没有想象的那样巨大；死亡也有可能，但只发生在遥远的中世纪或黑非洲。因为不用上班，我除了安慰她便无所事事。但我还是感到疲惫不堪，在越来越敏感的日子里，我感到自己心脏几近衰竭。夜晚的医院到处都是腐朽的药物气息，梦呓和呻吟惊扰了走廊上空洞洞的脚步声。我的老婆已经睡着了，她也在做梦，我盯着她的脸看，她面孔有浮肿的倾向，眼睑偶尔闪动着，睫毛是潮湿的，这看起来很脏，我突然感到很厌恶。是的，她一定在做梦。我知道睡眠中的人都在做梦，即使因为醒来无法回忆而坚决否认也改变不了做梦的事实。但我始终无法知道她正在做着什么梦。也许她在梦见五官模糊的孩子，也许是她自己的父母，也许是她少女时代某个下午的一条林荫大道……那好，即使真的是梦见了我吧，我想，那不是我，那是另外一个人，不是我。她不应该梦见我，因为我就在她的身边，她怎么能梦见我呢！她不能，坚决不能！唉，这是一个多么肮脏而丑恶的女人啊，她睡在那里，腹部高高地隆起，眼睛潮湿，汗水腌渍着宽大的条纹病服。难道她在病中？或者说，生育是人类的疾病？是的，我已忍无可忍，我想吐，于是我跌跌撞撞地冲出了病房，其间碰到了某个同室病友（**这真是一个奇怪的称呼**）放在床边的脸盆，但这没有吵醒任何人。他们要么咂一下因为梦境而干裂的嘴唇，要么纷纷掉转一个睡姿，让脸上菱形的睡痕暴露无遗。走廊里的吊灯昏暗模糊，似乎空气中飘满了疾病和生死，它们使本来清新的空气混浊了起来。是的，这些是多么不该。

我在洗浴室大声呕吐，但水池中并没有什么，只是干呕，或者说，我根本没有那么矫情，难道我真的需要呕吐吗？不，不是的，我只是深感委屈。

这时候，我再次想到了林小玉，是的，到了半夜了，该想起她来了。但我还是为自己在医院能想起她深感吃惊。

但我已管不了这些了，我必须使自己安静下来。多年以来我一直都是如此寻求安静的。我于是对着洗浴室雪白的墙壁大声疾呼："林小玉，我喜欢你，喜欢死了。"

我反复地在心里默颂着这句近乎祷告的词句："林小玉，我喜欢你，喜欢死了。"

然而我未曾想到的是，林小玉此时出现在我的眼前。她满面通红，死死地盯着我而一语不发。哦，我想起来了，她的丈夫，那个机关干部也在住院。但是，我记得自己一直是在内心大声疾呼，我并没有把它发出声，哪怕一次。她是如何听到的呢？或者说，我难道一直都是真的发出了声，一直是真的大声疾呼了吗？那么，我老婆难道就从未听到过吗？另外，在所有半夜面对墙壁的大声疾呼中，从来没有林小玉真实出现过的情形，然而现在她出现了。

天哪，我不知道如何面对，一点也不知道。我悲痛万分，绝望至极。什么也不需要说了，还说什么呢？更无须任何解释。于是我掉转脑袋继续面朝墙壁（唯有如此）：“林小玉，我喜欢你，喜欢死了。”我这才发现自己的声音穿越了所有的墙壁，于是我受到了鼓励，幸福得老泪纵横：“林小玉，我喜欢你，喜欢死了。”

是的，我看到了自己正和林小玉在爬黄山，我们谁都没有爬过黄山，我们也缺乏攀登的经验。我们在云雾之中摸索，我摸到了林小玉。于是我们结伴而行。在天都峰，这是黄山最高的峰吧，我们已经攀登到了顶点，这时我们还需要下去。但脚下唯有云雾。我们害怕一脚踏空。我们开始手挽着手。

但我们终究是要下山的，于是我们需要经过那险要的鲫鱼背。

顾名思义，鲫鱼背是一个多么窄小而光滑的所在。我们身在其上简直不敢直起腰。林小玉是多么害怕啊，她害怕我会丢掉她一个人跑掉了，所以她想在我前面走；但是她又害怕在前面走，走过去了回头看我时却没有能看到我，而只是看到一片云雾，这样的话她就不敢独自下山。所以她简直不知道如何是好了。所以她在空寂无人的最高峰哭了起来，山太高了，没有人可以听到她的哭声。

我说，这样吧，你趴在我背上走吧。于是我四肢着地艰难地向前爬行。漫长的鲫鱼背始终没有个终结。我感到了疲惫，于是我放下她，说，我们歇歇吧。于是我们在鲫鱼背的中央相对而坐。我看着她的眼睛，她也看着我的眼睛，我们的眼睛里有着对方的眼睛。

我终于对她开口说道：“林小玉，我喜欢你，喜欢死了。”然而她并没有露出吃惊和羞愤的神情。她说:“喜欢死了怎么说呢？”我就说:“就是非常非常喜欢你。”她说：“是吗？”我说：“是，不，不是，是一直喜欢你，到死，不，即使我死了也一直喜欢你。”她说:“是吗？”我又说:“是的，我甚至可以为你去死！就是这意思。”她说:“是吗？”我说：“是的，如果我不再喜欢你我已不能活下去了。”她终于微笑了起来，被我的诚心所感动，说:“真的吗？”我说:“真的，千真万确。”她说：“那这样吧，让我们一起死吧！”我说：“可以。”于是我和她紧紧拥抱，然后滚下天都峰。

山峰太高了，我们互相交织着在天空缓缓下降，偶尔的一阵风似乎还能将我们向上托起。我们在空中互相凝视，在空中彼此爱抚，彼此触摸，彼此交融，于是我们感到了从未有过的温暖。而在这一切的过程之中，我始终没有放弃我的祷词:“林小玉，我喜欢你，喜欢死了。”

当我终于大叫一声的同时，也听到了来自走廊另一端的啼哭声。是的，那是我的儿子，他终于历尽磨难和艰险，灿烂地降临到了人间。

小镇夜景

它们无所事事
在饱食后散步
惊起漫天的尘土
留下脚印和粪便

——赵志明《龙》

童年悬挂在噪音里
未来也悬挂着
我躺在远离地面
离天堂更远的住宅里
无知地打发过剩的时间

——李黎《五月始于大雨》

晚饭后我们干点什么呢？什么干的也没有，只好摸黑打篮球。

后来，我们发现离篮球场不远的门房处来了一个年轻的姑娘。她看起来有点急迫，正和门房刘师傅在说着什么。应该是听到篮球撞击地面的声音了，所以她边急迫地说，边不断向球场这边看。不过我们能确定的是，她什么也看不到。

门房的门头上有一盏200瓦的大灯泡，它每天傍晚6点半左右亮起，直到第二天凌晨5点半才会熄灭。瓦数不小，如果在室内，会很明亮，但它被安置在门头上，赤裸裸地置身地球表面的黑暗，任务就过于繁重了。除了门前一块，还得力不从心照耀门房一带的空气和花木。也就是说，姑娘看不到我们，我们也看不清姑娘。为了看清，我们走了过去。

李黎和赵志明是同时到达的。球现在不在我们手上，它应该小幅度滚动在球场旁边的草丛里，或者静止其中。

这个女的是来找梁小春的，她是后者的表姐。

梁小春是今年新分配来的女教师，也不是赵塘镇人。长得可能不错。究竟是不是这么回事？还不能确定。这也可能跟她不与我们在一块儿玩有关。按理说，她应该和我们一起住在校园后面的单身宿舍里，那样，我们就会邀请她到我们的宿舍组织一个小小的牌局。那样一来，多好。可惜。也可能是她胆小吧，或怕我们对她做什么（**毕竟我们都是男的**），当然也有可能是其他原因。总之她就是不住校，而是听说住镇上的表姐家。表姐何人？看来就是眼下这个漂亮的姑娘。

对于梁小春还是多一点介绍比较好。据说她和我们前些年刚来时一样，也对这份工作很不满意。她不想当老师，更主要的是，她就是本城姑娘，却被分到了这个鬼不生蛋的穷乡僻壤赵塘镇。不像我们，天生不是本地人，怨气小点。我们猜，她还在赌气。而且在我们看来，再过几年，等她年纪赶上我们了，气也不会消，但也不会膨胀，就那么大的气了，固定了。怎么说才好呢，说是像固体一样有固定体积和形状的气体比较合适。所以，除了上课，这个叫梁小春的年轻女教师从不与任何同事打招呼，这当然包括我们。看来她是打算誓死做一个与集体格格不入，坚决不与世俗同流合污，尽量保持一个女大学生所应有的矜持的人了。也可能和她所任教的学科有关：她是化学老师，又是新来的，有必要多干点活，所以兼任化学器材室的管理员一职是再合适不过了。也就是说，她的办公室就设在器材室里，不必和一大拨人沆瀣一气、共处一室。当然了，说别的没用。让我们还是听信传言吧，传言这姑娘脾气不仅古怪，而且相当古怪，古怪到只能用古怪才能修饰的古怪。这样挺好，有一个脾气古怪的年轻女教师对我们来说毕竟是件有意思的事。换言之，当我们被人提请注意梁小春的时候，我们忽然对后者产生了浓厚的兴趣。

我们的记忆是：梁小春除了穿着化学老师固有的白大褂，像鬼魂那样从我们的办公室窗前一晃而过，就是表情木然地坐在器材室和两大柜子的坩埚、试管和写满标签的化学药品为伍的样子。值得称奇的是，她不仅将这些器材排列得整齐有序，而且置身其中的她也是如此精湛的队列中的一员。

表姐告诉我们，平时表妹在6点左右就可以回家（表姐家），可是今天天都黑成这样了，她还没有回去，而且手机也打不通（应该没电了）。表姐于是苦着脸（仍然漂亮）说："没办法，我只好找到学校来了，找你们来了。"

"这就对啦！"赵志明热情洋溢地夸奖了一通我们的表姐，"你找到学校来真是太正确啦！”

“如果你不找到学校来，被我们知道了，我们会怪你的，我们会找到你家的！”李黎不甘落后说道。

刘师傅见状，露出很失落的样子，看样子他不太想把表姐就这么轻易地过手给我们。所以，即便他迫不得已将表姐移交给我们了，仍然不愿意立即消失，而是继续站在一旁。并且我们还注意到他多次张嘴想插入谈话，但都被我们毫不留情抢了过去。年纪大了，可能确实唇舌不够利索，说不过年轻人。不知道我们上了年纪是不是也会这样，如果是，我们决定从此不长了。

对于梁小春的失踪事件，和别人相比，应该说赵志明的责任最大，因为他和梁老师都任教于初三毕业班，而且都分别是班主任。具体是，赵志明初三（1）班，梁小春初三（2）班。而且，他们的任教班级是交叉的，即，赵志明也教（2）班的语文，梁小春也教（1）班的化学。为了不被肩膀上的重担压垮，赵志明在身材高挑的表姐面前直了直身体，挺了挺胸脯，作出了当仁不让带领大家寻找梁小春老师的架势。

他先带我们去了初三（2）班的教室，谁都知道这是多余的。每天天黑之前，刘师傅都会在校园里转一圈，检查各个班级门、窗和灯是否已关上。不过，除了刘师傅，我们也都没表示反对，在走动中，我们发现表姐两条腿并得很紧，脚尖不外八，也不内八。

结果当然如刘师傅所料，门窗都关得死死的，一把大锁挂在门上，在黑暗中显得无比结实、安全。教室里也是黑的，但因为两面墙分别都有两扇窗，所以也并不显得太暗，依稀可以看见值日生在打扫完教室后，又重新将桌椅排列了一下，很整齐。定睛细看，这些多年来被勤加摩擦的桌椅，在黑暗中使劲吸收室外的光线，然后轮廓清晰地泛着清光，有点像眼光。好像它们和每天用臀部挤压它们的家伙一样，还很年幼很调皮，只要我们一转身离开，它们马上就闹哄哄地吵起来，有的甚至还会离开自己的位置跳到别的桌椅上去。

我们的梁老师不会独自一人躲在其中，而且也无处可躲，但我们还是和表姐一起忍不住把脸贴在窗玻璃上朝里面窥视了良久。然后就是我们离开窗户，直起身，和表姐你看看我我看看你，并且用相当谦逊的笑容来表示彼此什么也没发现。

在化学器材室，也就是梁小春的办公室外面，赵志明没有急着让表姐再次率先将小脸贴在玻璃上，而是用自己挡在前方，突然向表姐发问："你表妹最近有没有遇到什么不顺心的事？"表姐想了想，说："应该没有。"赵志明点点头说："那就好那就好。"这才闪开身体让表姐朝里看。

仍然什么也看不到。如果我们没有忘掉氰化钾的分子式并且此时有足够的光线，那么我们就可以看到该药物就摆放在左边那个大柜子的第三层，具体是靠里倒数第二个看起来很不显眼的那个玻璃瓶。这对化学专业毕业的梁小春来说，是一眼即明的赫赫存在。说来话长，在很多年前，也可能就在我们来之前不久，有过一个教师吃过这瓶氰化钾。吃了很多。据说此人活着时饭量也很大，曾在食堂与人比过饭量和肉量。不过氰化钾毕竟不是食物，没等他吃完，人已经完蛋了。也就是说，他还给后人留了半瓶。

我们当然也不可能相信刚刚工作不久的梁小春会这么快速地厌倦生活而选择灌下这余下的半瓶氰化钾了断自己。我们只是觉得，表姐和我们这种脸贴着玻璃朝里观望的神态颇有意思。换言之，与其说是我们在寻找梁小春，倒不如说是希望在办公桌后的地面上发现一具年轻的女尸。这具女尸的面部也许痛苦得扭曲着，也很可能像日常睡眠那样安详，说不定还在黑暗的化学器材室的地面上栩栩如生，随时都可能坐起身茫然地看一眼前方的墙角，叹一口气，然后站起身冲外面的人笑一笑。

我们只好回到门房那盏200瓦的大灯泡下想办法。

刘师傅因为刚才的事，把凳子全藏了起来。不过，好在他还是为我们的表姐留了一把藤椅。我们环绕在表姐四周站立着，一时还找不出什么话来说。仍然是刘师傅打开了僵局，他举了举捧在手上的那个作为茶杯的水果罐头瓶子，问表姐是否需要喝口水，说着已扭开了瓶盖。我们注意到铁皮制作的瓶盖锈迹斑斑，和茶渍混为一体。而在一点儿也不透明的玻璃杯壁上，还残存着那块早已破碎不堪的水果罐头标签。表姐婉谢了。刘师傅有点失望地自己咕咚喝了一大口，然后咳了一口痰狠狠地啐在自己的脚尖不远处。

灯下，我们再次欣赏了一番表姐。她真很漂亮，五官清晰准确，脑门圆润饱满，颔骨略向外突，这使我们永远不用担心她会有个双下巴。头发或许是夜和灯光的原因，格外垂直而有质感。如果她的表情能够舒展开来，即不表现出因为表妹的事而烦恼的话，我们相信她会更漂亮。李黎见状，就敦促赵志明另想办法。赵志明拈了拈下巴——五十年后大概会有胡须的地带，然后要求刘师傅将花名册拿出来。有必要补充的是，花名册是用来记录我们赵塘镇中学的教职员工是否按时上下班的重要依据。具体是每天签四次自己的姓名，分别为早晨上班、中午下班、中午上班和下午下班。刘师傅表示反对，他声明自己已经查过了，梁小春三字清晰无误地在该日花名册上准时出现了四次。不过赵志明并不以为然，坚持己见，既然刘师傅不愿意拿出来，他只好自己动手，从门房那张桌子的抽屉里给翻了出来。查验结果再次表明刘师傅是正确的。后者不免发出冷笑。赵志明岂能甘心，他明知故问地问了刘师傅一些有关签字的规则。这些规则，领导反复交代，并印发成文件传达给所有人反复学习过了。也就是说，除了我们的表姐，没人对此需要打听和回答。不过，刘师傅也和大家一样意识到了表姐并不知情，所以这一次居然很配合赵志明，一五一十地将签字规则很专业地背诵了一遍。结论是，梁小春和其他老师一样，下班走了，有其亲笔签名为证，离校时间是下午 5 点左右。

赵志明向表姐复述了他和刘师傅所得出的结论。后者不明所以，只好点头表示同意。但李黎却在旁边攻击赵志明，他讥笑赵志明假模假式搞半天，全是废话，毫无价值，因为从这里面根本看不到一丝线索。赵志明振振有词地反驳道："怎么会毫无价值呢，它说明梁老师已经离开学校，起码告诉我们应该去校外寻找梁老师。""说的也是。"李黎仍然不依不饶，请教道，"那么，去哪儿找呢？"

问题确实就在这里。这确实把赵志明给问住了。在一旁有点看不下去的刘师傅看到这两个年轻人争执不休，不免大摇其头。大家被刘师傅摇头晃脑的模样所吸引，直到对他摇头的动作感到厌烦时，后者才及时止住摇头的动作，提醒道："也许学生知道。"

于是，语文教师赵志明给初三（2）班的语文课代表打了个电话。课代表非常惶恐，表示自己并不清楚班主任梁老师的下落。因为惶恐，她建议老师可以去问问初三（2）班的班长周强同学。不过，周强家没有安装电话。在赵塘镇，安装电话的农家还很有限。李黎在一旁提醒赵志明，没有安装电话，也不意味着周强父母没有手机。至于这一点，初三（2）班的语文课代表告诉她的语文老师赵志明，首先，班长周强同学的父母是否有手机，她不知道；其次，就算有，号码多少，她还是不知道；第三，就算有人知道号码，大概也只有作为班主任的梁小春知道。也就是说，当务之急是立即联系初三（2）班班长周强同学的父母，然后通过其父母找到周强，再通过周强打听梁小春的下落。而这一点的前提是得先知道周强父母的手机号码，而就目前看来，知道周强父母手机号码的只有梁小春。

这太绕了，而且是不可能的。最后，我们认为，只有去周强家找他了，即便他不知道班主任梁老师的下落，也许仍可以获得一些线索。

好在路程并不远。

周强家就住在蚂蚁村，距离学校需要走十来分钟。出了校门，穿过镇中心后，得拐进一条巷子，然后绕过一片池塘才能到达。路不远，也太好走，所以表姐将自行车锁在了学校，交给刘师傅妥善照顾（**后者认为前者完全可以不锁**），她则和我们一同步行去。

赵塘镇这个地方，就我们有限的了解，自打有人类居住以来，一直是乡村，近些年才为了迎合席卷全国的城镇化建设浪潮，撤乡为镇。

所以，在原来乡政府、供销社、医院、菜场、信用社和学校集聚的地区逐渐增添了居民楼、超市、银行、桑拿房、卡拉OK厅和餐馆等设施。也就是说，当夜幕降临，全赵塘镇陷入黑暗的时候，独有镇中心这么一块地方灯火通明。这里的人跟村子里的人不能说是生活在两个世界，但可以说他们生活在两个时间概念里。此时此刻，村里人大多已洗脚上床呼呼大睡，而镇上的夜生活则刚刚开始，正如火如荼。

于是，在穿过镇中心一家喝啤酒吃烧烤的大排档前时，我们遇到了一群喝醉的流氓。天已凉了，但啤酒、叫喊和灯光使镇上温度较高。这伙流氓也不愿意待在室内展开吃喝，而是故意把桌子搬到了路边，大概是这样才好让人们看见他们光着上身所暴露的肌肉及文身，才好让大家加深“原来他们是流氓”的印象。确实，很远就可以看到他们了。那些粗俗不堪的话也是远近可闻。作为教师，虽然我们私下的言行未必比他们好到哪儿去，但还不至于如此轻薄、嚣张。而他们的轻薄、嚣张又和我们在公共场合故作姿态的德行形成了对峙。所以说，让一群教师经过一群流氓身边是件很滑稽、难堪以至于危险的事。

赵志明见状，打算带领我们从马路对面绕过去。那边没有什么店铺，只有一爿近乎露天的小车行而已。开这个车行的是个黑黑的老头，不爱说话，只是始终坐在不分昼夜的昏暗之中给人修车补胎打气什么的。总之，从那儿走不会有任何障碍或麻烦。但就在这时候，那张桌子上站起了一个人，赵老师赵老师地喊了起来。大家一看，是赵志明班上的学生王磊。

王磊是个品学俱劣的学生，他名义上是初三（1）班的学生，但早在刚刚进入初中那会儿，或者更早，就已放弃了学习，专事敲诈勒索、打架斗殴和调戏女同学的行当。因为九年义务教育是国家大法，学校无权开除任何学生，所以赵志明也不能拿他怎么样，只能头疼不已，屡屡找领导抱怨。也仅能抱怨而已。后来，王磊如大家所预料的那样与社会上的地痞流氓混在了一起。这之后反而好了，因为他终于找到了组织，所以不怎么在学校和班级出现了，校方和赵志明顿感清爽多了。不仅如此，偶尔碰到，王磊也不像以前那样净和老师作对，反而能表现出类似于尊师重教的礼貌和热情。有时简直热情过度，让人难堪，比如现在。

既然王磊喊了赵老师，赵老师就不好再带领大家绕了，硬着头皮走了过去。王磊给大家每人递了一支烟，并分别殷勤地点上。他也看到了表姐，也要递烟点上，但被表姐惊恐万状地拒绝了。她开始是躲藏到赵志明的身后，但仍然觉得不安全，于是又躲藏到李黎的身后，具体在谁身后也没确定，而完全取决于王磊和她之间的距离。赵志明苦笑着向自己这位学生汇报道，我们还有事，就不耽误了，你们慢慢喝吧。可能是为了体现他是“混过的”或不“怕事”，说着他还夸张地向桌上那拨流氓挥手致意。此举不出还好，一出，惹得桌上一个流氓站了起来，也跑了过来。此人一看就喝多了，有点摇晃。他说他非常希望能邀请王磊的班主任赵志明和我们大家加入其中喝上一杯再走，尤其是我们身后的表姐。说着他就向表姐扑了过来。后者惊叫着逃开了。桌上流氓见状，拍桌子掼板凳狂笑了起来。

好在王磊善心未泯，可能也未喝多。他以自己的面子替老师打了圆场，不过流氓们仍不放过。一直不说话的李黎突然挺身而出，他叫王磊带路，走到桌前，端起酒杯，分别和在座众流氓干了一杯。如此这般，我们才没再受阻拦和骚扰，得以通过。当然，走没多远，我们就可以听到他们高声笑骂，其所指正是我们。我们权且当没听见。我们看见的是，表姐现在确实已从赵志明身后转移到李黎身后了。

周强家很好认，问了位在猪圈前喂猪的妇女，她指了指，就到了。

没有院子，是三间老式平房，和周边人家的楼房及深院比较起来，家境看来不是很好。也似乎因为贫穷，连灯都舍不得点似的，家里黑灯瞎火。转到房后，才发现一扇窗户泄漏着一点微弱的光。靠近一看，连个窗帘都没有，没有女人在木盆里洗澡，只有勤奋的周强在灯下苦读。

台灯的光线像一个立体的扇面，以周强的脑袋为圆心，可以照射到他身下的周边区域。在这个扇形光柱里，我们可以看到周强的身后是一张床，床上是破旧却叠得较为整齐的被褥。所以，这张床看起来比较冰冷。我们可以想象周强最终做完所有手头的难题之后，上床时一定会深深地叹一口气。因为遥想当年，我辈也正如此。此情此景不免让我们觉得亲切和感动。在床的一侧还堆积着几个大麻袋，里面是粮食无疑。一只肥大的老鼠正趁着周强沉浸于难题中的大好机遇，在麻袋间毫无惧色地上蹿下跳。它行动敏捷，而且悄无声息。即便有，我们也未必听得见，周强可能更听不见，他太专心了。他优异的成绩与这样的全神贯注有关，也与这只肥大的老鼠有关。说实话，我们真不忍心打扰灯光下的事物。

是赵志明敲的窗。敲了一下，没反应。聚精会神的周强听不见，不过那只老鼠发现了。后者居然用两条后腿栖在麻袋顶端，像袋鼠那样直立了起来。它追寻敲击声，认真而好奇地盯着窗外看了一眼，而且似乎还转动了眼球，与窗外的我们每个人都对视了片刻。大概它没有发现有什么好人，所以只在瞬间就倏地跳下麻袋跑不见了。

果然不虚此行，周强为我们提供了重要的线索。他说梁老师下午放学后，骑上车和张永兰一起走了。张永兰我们是知道的，在学校很有名，发育过早，学习太差，特别妖娆。她的情况，可谓众所周知。刚刚接手这个班的梁小春显然对情况不太明了，所以她才会搞什么家访，可能是希望张永兰不要再这么下去了吧，“那样的话，你就不可能考上好一点的学校，将来走上社会也无法适应越来越激烈的社会竞争，即便不被淘汰，也会不被人重视，不被认可，生活质量也不会高，甚至和你含辛茹苦的父母一样面朝黄土背朝天地从事祖祖辈辈的农民行当……”我们可以想到梁老师肯定会对张永兰作如是教导。虽然这是无知状态下所干的多余的事情，但我们还是想笑。

张永兰家在光明村，我们有点泄气，太远了。鉴于表姐站在李黎旁边，本来想问赵志明怎么办的问题只好问李黎了。表姐是当地人，她说如果从大路走当然远，而如果走小路，也就是从田埂上抄近路的话，那样步行十五分钟即可到达；而如果我们回学校拿自行车的话，也需要十分钟，再从学校骑到张永兰家，就得超过五分钟。合计一下，不如现在直接从田埂步行过去。美丽的表姐如此精确的算术能力令数学老师李黎大加称赞。这一点改变了李黎长期以来所固守的偏见，那就是漂亮女人不是蛇蝎之心就是智力欠缺。表姐的从天而降立即彻底瓦解了他固守多年的偏见。也正是这时候，我们才突然意识到，虽然表姐很漂亮，我们愿意跟她一道走路（赵志明和李黎一人一边），但我们居然始终对她一无所知。这真是莫大的失误啊，怎么说都是不应该的。

值得一提的是，和周强告别的时候，他那对怕因为看电视而影响孩子学习过早进入睡眠的父母衣衫不整地爬了起来。这对老实巴交的农民夫妇，因为僵硬的笑容和被中断的睡眠，在昏暗的灯光下显得无比苍老。我们谢绝了他们喝杯茶再走的热情提议，而是有点不耐烦似的轰他们爬回床上去，并且安慰他们："你们生了个了不起的儿子！"不仅如此，走了一大截之后，赵志明没忍住，又折了回去，走到还倚在门框上目送我们的周强一家面前，问其父母有没有手机。这个问题因为太突然，搞得周强一家三口惶恐半天才明白过来，然后羞愧不已地承认，他们家连个手机都没有。赵志明对此似乎心有不甘，作为临别赠言，他建议周强及其父母："你们家应该买点老鼠药了。"

夜晚的田间小径并不黑暗，相反，却显得明亮而温润，如一根松懈的裤带逶迤于黑暗的原野。秋夜的特殊气味和田野里昆虫的鸣叫混合一处，让人觉得气味是金属的光泽，叫声有阳光的余温。我们感到全身的器官在打开，在上升。我们是多么愉快，虽然它不合时宜——一个小姑娘至今还无下落。但我们控制不住，李黎不禁不满地发起了牢骚，为什么我们每天要困在学校，为什么我们从来没有晚上到田野间来散散步的念头，究竟是什么困住了我们以及我们的想象力和创造力？他甚至抛弃来之不易的阵地——表姐的一个肩膀，在田间小路上使劲奔跑起来，然后在一个崎岖不平的地方无意或有意地跌倒。他躺在地上不愿意起来，冲着广阔的夜空大呼小叫。这引发了来自村庄的一大批狗叫。李黎做对了，他对表姐暂时性的抛开不仅没有让表姐感到失掉了依靠，而且让我们的表姐第一次发出了笑声，使她暂忘了丢失表妹的烦恼。此外，李黎的行动还感染了我们，除了表姐，我们也在那块草地上躺了片刻。当然，我们这么做未必不是想通过集体行为诱使表姐也躺在我们中间。

“真没想到你们老师也这样啊。”表姐笑着，然后娇嗔似的命令我们，“快起来快起来，还要找我表妹呢。”她说这些话的时候声音并不大，有点像在耳畔窃窃私语那样小心和神秘，所以就像我们耳畔的枯草叶那样，弄得我们耳痒痒心痒痒。赵志明是最早站起来的，他嚷嚷着重复表姐的焦虑。但大家不难发现，躺在草地上使表姐感到愉快并发出笑声的这一行为是李黎首创的，而非赵志明，因此后者就不能纵容前者的发明创造。基于此，赵志明必须在下一步行动中起到带头模范作用，免得再次失去主动权。也可以说，赵志明并不是真的希望我们也像他那样立即爬起来赶路，绝不是。恰恰相反，你们就躺在这儿才好呢，那样一来，赵志明就可以独自占有表姐了。事实上他就是这么干的，他嘴上催促着大家，身体已挨在表姐一侧用肩膀拱着她往前走了。李黎见状，赶紧跃起，赶了上去，占据了表姐的另一侧。我们在后面可以清晰地看见：两人将表姐夹得很紧，所以肢体摆动所产生的摩擦一时变得非常之钝，严重影响行走。表姐只好一会儿加快步伐，将两人丢在后面，一会儿放慢步子，将两人摆放在前面。

据交谈所得，表姐是卫校毕业的，现在是镇上医院的护士。我们脑子里立即出现了雪白、干净的大褂罩着她苗条的身体的形象。这一想象关键在于大褂里面空空荡荡，我们的表姐什么也没穿。另外，头顶上那个可爱的护士小帽至关重要，好像如果没有那顶帽子，我们就会把她和桌子上排列着许多烟卷、鼻毛过长的中年男医生弄混淆似的。

让我们感到悔恨不已的是，她已工作了两年，而镇医院正是本校教职员工公费医疗的指定医院。之所以没有看过她，完全是我们的失误。我们为什么非要如此年轻，居然从来不生病，即便感冒发烧，也不屑于去看。我们的教训是深刻的，毋庸置疑，如果不想错过什么，疾病也不要错过。

问题在于，在我们不在场的两年以及更长的时间内，我们的表姐是否已搞上对象甚至已婚？经过一番艰苦的盘问，表姐被迫承认自己至今还没有男朋友的真相。这虽然为大家所希望，但仍然过于突然，很有爆炸性，一如此时田野上空突然有个 UFO，并且上面奇形怪状的外星人把脑袋伸出舷窗冲我们问好那样让人惊讶继而狂喜。这种惊喜又让人窒息而又焦躁，反而使大家一时陷入了沉默，谁也不敢轻易说话。憋了半天，李黎扛不住了，说："我们其中之一可以做你男朋友吗？"为了掩饰或消解紧张，他故意拿腔捏调，使用了一种流氓口吻，希望使它听起来不像是一道选择题，而只是个玩笑。

这当然让我们的表姐佯装着恼羞成怒了，她伸出胳膊轻打了李黎一下，李黎也便立即响应地惨叫了一下。至此，我们才再次恢复轻松，都笑了，包括打人者表姐。谈到和梁小春的关系，表姐说，作为表姐，其实她也仅比后者大五个月零几天。说到出生年月，我们又不禁抬头仰望还能看得清的星空，谈论起了年轻人，尤其是姑娘，热衷于谈论的星座问题。当她终于亲口说出自己是处女座的时候（我们事先已根据她的月份算出来了），神态极为娇羞。首先，这个星座的名称是十二星座中最难以启齿的。其次，这个星座的名称会让提问者想到另一个问题：表姐，你是不是处女？第三，即便表姐不是处女，因为星座的属性，我们也会把她往处女上想象。

这是危险的时刻。赵志明最后将话题引向了别处。对此我们没有意见，反而松了口气。我们将梁小春在学校的“特立独行”告诉了表姐，表达了我们的好奇，并且诚恳地指出，表妹虽然也和表姐一样漂亮，但绝对没有表姐可爱。表姐出于谦逊或其他什么，对此只报以微笑。不过，她还是向我们承认了表妹的脾气问题。姐妹两人目前住在一起，一个房间两张床。表姐喜欢听一些流行歌曲，但表妹却每天都在看英语书，为来年的研究生考试作准备。不仅如此，表妹总是冷言冷语地对表姐的趣味、爱好和审美表示不屑。一件兴冲冲刚买来的衣服，往往都是因为表妹的一番评论而有被时装店主骗了的感觉。对于表姐每天花几个小时泡在网络上和那些无聊的男人聊来聊去，表妹也很不理解。表姐觉得自己很委屈，她是赵塘镇人，也就是乡下妹子，而表妹是城里的大小姐，从小她就觉得自己矮表妹一等。好不容易长大了，表姐发觉自己原来挺漂亮的，所以胸部挺得更高了些，性格一丢农村姑娘的忸怩而开朗活泼了起来。结果这时候表妹住到她家来了，使她好不容易积攒起来的自信心正在一丝一缕地被抽走。

说着说着，表姐突然捂住了自己的嘴巴，这还不够，也停下了脚步。她惊恐地分别看了我们一眼，又反方向地分别看了第二眼。我们知道，本质上是她在看自己，是从我们的脸上来看自己。她还不太相信自己刚才所说的一切是否真是出自自己之口。她此行目的不是在夜晚的田野和一群年轻的乡村男教师谈论自己，更不是在这些轻佻的男青年面前暴露自己和表妹（而且是这些男青年的同事）的分歧。她是来寻找表妹的，因为表妹没像平时一样准时到家，她和她的全家都焦急万分。否则她不会出现在夜晚的田野。她站在这里已经说明她和表妹非常要好、亲密，甚至超越了姐妹关系，乃是闺中密友。光说明这一点还不够，而是应该不失时机地通过这种千辛万苦的寻找向这些表妹的同事努力突出、强调才对。

不过，我们对此不会吃惊，我们觉得这很正常。如果两个姑娘之间没有这样那样的分歧，那么她们没有必要有表姐和表妹之分，那么我们也不会浪费大好的睡眠时间。我们真的毫不介意表姐和表妹的分歧，对于表姐能向我们泄露她的委屈情绪感到极为赞赏。我们只希望在不久的将来甚至就是明天，表姐能和我们在网络上见，到时候我们将有说不完的话。

后来，田野间出现了一条灌溉渠，不宽，可以跳跃过去。当然，向西走五十米,也有一座小石拱可通过。但赵志明提议,为了节省时间,还是跳过去吧。说着他就先跳了过去,我们也紧跟着跳了过去。不过,李黎很快就先我们一步意识到了不妥，又跳了回来，让表姐一个人落在彼岸就是犯罪啊。总之，这样一来，两岸都有人，表姐可以大胆地跳了。灌溉渠其实很窄，而且表姐自幼生活在此地，跳这样一个小沟毫无问题。但她在跳的时候还是为了表达女孩所应有的惊惧尖叫了起来，声音随着她的跃起、飞行和落地，画了一条清晰无比的弧线。这条弧线纤细、明亮得就好像一根被陡然提起的鱼线，鱼钩在其顶端，有饵无饵都不重要。鱼钩与鱼线本身就构成了诱惑的器具。赵志明自然不失时机地在对岸摆出了一副将她接入怀抱的架势，当然，这也是多余的。尖叫和怀抱都是做做样子，不过也恰到好处。

也许提这一点是多余的：在表姐跳跃沟渠的时候，我们发现渠水里也闪过了一道寒光，抬头一看，原来是一轮下弦月姗姗来迟——或正是时候。

当我们到达张永兰家之后，不免大吃一惊。因为在院门外，透过钢铁大门，我们看见不久前在镇上遇见的王磊正坐在张永兰家宽敞、明亮的堂屋里。如果不是年轻，我们或许会认为现在坐在这里的王磊和坐在酒桌边的王磊其中一个是鬼魂。

张永兰坐在另一把椅子上，两人表面上在看他们面前的电视，实质上正在聊天。聊什么，听不见。而且可以看出两人在聊的不是愿意让第三者知道的内容。这种神秘的交谈总让人有偷听的欲望。

好吧，这当然不是我们的目的，再次声明，我们的目的是找梁小春。

张永兰家的堂屋很宽敞，很明亮，这刚才说了。另外，她家的大门并不是一般赵塘镇人家的模样，而是整整一面墙体都是由钢化玻璃制作的，和店铺的门面很相似。也就是说，首先，张永兰家很富裕（钢铁院门和钢化玻璃门）；其次，站在院门外就可以对她家堂屋一目了然——没有梁小春，也没有张永兰家的其他人。这对我们是一个无比沉重的打击，我们走得两腿酸胀，结果一无所获。可怜的表姐，丢掉了表妹；而我们作为男子汉，说是帮忙寻找，却是白忙一场，什么忙也没帮上。

说实话，我们所有人都认为可以转身回去了。不过，这同样不符合常情，应该向张永兰打听打听梁老师的下落，这也许才是最后一线希望。赵志明再次上前，勇敢地摇起了张永兰家的铁门。刚想摇第二下，一条体积高大的狼狗突然扑了过来。好在它还没学会自己打开铁门跳出来撕咬我们，只是虚惊一场。即便如此，我们还是被吓得不轻，集体往后直退，表姐都退到李黎的怀里了。可惜同样惊恐的李黎毫无察觉，还没反应过来，表姐就赶紧跳开了。

闻讯赶来的张永兰安抚了她的大狼狗，然后开门让我们进去。但因为狗就在她的身边，我们不敢进去。张永兰只好转过来安抚我们“尽管进来吧，我家的狗是不会咬老师的”。赵志明带头，表姐夹在中间，大家这才心惊胆战地走了进去，但一路上无不盯着那只狼狗。果然，狼狗在张永兰的安抚下，对我们的鱼贯而入没什么意见，它甚至还矫情地摇晃了两下尾巴，继而多情地躺下身子翘起一条后腿。母狗。

进了灯火辉煌的张永兰家堂屋，我们这才稍稍定下心来。此时我们发现，王磊那小子不见了。

对于王磊和张永兰的关系，我们早就略有耳闻。怎么说呢，成绩都差，一个社会流氓，一个校园骚货，挺般配的。不过他们毕竟还小，刚刚发育不久，半夜还共处一室，还是令人吃惊和不好意思。对待学生的所谓早恋问题，赵志明有过一番高论，他说，他们已经发育，就像我们当年一样，对异性产生好感和性欲是再正常不过了，我们不能因为自己当年没有和某位女同学发生早恋关系，就产生忌妒心理而阻止我们的学生拥有这种关系，那将是阴暗、卑鄙的。说得确实很有道理。不过，还是不要光天化日似的出现在教师眼里比较好，一方面不让他们不好办（处理还是不处理呢），另一方面不至于太让他们没面子（老师到现在还光棍着哪）。现在王磊见老师来了，躲了起来，是对的。大家装作没看见，避而不谈他，回到此行目的，更是对的。

“下午放学后，梁老师确实跟我到这儿来了。”张永兰说，“但是我好多次告诉梁老师我爸妈不在家，她就是不信，非要跟我来。来了才相信，所以就走了。”之后她就不知道了。说到这儿她想笑，但忍住了。

我们替梁老师感到愤怒，但不知道怎么表达愤怒。因为张永兰确实没撒谎。我们不知道该说什么了。是不是现在大家就走呢？

赵志明问：“那你父母呢？”张永兰说她的爸妈长年在城里做生意，一年也回不了几趟。赵志明继续画蛇添足地问张永兰：“你家里难道就你一个人过日子？”张永兰有点不服气，理直气壮地回答道：“不啊，我有爷爷奶奶啊。”赵志明几乎是在恶狠狠地替大家发泄情绪，继续逼问道：“那你爷爷奶奶呢？”张永兰无辜地看了我们一眼，哭笑不得地说：“他们早睡觉了。”然后她或真天真或假天真地问道：“赵老师，你要不要叫我喊他们起来让你看看啊？”

这是可笑的。张永兰话音刚落，我们似乎已经看到那两个老态龙钟的人像鬼魂一样穿着过去时代的衣服正从门口走进来的样子。他们满头白发，弯腰驼背，耳聋眼花，如果开口说话，现实和记忆从来就是混为一体不分彼此，何况他们现在是从梦境中走来，不定还会说出什么。

问题还在于，此时此刻，已是最为黑暗的深夜，而张永兰家堂屋中的光线却如此强烈，把我们这群教师身份的造访者照耀得面目狰狞、头晕眼花。换言之，我们是不是在做梦？

表姐看来还处于理智中，她从赵志明身后（不知何时又成了这样）走了出来，和张永兰接上了话。她问："那么请问这位同学，你知道你们梁老师从你家离开后，去哪儿了吗？"张永兰无辜地努了努嘴，这神情已表示这个问题只有天知道了。但她毕竟还小，善心未泯，所以还是很配合地朝天花板翻了翻眼睛，作出思考的样子，然后直视表姐诚恳地说："不知道。"

我们终于看到表姐露出了恐惧的神情。她的眼睛在明亮的光线中越睁越大，继而又紧紧地闭上了。这可以理解，我们千辛万苦的寻找不仅毫无结果，恰恰相反，其过程其艰难似乎只是为了强调"梁老师失踪了"这个惊人的事实。

然后表姐用一种不易察觉的哭腔说："怎么办，还是打个电话给姨父姨妈吧（梁小春远在城里的父母）。"李黎安慰并好奇地问："她父母不知道吗？"表姐难过地点了点头。赵志明对于李黎的好奇心有点不快，在一旁替表姐补充道："这怎么好让她父母知道，让他们着急干吗？"说着，他摁住了掏出手机却在犹豫不决的表姐的手，说："我们还是再找找吧。""是是是，"李黎为了弥补过错，也直点头，说，"说不定她迷路了呢。”

不说不知道，也没想到，说到迷路，我们突然茅塞顿开，也彻底绝望。迷路是完全可能的。试想，梁老师到赵塘镇工作才几个月，性格古怪，不与人交往，对赵塘镇地形地貌自然很不熟悉。而且天又黑，农村也没路灯（除了镇上），你叫她一个城里小姑娘怎么认得路？！

“那，我们去哪儿找呢？”表姐终于当着大家的面哭了出来。张永兰出于女人对女人的理解，赶紧拖了条凳子让表姐坐下。坐下了，流泪才可以尽兴，也更符合哭泣的姿势。她确实是那么哭的：臀部被板凳挤压成一个标准的肉蒲团，柔软的腰肢在其上扭动，如果张永兰不断递上去的纸巾是古老的手帕就更好了。这也让我们可以联想到，迷路的梁小春此时也正在赵塘镇的某个黑暗的角落呜咽不已。我们甚至想到了这个赵塘镇的治安情况。在这个流氓遍地的镇上（刚在镇中心我们就遇见了一拨），很难说他们不会动一动我们娇嫩的梁老师。也许梁老师此时此刻不是置身荒野之中，而是正衣衫破碎地抱着自己蹲在某间乌烟瘴气的破房子的角落浑身发抖呢。还有大街上那些裸露、刺青的肌肉，以及其满口的黑牙和淫邪的笑容。种种场景在我们脑子里交叉混杂，太可怕了，我们简直感到心都快碎了。一向强大的赵志明终于没了办法，也像泄了气的气球一样瘫在了一把椅子上，自此一声不吭。于是我们都没了主意，都绝望而又悲伤地在张永兰家找了一个可以供自己坐的地方坐了下来。坐下来后，我们才突然发觉我们已经筋疲力尽。

我们离开张永兰家时到底是什么时候，谁也没有在意。表姐停止哭的时候，我们也没有立即离开，而是又纷纷耷拉着脑袋待了好一会儿。这之间，张永兰面对哭泣和一拨老师的沉默先是惊恐不已，后来她就习惯了，出去了两趟（与躲藏起来的王磊打招呼或上厕所），然后就是坐在那里不断地使用遥控器换频道。换了好一会儿，她才将频道固定在一个综艺节目现场。一个不男不女的主持人操持着港台普通话在说什么，一会儿舞台上烟雾喷射，一会儿雪花纷飞。镜头偶尔调转到观众席上，群情激奋。

“看！像不像梁老师？！”

张永兰突然大叫一声，大家纷纷顺着她的手指看去，我们在综艺节目忽明忽暗的灯光里，果然发现观众席上确实有一个女孩很像梁小春。也许是灯光的原因，那个女孩头发枯黄，形销骨立，面无表情，和节目现场的氛围很不相称。这一回，我们才突然明白，梁小春并不漂亮，一点也不漂亮，说她难看和讨厌都可以。

最后的交代也许多余。

我们离开张永兰家走了不远，王磊才装作偶然遇见那样从后面赶了上来。他刚才一直在张永兰家的另一个房间，听到了一切。只是残存的害羞使他觉得不宜暴露，所以始终没有出来。这没什么，也不重要。

他说，他在镇上遇见我们时，并不知道我们是在找梁老师。他告诉我们，就在我们经过镇上遇见他的时候，梁老师也在那儿，只是在路的对面那棵小树后面的车行里。

是这样：梁老师的车胎爆了。她从张永兰家推着车到镇上的时候，天已经彻底黑透了。到了灯火通明的镇上，她才发现自己满头大汗，满头大汗又使她满面通红。所以她想先在镇上把车胎补好，不急于回表姐家，总之已经迟了，补好胎骑回去也未必比这么推着回去慢。王磊看到她，喊了她，那些流氓也叫了叫。但我们脾气古怪的梁老师毫无惧色，根本就懒得搭理他们。她径直穿过马路，到了老头那儿，然后坐在一个小马扎上等待。大概与此同时，我们一行人从学校出来，经过了这群流氓。而当时赵志明本是打算绕过这群流氓从路对面走的，可惜被王磊叫住了，不得不硬着头皮去和流氓周旋半天。李黎还喝了酒，有了之后较为优秀的表演。就这样，我们错过了在路对面车行找到梁老师。其实谈不上找到，只是经过。我们经过车行，不经意地看到坐在小板凳上耐心等待的梁老师，会说，你在这儿啊。更可能只和她打一声招呼，然后一拨人簇拥着表姐继续向前。

鼓楼公园

天黑了。

其实，天黑了，天也不黑，呈蟹壳颜色，且蟹壳状。晚饭时，弟弟还没有回来。我们先吃了。

并不是你们所想的那样，要准备一副空碗筷摆桌子上防止他突然闯进门。不是，绝对不是。那是电视上的景象。当然，电视还在播新闻，还没到类似情节的连续剧。母亲在厨房洗碗筷的声音甚至比电视的声音还大。把电视声音搞得这么微弱，是习惯。习惯源于我和弟弟念书的年月，也就是怕影响学习什么的。其实父母不知道，这样一来就好像他们在偷偷摸摸享受精彩的电视节目，而把我和弟弟关在各自房间里搞什么寒窗苦读，这是不公平的。当然，这是以前的事，不提了。现在的问题是，电视声音这么低，从来没有高过，总是这么低，我们就得在沙发上少挪动屁股，尽量不动，动也是细微地动。沙发是人造革的，即便真牛皮的吧，屁股一动，也吱呀吱的。唉，电视里面的人总是奄奄一息、气若游丝。说实话，父亲呼吸的声音也太大了，有时还打起呼哨，让人以为他睡着打鼾了。告诉你，不是，你用余光瞄一下就能发现他的眼睛里是电视镜头。

电视声音真低。其实我多么想调高一点，让电视里的声音充满整个家，遍布每个角落。

然而，我是个听话的儿子，因此，我几乎从来没有看明白过电视内容。父亲也一样，他眼花耳聋，昏昏欲睡，根本就没在看电视，根本就不在乎电视里说什么。电视对我们来说什么也不是。我有时想，用张画在放电视的地方代替一下大概也行。但事实是，我们天天要看电视，天天看，一天不落，电视剧也一集不落。所以企图用张画代替肯定不行。有天晚上几栋楼都停电了，我们在昏暗的蜡烛下吃完饭，母亲因为没电，因为没有客厅里的电视的微弱的声音，在厨房里居然懒得洗碗；父亲呢，他焦躁不安，索性从卫生间找出那个断了一条腿的小板凳到外面坐着去了。那小板凳是母亲专门用来搓洗衣服坐的，她把四条腿的凳子坐成三条腿，可知年月之久。她对三条腿的情况相当习惯，如果突然修好了那断腿估计她还觉得不对劲，以致衣服洗不干净。父亲也是知道这凳子的情况的。最早那条腿断掉的时候，母亲叫他修，他忘了修。后来母亲习惯了，不再嚷着叫他修，于是他可以心安理得地忘个一干二净了。但是，即便知道那凳子的情况又怎么样呢？我们的父亲还是没坐稳，滑到了地上。后来他又努力了一番，总之因为不习惯而始终坐不稳，只好把它丢在一边，坐在小区花坛冰凉的水泥台子上了。对了，那天弟弟也在家吃的晚饭，但因为停电，碗一丢他就出门了，甚至连嘴都没有擦一下。我还记得他往外面走的样子，只见他边走边抬起一只手擦嘴。我知道，你和他一样，是用手背擦嘴，然后用另一只手去搓那个油污的手背，及至搓出许多条条来，掸一掸，比原来更干净了你的手背，不是吗？

要交代的是，我们住在一楼。我们的阳台（如果它还算的话）下就是用以绿化的花坛和草地。为了进出方便，我们把草地踏出了一条雪白的小路。弟弟如果此时回来，他就应该从这条小路上走。但他还没有回来。停电那一天，他就是从这条小路跑掉的，父亲当时也就坐在这条小路旁边。还有，那天我们对面的楼没停电，灯火通明，光线照过来，从黑暗的家中看父亲，他就像坐在一片月光之下。

“你觉得这个外国领导人会不会被判死刑？”父亲突然掉过脸来冲着我的方向问。

说实话，我没想过这个问题，不知道该怎么回答，但既然父亲问到，我只能重复电视里一些专家的预测。我说：“判死刑很有可能，他干了那么多坏事，杀了那么多人，杀人偿命啊。”

“哦，”父亲听了我的话有点不高兴地说，“有谁看到他杀人了？”

“这个，当然没有了，不过，他不点头谁敢杀人呢。”我说。

“但他确实没杀人啊，怎么说杀人偿命呢。”

“那，”我只好说，“那他可能不会被判死刑。”

这是我和父亲交谈的习惯，他上了年纪，跟他争什么争呢。

“我也觉得他不会判死刑。”他听了我的话，显然有点高兴起来。他用“也”字就是把我对他的迁就当成我的意见，从而他的意见也便跟我完全一致，说，“你想想，这个人的名字电视上都说十多年了，怎么能说死就死呢。他死了，以后就没有这个人了。是不是？”

“是。”

“就是。”

这时候母亲终于洗好了碗筷，一边撩起围裙擦手，一边走进客厅，问：“老头子，你说什么呢？”同时，母亲也看了我一眼。

即将被处死的外国领导人离我们太远了，他跟我们没关系，所以我们不知道该怎么跟母亲说。如果说我们在谈论他会不会被判死刑，母亲肯定嘴一撇，催我们少浪费时间，赶紧洗脚去。既然我们知道自己说了实话后会得到这个结果，那么我们就不说实话。父亲对她说道：“没啊，没说什么啊——他弟弟打电话回来了吗？”

“我怎么知道，”母亲很不高兴地看一眼就在父亲身边的电话，说，“我不一直在厨房吗？我还要问你呢。”

“没有，他没打电话回来。”父亲肯定地回答道。

母亲于是也坐在沙发上看起了电视。她眼睛盯着电视，用手去拿父亲那保温杯，喝了一口里面的茶水，说：“这么苦，你晚上还要不要睡啊。”但她眼睛并没有离开电视，并且又喝了一口。

这几乎是每天晚上都重复的问题，父亲已经懒得回答她苦不苦睡不睡的问题。然后，两个老人不再说话，继续看电视。

弟弟已经有半个月没回来了。这很正常，有一次他整整三年没回来，原因是被抓去劳改了，去年才放回来。不过坐牢对他来说没什么用，放出来后他还是在外面瞎混，动不动就跟人打架，我们也管不了他。记得他坐牢的时候，每次都是我去看他。要坐很长时间的汽车，在城南的山窝里。每次我都给他带几条烟和一些吃用什么的。他低着头也不看我，始终保持这个姿态问些家里的情况，我都如实回答他。他听我回答时仍然低着头，使我总觉得他根本没听，所以我的回答也显得很不热情。不过，这也不能怪我们兄弟，家里还是老样子，每次回答都差不多，除非我们家的老头老太突然又给我们造出个小弟弟或小妹妹来。然后我们就什么也不说了，直到狱警说时间到，他就站起身走了。在走的时候，他才像突然想起似的掉头对我说："你找个对象结婚吧。"

我至今没有对象，更不用说结婚。我是航运学校毕业的，在轮船上上班，看不到什么女人。这基本是个借口，比如我的同事大多结婚了，没结婚的也有女朋友。我没有女朋友没有结婚是我的问题，而不是工作的问题。我也不知道自己为什么没有。我要毫无廉耻地对你说实话：我是一个上了年纪的童男子。

弟弟如果哪天在家，而且我们都在家，他就会开玩笑地对我说："你不结婚我就也结婚不了，我总不能先你结婚吧。"我就说："那有什么关系？你看到好的姑娘，觉得合适，就结婚吧，免得爸爸妈妈烦神了。"父母就跟在一旁说："就是，结婚了有老婆管你就会好点了。"弟弟这时候就笑。

这大概是我们兄弟长大后家里最幸福的时光了。当然，父母这时候也会忧虑起来，我们家就三室一厅，如果结婚，会很麻烦。人家姑娘谁愿意和这一大家子人住一块儿呢。即便愿意跟父母住一块儿，又怎么能跟兄弟住一块儿呢。所以，要结婚只能一个人结婚，一个人结婚了，另一个人就得搬出去住。父母的意思是，我再积蓄几年，找个条件相当的姑娘，合两人之力，再贷点款，买个小点的房子也行。如果弟弟能先找到姑娘，也这么办。只是弟弟好吃懒做，也不上个班，在外面也只混张嘴，跟狐朋狗友蹭个饭而已，他怎么能买得起房呢？除非他找到个富婆，但富婆又算个什么呢，肯定是二婚头，我们好好的人家娶个二婚头的女人像个什么样？另外，父母也有这么个意思，那就是他们已经没有任何能力帮助我们兄弟了。父亲内退，工资很少；母亲下岗，只吃个低保。这些钱也仅仅够家里水电吃用。

到了 9 点钟，我们就关电视各自睡觉了，这也是许多年来养成的习惯。这时候弟弟还是没有回来。父母已经上床了，我就到弟弟房间转了转，他的被子叠得很整齐。当然，不是他叠的，他从小就不爱叠被子，所以他不会叠被子。与此相关，他也不会叠衣服，不会洗衣服，不会洗锅碗，不会做饭，不会买菜……从小到大，如果父母来不及做这些家务，作为哥哥，我当然要把它们给揽下来。弟弟会什么呢？他什么也不会，连打架也不会，每次都被人打得头破血流。人又瘦又小，你能叫他干什么呢？他的力气也没有我大。有一次父母看他回来了，叫他和我一人一头把衣橱抬个位置，我抬起来了，他抬不动。在他床肚下就是那对哑铃，把手全是灰尘，很显然，他也只是心血来潮才玩一下子，如果他坚持每天玩，力气可能会长一点点。可惜他不坚持玩，甚至一个月在家里待不到几天，想坚持玩也没机会。唉，其实我弟弟真是百无一用的人，我真不知道他能干什么，书没怎么念过，力气也没有，他不在外面这样瞎混又能干什么呢？我是说，有时候我真觉得他瞎混是对的。如果我像他那样，也瞎混去。

他那张念书时的写字台上至今还贴着当年的画片，卡通画片。墙上呢，也贴的全是肌肉发达的电影明星。有一个电影明星的胳膊上刺了条龙，弟弟的胳膊上也有这么一条龙。当然，如你所知，弟弟胳膊上的龙刺得不好，有些地方很糊，看不出个所以然来。那条龙又瘦又软，这大概主要是因为弟弟的胳膊太细了吧。这条将死不活的龙提醒我们，我的弟弟是社会上的一个渣滓。我很同情他，我不知道他活着有什么意义。好吧，不谈意义，他活着又有什么意思呢？说心里话，我有时真希望他在外面被人打死算了。父亲有时生气了也这么说。虽然母亲要伤心流泪，但他死了有什么不好呢？很好，家里再也不会因为他而搞得鸡犬不宁，所有人自此不必担惊受怕。

当然，这也只是说说而已。他毕竟是父母的儿子，我的弟弟。有一次，他被打了，回来的时候我们正好在吃晚饭，他进了家门，浑身是血，站在门边看了我们一眼，就顺着门框倒在了地上。我们赶紧丢下饭碗，我背着他，父母站在路中拦车。一路上我们不停地喊他，小名大名官名学名绰号……希望把他喊醒，但他一直不醒。我们就这么一路流着眼泪把他送到医院。后来医生说，再晚半个小时怕是命都没了。我们听了这话当时感到多么幸运。弟弟被我们救活了，他没有死。那段时间，我们买最补身体的东西让他吃，希望他尽快恢复，甚至长胖。后来出院，他还真的胖了，我们把他接到家时还放了好几挂鞭炮。那真是一个喜事啊。

我回到自己房间，有点茫然地坐在那里。我虽然从小听父母话，念书也还好，航运学校毕业就有了工作，可我总觉得自己很笨，比如我总是没有女朋友，这么多年了，我从来没有过女朋友，没有一个女人喜欢我。每想到这个我就非常难过。我只有暗恋女孩子的经历，却没有和女孩子单独在一起过。我没有碰过任何一个女人的手指头，我不知道女人的身体究竟跟自己的身体有多大区别。再对你们说一次，我是个上了年纪的童男子，是一个连淫秽光碟都不敢看的老男人。我有时很恨，我不知道该恨谁，所以我就恨父母，恨弟弟，恨这个家。我恨父母无缘无故地把我给生了出来，恨我为什么不能像弟弟那样逍遥自在。我甚至在心里秘密地想过，自己哪天半夜爬起来，去厨房拿菜刀，趁他们都睡熟的时候，将父母弟弟逐一砍死。当然，这个罪恶的想法让我非常痛苦，甚至第二天早上不敢看他们的眼睛，羞愧至极地抢着事情做，希望用以赎罪——虽然它始终也没发生。

对于这些，我自己也分析过，可能是我的性格太软弱了吧。就像我力气明明比弟弟大，可上半年那次打架，我还是被他打得要死。说实话，我完全可以把他打死，然后把他的尸体举起来扔到门外。可我只是可怜地用手臂想去遮挡，这是徒劳的。于是我就蜷缩在客厅的瓷砖地面上任凭他拳打脚踢。也正是因此，我才一气之下离家出走的，在探亲假还没结束之前就回到了船上。因为没有事干，回到船上我只好坐在船头一个人哭。好像长江的水就是我这样的人哭出来似的。我坐在船头使劲想开心的事，希望能使自己不那么绝望。我想到自己高中的时候喜欢一个叫李莉的女同学，我只喜欢过这么一个女人。迄今为止，我仍然喜欢她，而且越来越喜欢。当然，我的情感对她而言是不存在的。记得那年学校组织去鼓楼公园春游，我们排着队进入大厅，去看四壁上的书画。鼓楼公园很小很小，看那些书画是唯一的游览项目。事后，许多同学都表示对这次春游极其不满意，但那是我终生最怀念的日子。因为，排队进入大厅的整个过程，我都站在李莉的身后，她当时扎了个马尾辫，脑袋左右晃动，辫子就扫到了我的脸。可以发誓，我到现在都记得她头发的清香，只是嗅觉无法用语言表现，无法让你们闻到那股清香。那是我一生中最快乐的日子，在当年的日记中我记录了这次春游。日记本就在我的抽屉里，我翻出来让你看：

1995年4月21日　　晴

今天天气真好啊，老师带领大家去鼓楼公园玩了。鼓楼公园没什么玩的，就是从这个古建筑的大厅里过一下，看一看墙上的一些书法和国画。我不懂这些东西，谈不上喜欢还是不喜欢。可我今天很高兴。

我说自己很高兴，但没有说自己为什么高兴，现在我说了，是因为李莉。当然，我知道李莉毕业以后去了电信局上班，现在已经结婚了，而且还生了小孩。我坐在船头想到这些，想到李莉，这个早已结婚的高中女同学，她在岸上，在那些鳞次栉比的楼群里的某个窗口下，和自己的丈夫孩子过着日子，当时我的心里有种温暖的东西升了起来。然后——就是你所能理解到的——然后是让我彻底崩溃的悲伤。

我把日记本合上塞进抽屉的时候，外面门锁响了，是弟弟回来了。

没想到，他还带回来一个人，一个女孩，看样子二十三四岁，头发染黄了，牛仔裤有许多说不上来的洞。弟弟叫那女孩别说话，然后蹑手蹑脚带着她去了自己的房间。我能听到他们在干什么，床在摇晃，有节奏地撞着墙。然后我听到父亲咳嗽了起来，他一醒就会咳嗽。他肯定是被弟弟房间里的声音吵醒的。他站在弟弟门前使劲敲门的时候我也站在了他的旁边。

我说："爸爸，求求你，别敲了。"

可父亲根本不理我。他继续敲。在母亲也站在我们之间的时候，弟弟房间的门突然猛地被他打开了。我们看到那个女孩用被子捂着自己，而弟弟只穿了一条内裤。他目露凶光地扫视了我们一眼，恶狠狠地问：“他妈的，谁敲的？”

父亲当即给了他一个耳光，说：“老子敲的。”

弟弟毫不犹豫地回了父亲一个更为响亮的耳光，然后砰地把门关上。

我不知道该怎么办。母亲扶着像僵尸一样的父亲在那里大哭。我不想听到这些看到这些，我迫不得已地往门口走。我听到母亲隔着门对弟弟吼道：“畜生啊，你哥哥永远也不会像你这样。”

弟弟的门又开了，我回过头看着他穿着内裤走了出来，然后在我的面前停了下来，我甚至在逆光之中看到他眼睛里有泪水闪动。他从墙上摘下我的碳笔画像，猛地砸在地上，使出全身的力气吼道：“他已经死了！”

我赶紧走出家门，你知道，我再也不会回来了。

躺下去会舒服点

我真的不是爆头哥的同伙，请你们一定要相信我。事实上，我只是一个无能之辈，用我们当地话说，我只是一个尿货。其实尿货不是我们当地话，是普通话，当地话是“尿逼”。我是一个尿逼。就在不久前，我老婆刘晓华女士（你们这么称呼）就这么骂过我。刘晓华可以作证我是个尿逼。说来话长，按理说，刘晓华不应该这么骂我，你要知道，两年前我们搞对象的时候，非常相爱，在口头、手机短信以及 QQ 上，都互相尊称对方为“亲爱的”“心肝宝贝”什么的，也说过“没了你我就没法活下去”之类的话。大概也正是这样，她才会义无反顾地嫁给我。我们结婚的时候摆了一百桌酒，这起码说明我们很珍惜对方。当时刘晓华就说过，你摆五十桌，能叫爱我吗？哦，亲爱的刘晓华小姐（宾馆报喜电子字幕是这么写的），那咱们就来他个一百桌吧。对，其实我们结婚不久后，爆头哥就成为了全国名人，他在银行门口一连开了三枪，打死了一个取款的人，然后携款潜逃，然后到处都贴上了他的照片，连我们那菜场的公共厕所里都贴了。我就是在厕所里第一次注意到他的。他正好就在尿池上方，盖住了“向前一小步文明一大步”以及“治痔疮用肛泰”什么的。我没有痔疮，尿起来也比较精准有力，才懒得看这些公益或者不公益的广告呢。所以通缉爆头哥的悬赏启事，让我眼前一亮。这不是他长得帅，可以不谦虚地说，他没有我帅。就个人经验看来，他也没有当年的马加爵长得有特点。加上厕所昏暗，照片模糊，我不得不凑近观察，这甚至还影响了我的撒尿成绩。多年以来，那确实是我第一次没尿好，弄得一手。公厕的水龙头坏了，也没洗。其实大小便后习惯洗手的人并不多，如果你洗手，当然属于例外。总之，我就这么一路搓弄着手指一路琢磨着爆头哥回家了。

亲爱的，今天怎么样？那会儿回到家后，刘晓华都会这么关心我一下。能怎么样？我已经在那个单位上班上十年了，十年如一日而已，还那样。

心肝小宝贝，今天晚上吃什么？所以我只能用这么个疑问来代替回答。当然了，这根本就不用问，饭菜都准时端放在桌子上了，一眼就能看明白。她之所以每天都能这么准时将饭菜端放在桌子上，取决于我每天都准时下班。关键是，那会儿我们新婚燕尔，十分恩爱。

我承认当晚我们过夫妻生活的时候，还讨论了一下爆头哥。我还记得，这产生了两个问题：一，我意识到自己始终没有洗手；二，我们夫妻之间产生了分歧。我觉得警察会很快抓住爆头哥，刘晓华则认为不会。为什么不会？我问她。她是这么回答的：抓不到才好呢。

操，我让你不会我让你不会。我一边劳作一边口出恶语，这看起来确实像一个穷凶极恶的杀人犯在用自己的利器反复捅杀一个无辜妇女，而不是用枪。最后的结果不是她脑浆四溅，而是全身是洞。这是我当时的想象。

之后我们就再也没有谈过这个话题。随着时间的流逝，那些到处张贴的悬赏启事经受了风吹日晒，已经不新鲜了，没人会注意到它，就像如果你不想搞一个假文凭找工作的话，就不会留意同样到处都是的办证电话。它们只是我们经过所有大街小巷的背景。我提到这个，是说我曾经试图联系过一个办证电话。对方居然是个女的。在我想象中，对方总该是男的，穿着廉价黑色夹克脚蹬阿迪王的平头男，兴许脖子上也会挂条金光闪闪的链子。所以，电话中的女声让我无法相信她能为我办一个可以乱真的证书，所以我赶紧挂了电话，心脏很是跳了一段时间。不是，绝不是歧视女性，只是陡然出现的变故（以为是男，结果是女）让我打了退堂鼓。这也值得庆幸，有效阻止了我走上违法犯罪的道路。当然，办一个假证到底算不算违法犯罪，我不知道。

这里我必须承认，不仅仅是刘晓华的牢骚，我自己也早已不满意自己的工作，憎恨领导和同事。我已经在这个单位工作了十年，除了畅想一下退休以后穿着背带裤在广场上找那些风韵犹存的老太婆（但愿刘晓华算一个）跳舞，确实看不到任何前景。婚前我就多次向家人表达过另谋高就的愿望，也许正是遭到了他们的极力反对，恰恰让我觉得自己充满了力量，不是个屄逼，看好了，总有一天我会让你们大吃一惊的。和刘晓华恋爱，让她心悦诚服地嫁给我，我的雄心大志也可能起了作用。但是，家人说得似乎更对，“结婚了你就稳定了”，婚后我还是那样，并没有任何动作，偶尔还萌生了达观和超脱思想：怎么着不都一个样嘛。刘晓华认为我钱不多，咱们自打出生就没离开过这个小地方，这真没意思。她嚷着要去大城市打工，问我怎么想。我说我没有其他能力，不知道自己能干吗，也没有文凭。她说，那就买一个呗。

没有买个文凭到外面闯荡，这还不至于让刘晓华骂我屄逼。起因是乡下的房子拆迁。现在也就我父母还住在乡下，房子被拆，他们分到了四套安置房。可惜是四套不是五套，除了他们老两口住一套，还剩三套，而我偏偏还有个没结婚的弟弟。我妈说，你弟弟没成家，给他两套你一套，你有意见吗？我觉得我妈说得对，没什么意见。刘晓华则雷霆震怒，表示不对。我去找父母弟弟商量，能否一人一套半？弟弟沉默不语，父母则老泪纵横，表示当年我在县城里买的这套用来结婚的房，难道首付不是他们代垫的？啊，真是庸俗啊，和电视剧一样庸俗。我对刘晓华说，咱们不是打算出去闯荡吗，何必斤斤计较我们深恶痛绝的这个小地方的点滴得失。“屄逼”由此破口而出。她还补充道：就你这屄逼样，出去能好？可想而知，当天我们发生了结婚以来第一次争执。我给了她一个大嘴巴，她回敬了两个。我踹了她一脚，她故意坐在地上不起来鬼哭狼嚎招来街坊邻居围观评理。我不是觉得自己有理，而是被眼前这个景象吓坏了。多年以前，我还是个少年儿童的时候，我的父母，我的同学的父母，也是这么干的。当年我和弟弟居然还想为母亲讨公道，跟父亲拼一回。一念至此，我真是羞愧透了，厌烦到了极点。

不久之后，刘晓华居然还怀孕了。我真不知道她是怎么怀上的。成为屄逼之后，我们过夫妻生活早已没有当初那么勤快。也许是我和同事们喝完酒回来搞的？或者是她跟她那些坐在牌桌对面的牙根乌黑头发肮脏腿脚传情的牌友搞的？老实说，如果说我不介意刘晓华肚子里的小孩是不是我的——这不是真话——就算不是我搞的，又有什么关系？当我下班到家面对冷锅冷灶，倒也感觉不错。我给自己弄碗吃的，然后看看电视玩玩电脑，偶尔回想一下自己这有限的人生，想起少年时期自己在河岸独坐的光景，想起水面上鹅的鸣叫和破碎的阳光，都挺好的。此情此景，我倒希望就这么沉沉睡去，做个好梦，而不是被半夜回来的刘晓华吵醒。她站在床头，在啃一个坏掉一半的苹果，咔哧咔哧。

别装睡了，她说，家里没吃的了吗？

如果我有枪，这时候我会学习爆头哥给她来个三枪，但我没有，也不想像以前那样捅杀一个孕妇。我只好回答她：有，有你妈一块逼，把你妈逼也吃了吧。

现在，爆头哥终于被当场击毙了。我不敢说自己感到惋惜，他毕竟罪大恶极，死了好，正如新闻上所说的，老百姓拍手称快。当然了，这是个说法，没人拍手。问题是，他是在我们这个地方被击毙的，不禁叫人刮目相看，兴奋不已。我们这个地方也出现在了新闻里。

咦，这傻逼怎么跑我们这地方了呢？同事们次日早上获知新闻后，有的摇头晃脑，有的啧啧称奇，还有的哈哈大笑。我虽然憎恨这些同事，但不能不放下憎恨加入他们的谈论。讨论被查岗领导训斥、制止。然后我陷入了巨大的厌倦情绪之中。

下班回家，我没有像平时那样直接回去，而是奔赴报纸新闻中提供的击毙地点。小小县城，就这么点大，我已生活十年，对所有的巷子比对自己的肠子更加熟悉。

尸体已被抬走，血迹也被石灰吸干，这不必多说了。新闻图片中的警戒线和警察也没有了，徒有地面上用粉笔描画的尸身形状。当然，像我一样闻讯赶来的围观老百姓还不少，一些扛着长枪短炮的媒体记者也或蹲或站在那儿拍照。不过大家都没有踩到粉笔描画的尸身形状，仿佛爆头哥还躺在那儿，把他踩疼了他会爬起来再给我们几枪。理解为大家尊重死者，或许也行。

围观者的谈论可谓情趣盎然，他们还引经据典说起了一个叫“大王二王”的陈年往事。年轻人都不知道这个事情，他们只得摇头不已，露出一副“你们什么都不懂”的表情并懒得普及这一历史知识。“你们不是喜欢上网吗，回家去网上查查就是。”有一个穿着时髦的小伙子还真掏出手机上网查了起来。

我注意到，就在击毙现场旁边的墙上，还张贴着爆头哥的悬赏通告。因为年深日久，不仅褪色严重更加模糊，而且四角翘起，风雨飘摇。我不禁想起了和它初次相遇的那一天，一股挥之不去的尿骚味儿就此弥漫开来。

这时候，我感到又累又饿，但我知道，现在回家并无饭菜，就算有饭菜，也没什么意思。而只是想躺下来。躺下来会舒服点，我对自己说。

真的，我不知道是什么原因，就像两条腿不听使唤那样，我从人群中走了出来，来到粉笔描画的尸身上，然后像拼图高手那样对照着爆头哥的死相躺了下来。不大不小，非常合身。这回我才听到了人群真正爆发出来拍手称快的声音。

图书在版编目（CIP）数据

躺下去会舒服点 ／曹寇著 .—北京：中国华侨出版社，2013.2
ISBN 978-7-5113-3235-6

Ⅰ. ①躺… Ⅱ. ①曹… Ⅲ. ①短篇小说－小说集－中国－当代
Ⅳ. ① I247.7

中国版本图书馆 CIP 数据核字 (2013) 第 017193 号

●躺下去会舒服点

著　　者／曹　寇
出 版 人／方　鸣
责任编辑／青　阳
封面设计／区区 500 元先生
经　　销／新华书店
开　　本／880mm×1230mm　1/32　印张 ／ 8.75　字数 ／ 190 千字
印　　刷／廊坊市兰新雅彩印有限公司
版　　次／2013 年 4 月第 1 版　2013 年 4 月第 1 次印刷
书　　号／ISBN 978-7-5113-3235-6
定　　价／29.80 元

中国华侨出版社　北京市朝阳区静安里 26 号通成达大厦三层　邮编：100028
法律顾问：陈鹰律师事务所
发行部：（010）82069015　传真：（010）82069000
网　址：www.oveaschin.com
E-mail：oveaschin@sina.com
如发现印装质量问题，可联系调换。电话：010-82069037

冯唐

《天下卵》有关权力。冯唐首部小说集，卵指睾丸。冯唐以历史、情色、武侠、悬疑、科幻、冒险……各种皮相，装入权力世界的欲望与杀戮。

盛可以

《留一个房间给你用》盛可以笔下的女人是危险的，即便是柔弱的，也是具有攻占性的。读者在惊叹她对于女性禁忌地的直接冒犯时，会被她的敏锐与准确击中。

走走

《我快要碎掉了》一个男人的寻找与一个女人的等待，构成寻与不寻的相遇，通过他们的对话与相遇，我们看到尖锐与平庸两种生活态度。它们能否带我们渡到彼岸？也许最终只是——碎掉了。

鲁敏

《九种忧伤》作者通过不同职业的人与生活面，以故事的形式，细节性深入人的各种几乎与生俱来的忧伤，交流的忧伤、死亡的忧伤、知识的忧伤、身份的忧伤、出生的忧伤……

阿丁

《寻欢者不知所终》由十四个中短篇小说组成。阿丁以一种与道德、制度、合理、文明保持距离的态度，试图呈现、追问生活与人性存在的各种可能性，充分展现了他对各类题材的驾驭力。

《无尾狗》野夫看完稿说："本书是对吾族阴暗历史和心性的一个诅咒。"阿丁是"中间代"最叛逆的作家，《无尾狗》成书五年，出版过程中多次被毙稿，六易书稿。二十多万字的解剖刀，剥离与呈现一个你一直想回避的现实与人生。

李承鹏

《你是我的敌人》时评人李承鹏创作的长篇小说，展现其杂文写作之外的浪漫才情。一场刻骨铭心的爱情，就是一场与残酷生活的火拼，热血、少年，纯真得令人不敢直视。

铁葫芦

铁肩担道义　葫芦藏好书